当
代
中
国
馆

第二种青春

符其浩 著

中国文联出版社

图书在版编目（CIP）数据

第二种青春 / 符其浩著 . -- 北京：中国文联出版
社，2017. 9（2023. 3 重印）
ISBN 978 - 7 - 5190 - 3077 - 3

Ⅰ.①第… Ⅱ.①符… Ⅲ.①散文集—中国—当代
Ⅳ.①I267

中国版本图书馆 CIP 数据核字（2017）第 228825 号

著　　者　符其浩
责任编辑　闫　洁
责任校对　李海慧
装帧设计　中联华文

出版发行　中国文联出版社有限公司
地　　址　北京市朝阳区农展馆南里 10 号　　　邮编　100125
电　　话　010 - 85923025（发行部）　　　85923091（总编室）
经　　销　全国新华书店等
印　　刷　三河市华东印刷有限公司

开　　本　880 毫米×1230 毫米　　　1/32
印　　张　10
字　　数　225 千字
版　　次　2023 年 3 月第 1 版第 2 次印刷
定　　价　75.00 元

三十而立的礼物（代序）

亲爱的读者，感谢您翻开此书，我真诚希望该书能够开卷有益，这部书大概是我人生前三十年的一个缩影，我把它当作自己三十而立的礼物，也献给每一位读者。我当然指望它有说不尽的美好，读来令你荡气回肠，可是按照自然界规律，你是知道的，万事万物皆不可能尽善尽美，就像我们每个人都渴望自己的人生是幸福精彩的一样，我也不例外，人生充满了坎坷和辛酸。当然我也不想把我那些苦难的经历当作谈资，以显示"成功"的来之不易，好励志。可遗憾的是我算不上成功，书中文字所录所述皆为自己经历，抑或是师友之间的事情。正因为这样，我的文字也就更加真实，也才与读者更接近，虽然我不会写几首十四行诗歌，引经据典，或者用些华丽词藻、深奥的文字以显示我的文采，但是我也不屑于粗制滥造，浪费自己的精力和读者的时间。我只想讲几个朴素而又真实的故事，同时我也一直相信世事洞明皆学问，人情练达即文章的简单道理。

我有想过请名人代序，或者在该书的腰封上加上一些名人推荐语录，或者干脆给该书命名为"不得不读，不得不看"之类的读物，以便吸人眼球，我有几位师友，文采斐然，颇有名位，倘若我向他们索些文字或者诗文，定是可以的，但后来想想也就放弃了，因为那样违背自己的初衷，我写作就是为了给自己一个交代，留一点精神财富给子孙，以便到老那一天，我可以指着这本书对他们说："看……我的人生没有虚度！"

真实而又曲折离奇的故事自有雷霆万钧之力，读来令人回味无穷。小时候因为家父英年早逝，家庭积贫积弱，我实在无书可读，所以每每感觉有些才思枯竭。我时常在想，要是我小时候读了高尔基的人生三部曲《童年》《在人间》《我的大学》那该多好啊！那样我便不会感到无助和伤感，我会独自一人坐在故乡静静流淌的小河岸上，欣赏那独特的美景，然后自我安慰，哦，原来在遥远的伏尔加河畔有一个叫阿廖沙的家伙，人家过得比我还苦呢！母亲没有改嫁，我也不用被寄养，沦落乡间，我还可以一边读书一边放牛，有蓝天白云相伴，你看，生活多美好！

普希金的诗集、阿克萨柯夫的《家庭记事》、俄罗斯史诗《在森林中》等书籍就是阿廖沙的"人间天堂"；而我呢，几间宽敞明亮的教室，带有抽屉的课座椅，没有破斑的黑板，按时给我们上课的老师，还有一起嬉戏打闹的玩伴，最重要的是上学不用翻山越岭，这便是我这个放牛娃心中想要的"心灵乐园"。

为了完成这个梦，我变得异常坚韧、顽强，好似得了神谕，灵魂受到了洗礼。一个二十未到的青年，竟然立志要用尽一生去完成这样一件事情，你是不是觉得不可思议？不过你可不要觉得我因此就变得伟大起来，恰恰是因为我的无知，才有这样离奇的想法。面对嘲讽和冷漠，我默默地承受，面对非议和不解，我置之一笑。幸好上天垂怜，没想到短短四年时间我竟然完成了这个梦想，因此才有好故事可以说。

而我的大学呢，同样感觉有些可歌可泣，我有好几次都被自己感动得热泪盈眶。

初来乍到，人们对于我这个从农村走向大城市的放牛娃或多或少存在些许怪异的目光，那种微小的变化只有敏感细心的人才能够察觉得到。在他们看来眼前这个家伙个头矮小，皮肉干瘦，性情古怪，整日只知道泡在书堆里。其实他们哪里知道，我是在还童年欠下的债呢。我也不怕告诉你，我连《红楼梦》《三国演义》《西游记》《水浒传》这样的四大名著也是大学时候才有机会读完的，倘若天朗气清、心情畅快我也会写一些自我陶醉的文字，读读雪莱的诗、欣赏一下莎翁的戏剧，杜拉斯的《情人》、杨沫的《青春之歌》、齐邦媛的《巨流河》等这样的巨作我都爱不释手，慢慢的我被大家认为是个爱学习的人。可现实却是我的成绩在班上总是靠后，人们也很费解，于是我又多了两位朋友"自卑"和"郁闷"。

我原本以为大学生活就要这样暗无天日地持续下去，机缘巧合我与好友创立了一个公益社团，原本再平常不过的事儿，却彻底改变了我。社团从默默无闻全校倒数第一，到短暂几个月内逆袭为全校数一数二的大社团，再到被天津市委宣传部、市教委等多个部门联合授予优秀团队，被共青团中央学校部、《人民日报》政文部、人民网联合授予优秀团队。算是全国小有名气吧，这其中自然有很多故事可以讲。

这些故事在大学校园、朋友圈中流传，甚至在老家父老乡亲中口耳相传，于是我这个曾经默默无闻而又卑微的站票观众在众人的鼓励下，开始尝试走上讲台跟大家谈谈我那些流年往事。我先是在国内一些高校的演讲，后来便有些一发不可收拾，继而参加全国电视演讲大赛，再到世界符氏文化论坛，慢慢塑造一个全新的自我。

三十而立，立的究竟是什么？它不应该只是娶妻生子、成家立业，它应该是迎接生活挑战后，获得的一种健全的价值观，对我而言，经历了那些往事，我获取了一种来之不易的生活态度，用十二个字来总结："接受平凡，拒绝平庸，追求卓越"。

亲爱的读者，到了这里，你也许还会追问作者开卷有益，益在何处？我只能用我刚刚所述十二个字来回答你，如果你还有疑问为什么是这样子？那你不妨认真读读此书吧，我真诚希望你读完该书能够获得一点能量、一点思考，然后去寻找属于你自己的第二种青春吧。

目　录

似水流年

静静流淌的小河……………………………………………… 3

美丽的油菜花………………………………………………… 17

放牛娃的梦想………………………………………………… 20

异想天开：一个不可能的梦………………………………… 23

隐形的翅膀…………………………………………………… 28

大学生微博问省长…………………………………………… 31

与教育局局长的对话………………………………………… 35

网友接力圆梦，新学校开建………………………………… 38

放牛娃还乡记………………………………………………… 40

春晖故事

《游子吟》—春晖缘 ………………………………………… 51

春晖七剑客…………………………………………………… 55

梦想的礼堂…………………………………………………… 66

不能说的秘密………………………………………………… 69

两个男人的拥抱……………………………………………… 72

为了跟他同台朗诵，我练习了73遍！ ················· 76

遍借金针绣凤凰 ································· 81

养浩然正气，成栋梁之材 ························· 84

被需要是一种幸福 ····························· 87

感动从出发开始 ······························· 90

抱着鸡蛋跳舞 ································· 94

谁在曲解留守儿童？ ··························· 97

内心强大才能够道歉？ ························· 100

烛光下的会议 ······························· 103

阿拉丁神灯

——没有讲完的故事 ····················· 106

寸草心·春晖行 ······························· 109

祝你一路顺风 ······························· 112

一起支教种太阳 ····························· 115

那年夏天，我们的约定 ························· 118

那一年 ··································· 123

离别的诗 ································· 129

匆匆那年

恨不相逢未选时 ····························· 135

演讲探艺

谁是最幸福的人？ ··························· 155

野百合也有春天

——在广西玉林第十八届世界符氏联谊会上的演讲··· 160

贵州大学演讲随想录 ························· 165

在北科大讲堂的三个感动

    ——为自己喝彩……………………………………… 169

口才的魅力来自人格的魅力……………………………… 172

《儒林讲坛》教师魅力口才修炼 ………………………… 174

相遇演讲大师李燕杰，感悟智慧的光芒………………… 182

"木"型人才断想 …………………………………………… 185

放牛娃的"木字人生" …………………………………… 188

我是"演说家" ……………………………………………… 191

相信奋斗的力量

    ——在财经部迎新会上的演讲词 ………………… 194

最后一节课上的演讲

    ——不要以你的现状判断你的将来…………… 200

传承创新，敬业有道

    ——在财经部道德讲堂上的主持词……………… 205

离家乡越远，对故土的思念越浓

    ——在春晖自强奖学金颁发仪式上的即兴演讲……… 209

春晖大讲堂演讲录………………………………………… 211

教育理想

我的教育理想………………………………………………… 227

人该怎样了解自己

    ——符其浩答大学生问 …………………………… 230

陈惠群：要懂得讲好晋兴故事…………………………… 234

晋江最著名的品牌是什么？ …………………………… 237

我给学生鞠了四年躬……………………………………… 240

三种教师 …………………………………………………… 244

我给出租司机上的文化课………………………………… 247

铁肩担道义、妙手著文章…………………………………249
伴子，请勿随便说不过如此……………………………252
大学生的选择………………………………………………256
从《三傻大闹宝莱坞》看大学生求职……………………260
从电影《当幸福来敲门》看大学生实习…………………263

青春之歌

幸福的三个秘诀……………………………………………269
远　方………………………………………………………272
我在湘西凤凰小城的奇遇…………………………………275
你为什么不能够来一场说走就走的旅行？………………279
孤独是人生的一场修行……………………………………282
一个人、一座城、等一个人………………………………285
早秋惊落叶，飘零似客心
　　——写在教师节前夕…………………………………288
第二种青春…………………………………………………290

后记　只有写，你才真正会写　…………………………295

似水流年

静静流淌的小河

（一）

　　我努力的奋斗，就是为了逃离这穷乡僻壤之所，可等到有一天，我终于行走在这雾霾弥漫的水泥森林之中的时候，发现早已回不去了！

　　在我的故乡，有一条蜿蜒曲折的小河，这些年，一个人在外，漂得越远，对它的思念就越浓，对于它的情感，早就超越了乡愁。

　　小时候，我和小伙伴们常在这条河里游泳、抓鱼、嬉戏打闹。这条小河承载了我童年的喜怒哀乐，它像我的一个老朋友，在我身上烙着它的性格，曾经，它也差点儿带走了我的生命。

　　小河平常水深不过膝盖，清澈见底，你若向水里扔些石子，偶尔会激起成群小鱼花，然后又钻到河岸石缝中，瞬间消失，那种感觉美极了。要是赶上春雨河水泛滥，河水足足有一米多深，两岸的庄稼都要遭殃。

　　这条小河至今没有名字，它距离我读小学的学校不到三百米，我们课间十分钟就可以跑一个来回，那时候学校环境非常简陋，没有围墙，只有四间破陋的教室，小学一二年级就只能挤在同一间屋子里，学校操场前面是一座小山丘，只要下课铃声一响，我们一二年级的小朋友就像一群小鸡一样，很快钻进小树林里玩耍，穿过小树林就到河岸边了，通常是一半孩子在树林里玩耍，一半孩子在河边玩耍。我喜好抓鱼，有时候冬天都会不顾河水冰冷，挽起裤腿就下水。在学校附近有一段河流，至今让我难忘，那渐渐流淌的河面就像一幅动人的电影场景，永久印在我心中。每次回到老家，除了去看看曾经读书的小学，最重要的就是抽时间去这段河岸走走，一个人在河岸上静坐一会儿，仔细端详那波光粼粼的河面，因为就是在这里，我曾经差点儿葬送了自己的生命，那时的我年幼不懂事，我至今都不知道自己的救命恩人是谁。

　　我一共在三个地方念过小学，读一二年级因为太小无法走太远的山路，只能在本村私塾里，那时候一共有一百多个孩子在那里读书，一二三年级的小孩子偏多，学校没有课桌椅，都是学生从自己家里扛，最要命的是学校几乎每学期就得搬一次，因为没有固定的校舍，都是暂借在村民民房里，其实都是危房，每隔一段时间就会有学生被屋顶掉下来的杂物砸伤，那时候的我们年幼无知，居然能够在那么危险的教室里坐着淡定的读书，现在想起来真是不可思议。而我最怕的就是搬学校，通常是老师一声令下，孩子们就像战士一样，背着书包，各自扛着自己的凳子，形成一排排，在田埂上行走，向新的教学点转移，那场景至今都还历历在目，就像红军过草地一样。最让我痛苦的是，我的书桌是小方凳，特别不好扛，没走几步就要停下来歇歇，不像其他孩子那样是条形的凳子，往肩膀上一搭，拍屁股就走人。

每次更换教学地点，不是因为房子破陋危险，就是因为村民嫌弃学生太过于吵闹，由于那时候农民都没有太多空余的房间，通常是自己住一半腾一半出来给学生读书，时间久了就会嫌孩子们太吵，每到这时，我们就要转移"阵地"了，整个求学经历就像打游击战一样。

　　那个时候生活条件很艰苦，整个人却快乐得跟孙子一样，我们捉迷藏、玩沙包、滚铁环、捅马蜂窝、掏鸟蛋、捉泥鳅。最让我难忘的是，在我们读书的地方，屋顶草堆里居然住着一窝猫头鹰，而且还孵了好几个幼崽，直到有一天，村头几个大个子男孩儿笑嘻嘻地出现在我们眼前，一人手里抓着一只猫头鹰幼崽，我们这才明白，原来也有我们这群"小八路"找不到的猎物。

　　读小学一二年级父母是不会给我太大学习压力的，因为每天的农活就已经让他们累得喘不过气来，只要不惹事就好。也不用写太多作业，主要是因为"惜墨如金"，两元一瓶的蓝墨水还是觉得很贵，偶尔还会用水冲淡再写，以便可使用时间长些，每学期就一本作业本。唯一的学习压力就是数学老师要我们背乘法口诀表，要是背不出来就要钻凳子，我个儿小，钻起凳子来动作非常敏捷，跟做游戏一样，一开始会不好意思，次数多了，也就顽皮起来，后来老师发现这个方法不管用，干脆让我把自己的凳子举着，未经她允许不准放下，这样我才学会背乘法口诀表。

似水流年

（二）

冬天我们坐在教室里，寒风透过墙缝，直接打在皲裂的小脸蛋上，那种感觉生疼生疼的，整个脸蛋冻得像熟透的桃子，手指上长满了冻疮，像刚要成熟的红辣椒，红里透青。耳朵也被冻得通红，整个人就活生生一只猴子，每当这个时候有人冷不丁地从后面搓揉一下耳朵，那种感觉简直就像手术开刀，疼得想要和对方拼命。

坛子是我的发小，是隔壁旺叔的小儿子，村里除了我就数他最顽皮，他本名不叫坛子，因为人长得矮胖，行动迟缓，像农村人腌菜的坛子，大伙儿就叫他坛子，他是出了名的淘气鬼，悄悄放空别人的凳子，冬天从背后搓揉别人的耳朵，这些都是他常干的事儿，我就是和他在一起，差点儿把命玩丢的，因此父亲只要见我和他一块儿玩耍，我就要挨揍。

如果要问童年什么让我记忆深刻，除了那些无厘头的嬉戏打闹玩耍的乐趣，剩下的就只有饥饿和寒冷。

读小学三年级了，父亲说，让我和哥哥一起到邻村小学读书，他和那个老师交情不错，教学质量要好些，只是辛苦些每天要多走几公里的路。就这样，我随哥哥一起去邻村大土村完小读书，我后来才知道父亲口中的几公里是来回十二公里的山路，那时候我还不到九岁。

后来坛子也到大土村完小读书了。哥哥要大我好几岁，他嫌弃我走路慢，又贪玩，他很少和我一起回家，在上学路上也很少见到他身影，除非人多好玩的时候。我几乎每天都是和坛子一起回家，直到那件事情发生以后。

我们村子在大土村完小读书的孩子加起来大概有三十四个人，每天分成两拨，去学校有两条山路可以走，原本杂草丛生，崎岖的山路，硬是被我们这群整日来回的"游击队"踩得光滑。帆布解放鞋，红五角星帆布小书包几乎是我们每个孩子的标配，条件较差家庭的孩子通常是父母自己手绣的布鞋。我们通常要把它穿到大脚趾露在外面，鞋底磨得光滑，这双解放鞋的使命才算结束。有的父母为了省钱还会给自家孩子买稍微大一码子的鞋子，以便长大了可以再穿，而没有穿坏的则是留给弟弟妹妹，我在家里最小，小时候属于那种少有新衣服穿的人。

　　从学校回家，山路蜿蜒曲折，有一段特别陡峭的山路，总是快要到家的时候才爬这段陡坡，每天中午回家都是顶着太阳爬山坡，那种饥饿的感觉叫人难以忘怀，有时候双目发晕，浑身乏力。农村的孩子向来没有吃早饭的习惯，也没有这种条件，通常都是课上到十一点才回家，到家的时候已经十二点多，这时候往往人已饿晕，要是不下雨还好，否则就是红军过草地。那种感觉，绝对不像《大花轿》里唱的"太阳出来我爬山坡，爬到了山顶我想唱歌"那般快活。

　　刚放学的时候，大家会一起，慢慢地，走得快的会跑到前面去，坛子属于走得慢的人，自然就落下，留在后面，有时候我也会等他。

　　秋天，农民收完庄稼，会将稻草一把一把扎好放在田野上晒干，再堆成草堆，我和小伙伴们除了会在草堆里打滚，常干的事情就是刨红薯，我们将红薯丢进点燃的稻草堆，待稻草燃尽，放学回来的时候，红薯刚好熟透，这样我们就可以饱餐一顿，当然也不是所有时候都刚好熟，有时候是火力过猛，红薯被烧成炭，有时候是火力不足，红薯未熟，有时候是被坛子抢

似水流年

了先。

坛子最爱吃的是螃蟹，还有鱼。我们上学的路上会经过好几条小溪，下午放学回家，有时候我会和坛子捉螃蟹，每次把捉来的螃蟹带回家，母亲都会把螃蟹油炸，每当嚼着香喷喷的螃蟹总会感觉很知足，而鱼对我们来说则最为珍贵，因为小溪里没有，只有河里才有，但是特别难抓到，通常只有大拇指那么大，涨河水的时候偶尔会抓到半斤到一斤大的草鱼，那种感觉跟中五百万彩票一样高兴。鱼的味道鲜美极了，你要是在坛子面前吃鱼，不给他吃他会毫不客气跟你抢。

小时候，我和坛子都属于不会游泳的人，虽然会几个"狗刨骚"，坛子却自夸自己会游泳。

夏天，河水涨潮，会有很多人拿着竹篮子到河水中间去捕鱼，这个时候河边最为热闹。大人们拿着篮子在河中间来回移动，小孩儿们则光着脚丫在岸上成群结队地游走，欢声笑语。阳光洒在圆溜溜的脸蛋上，如迎着初春太阳绽放的向日葵。整个画面就像一幅流动的水彩画。每隔一会儿，就会有大人举起竹篮，里面会有大小不一的鱼儿在跳动，阳光照在鱼鳞上，显得格外耀眼，仿佛成了整个水彩画的点缀。每当大人们将捕到的小鱼倒入木盆中，都会迎来一群孩子的围观还有惊叫。孩子们如宝贝一般盯着盆里游动的鱼儿，偶尔还会将盆里的鱼捞起来玩耍。

涨潮的时候小孩子是不让下水的，洪水比平常要凶猛得多，大人们也只会在浅水处抓鱼。

一天中午，坛子不知道从哪里弄来一个竹篮子，拉着我要我陪他去抓鱼，他说，河水刚刚退潮，会有很多鱼，我毫不犹豫地跟他去了。

我们吃过午饭，早早去上学，其实是去抓鱼，坛子拿着小竹篮兴高采烈地来到河边，还带上了另外一个小伙二海，当时我们三个身高都不到一米四。

来到河岸边，看着泛黄的河水，上面飘着残枝败叶，星零飘着一堆堆泡沫，偶尔会被卷入河水漩涡中，很快消失。我感觉有些害怕，双脚略微发抖，我们把裤子脱掉，却不敢下水。

坛子最先下的水，他一手拿着竹篮，一手牵着二海，二海手牵着我，就这样我们三人慢慢地向河中间靠，坛子说要到河中间才可以抓到大鱼，他负责抓鱼，我俩则在旁边帮忙。河水不是很深，但却很急，我明显感觉河水比平时要猛烈得多，不时会有残渣冲击在脚背上，河水慢慢地淹过我们腰部。渐渐地，我感觉身子有些晃动，双目发晕，坛子也没有敢再向前移动。

"不行，水太急了，我要上岸。"

二海开始叫喊，坛子说，没事，只是站着没敢动。

忽然，坛子手中的竹篮，一股溜儿地被河水冲走，他晃了一下，没敢去抓，我们三人的手忽然松开。

就这样，我被河水冲走，接下来的事情一无所知。

只是我醒来的时候，发现自己已经躺在小河沙滩旁边的草坪上，赤裸着下半身，有一群孩子在围着我看，他们说些什么我完全记不清，只感觉自己浑身酸软。

我慢慢睁开眼睛，等意识慢慢清晰，然后缓慢坐起来，蜷缩成一团，用衣服裹住自己下半身，眼泪在眼睛里打转，上课铃声忽然响起，围观的那群孩子忽地散开，向学校飞奔而去，留我一个人在草坪上恐慌。

我环顾了一下四周，没有找到自己的裤子，也不敢光屁股

似水流年

去教室，我起身光着脚丫和屁股，抄近路回家了。幸好小马褂很长可以遮住我的屁股还有小鸡鸡。

回家父母会怎么样对我呢？

（三）

人在感觉自己快要死亡的瞬间会想些什么？我是知道的。

被河水冲走的瞬间，我开始慌张，说不出话来，先是胡乱挣扎两下，但很快意识到这样的挣扎没用，渐渐地，我失去意识，像一块石头在河中翻滚，只是感觉洪水在耳边嗡嗡作响，偶尔"哗剥"一声，像是水进了耳朵。我还是本能地憋气尽量不要喝水。

我感觉到自己的身体变得特别的轻，好像漂浮在宇宙中，似乎已经不再属于我自己。渐渐地内心也变得安静起来，我首先想到的是爷爷那张面带微笑慈祥温和的面孔，他在向我召唤，似乎有什么好玩的东西要给我，但他只是微笑却不说话，不知道为什么，平常他总是逗我，把东西藏起来，让我去猜去找，这次感觉总是找不到。

接下来我想到父亲那张严厉的面孔，正在审问我怎么把牛放丢了。小时候除了读书就是放牛，我和村里小伙伴们总是先把牛赶上山，然后去溪边玩耍，牛若吃别人庄稼就会被主人关起来，每当这个时候，父亲就会领着我到处找牛，找到之后就要拿大米或者麦子才能把牛赎回来，结局当然是我又被狠狠地揍一顿。

这一次不知道怎么回事，父亲没有打我，母亲也只是在旁边安静地看着，没说话。

我又想到上课因为解不出算术题被老师打手心的场景，和村里孩子们一起捉迷藏开心玩耍，一切都变成无声的电影场景……

　　到后来脑子里的画面越来越多，有点乱，只是一闪而过。再后来则是失去知觉。

　　故乡的这条小河是当地农民的生命河，人们会在河里洗衣服，洗菜，引水灌溉庄稼。每个家长都会提醒自己的孩子不要到河里玩耍，但从来都不管用，孩子们仍然是成群结队在河边玩耍。印象中每年总能听到有孩子在河里溺亡的消息。每每有孩子溺水，或者被水呛，第一反应就是怕被父母知道，被学校通报。

　　我没敢走平常上学的山路回家，而是挑一条平常大家不会走的小路，不过小路杂草丛生，回去路上小腿被路边茅草割得血珠直冒，那是一种钻心的疼，不过很快就会好，只是会留下些小伤疤，过些时日就好。

　　我回到家里，门是关着的，父母早已经上山干活，爷爷也不知道哪里去了。我推开门，进屋子找了条短裤穿上，一个人到上山去放牛。

　　我们每天放学回家都会进山里把牛儿赶回家，每次犯了错误都会乖乖地干活，让父母少生气。那天我提早去放牛，我把牛儿赶到生长旺盛的草地，牛肚子撑得跟滚筒一样圆，末了我还用树枝给它挠痒，把牛毛理顺。傍晚才赶着牛儿下坡回家，我知道等着我的是被父亲狠狠地揍一顿。

　　消息像长了翅膀一样不胫而走，很快传到父亲耳边，我们一起读书的孩子都知道了。父亲比以往任何时候都要严厉，脸黑得像一块抹布，他没有大声呵斥，而是叫我跪下，用竹条在

似水流年

我背上狠狠地抽了几鞭。

"你怎么不让河水给冲走？这样我可以少浪费点粮食。" "我说了多少次，不要去河里玩耍，你偏要去。"

……

那是我第一次被罚跪，父亲打了我，又盘问了整个事情的细节，留下一句狠话："以后都不能够跟坛子一起玩耍，否则见一次打一次，也不能去河里游泳。"

坛子则被他父亲绑起来痛打一顿，他父亲说，反正家里孩子多，打死一个也不要紧。

第二天早晨，我又背着我的小书包，屁颠屁颠地上学去了。

其实最让我害怕的是学校这场当众"审判"。

（四）

我们的事儿早已经传遍整个学校，大家似乎都用异样的眼光扫射着我，言外之意是你居然还活着回来了。

在集合大会上，两百多个孩子站在操场，我们三个被叫上主席台，先是每人被狠狠地抽打十遍手心，然后被老师当场训斥一顿，那是用竹子的根做成的教鞭，打得相当的疼，过后吃饭碗都端不起。那时候老师体罚学生是不犯法的，家长通常会认为老师体罚越凶、越严格，对孩子越有好处，也许是农村家里孩子多的缘故。送我去那里读书的时候父亲就给老师撂下一句话："他不听话，你尽管狠狠地打。"

我们被通报批评，惩罚是扫一周的操场，那时候的操场是泥地，特别难打扫，满地都是白色垃圾，扫起地来更是尘土飞扬，我还不到十岁就干起环卫工作。

我被河水冲走了大约五十米，坛子在岸上追着跑，大声喊

救命。一个在田间干活的青年跑过来，一下子跳入河中，把我

捞起，扛到岸上，他挤压出我肚子里的水，觉得没事了，然后自己干活去了。

这些都是坛子后来告诉我的，我问他对方叫什么名字，怎么样把我救起来的，他目光呆滞，只是摇头，一脸茫然。后来打听得知，当时那个人把我扛到岸上，觉得没事就自己走了，我只知道他个子很高，皮肤黝黑，头发自然卷。或许在他看来，那只不过小事一桩。那时候的自己一无所有，也没有什么东西可以拿去酬谢，只是希望能够记住对方的名字。

自从那事发生以后，很长一段时间我都无法安心读书，觉得待在这儿读书特晦气，一心想转学，成绩也直线下滑。

（五）

春天来了，河流清澈见底，河中石头长满了绿苔，水声潺潺。在平缓的河段，河面变得平静起来，鸭群在上面嬉戏打闹，泛起波光粼粼。小河两岸的野花野草将河流点缀得色彩斑斓，偶尔会有翠鸟栖息在河岸的垂柳之上，微风吹拂，翠鸟贴着水面疾飞，阳光洒在清澈的河面上，一片生机勃勃。小伙伴们在河边嬉戏打闹，姑娘在河边用木条洗衣服，农民伯伯在田间耕种，一切都是那么其乐融融。

我如愿以偿转学到邻村白石完小念书，在去往白石完小的路上，要沿着河岸小路步行一公里左右，爬一段山坡才能到学校。

那时候村里没有公路，从城里开来的货车跑完一段公路之后进村就只能顺着河流沙滩行驶，时间久了，货车、拖拉机、

马车都沿着这条线跑，就形成一条特殊的"水路"。因为水陆交错，所以常常会看到货车陷入河流泥沙中，每当这时，就会看到一二十人用绳子在岸上拉车，像极了伏尔加河上的纤夫，同时会听到货车的发动机嗡嗡作响，车轮如电扇般在河水中飞快转动，车屁股后面会有三五个人在推车，常常是弄得浑身泥沙，如落汤鸡一般，孩子们则在岸上围观傻笑。

在去往白石完小读书的路上最快乐的事情之一便是爬车，只要看到拖拉机靠岸，孩子们便蜂拥而上，不顾自身安危去爬车，他们双手紧紧地抓住车身的铁栏杆，撅着屁股，双脚蹬在车身铁皮之上，满脸笑容和激动，叽叽喳喳吵嚷着，丝毫不觉得危险，车身如挂腊肉一般，全是小孩子。整个车子载满了童真，在河流的浅滩上，摇摇晃晃地前行。遇到比较善良的司机通常会载大家一段路程再把大家"请"下车，遇到比较调皮的，会把车子开到河水中央再停车，然后拿着木棍把大家都赶下车，每当这时，孩子们就会奋不顾身地"跳水"。

没了坛子，我常常会一个人在河边玩耍，有时候我会捡起沙滩上的小石片儿一个人玩水漂，狠狠向河面扔去，石片儿在水面一跳一跳，激起一小圈一小圈连贯的水花，然后慢慢变小，直至消失。每当这时，一颗躁动不安的童心，如逐渐荡漾开去的波纹，变得平静起来。

（六）

我能顺利转学，并不是我向父母求情的结果，而是家里发生了变故。那一年父亲永久地离开了我们，父亲在当地算是小有名气的人物，教过书，毛笔字也写得很好，逢年过节总是忙到见不到他的身影，经常被人请去给人写对联，后来父亲又学了医，专门给村里人看病，也就更忙碌了。父亲比较能干，所以小时候家里条件比同年孩子稍好一些，我常常是别人家孩子羡慕的对象。

父亲略懂风水，曾经开玩笑说，这条小河是咱们家乡的龙脉，他说我们这里将来要出大人物呀。我猜父亲说的不是我，因为我小时候总是淘气惹他生气，功课也不是很好。记忆中，三年级那年是最后一次被父亲打。自那以后，我再也没有被父亲打过，我连他几张清晰的照片也没有，对父亲的一切都停留在童年的记忆之中，他像一条安静的小河，永久流淌在我心中。

我曾经问父亲，这条河的终点在哪里，他笑着回答，这条河没有终点，流向了天边。到现在我都不知道这条河的终点在哪里，也不愿意知道，我宁愿相信它真的如父亲所说，消失在天边，这是一条生命之河。

（七）

多年了，故乡那条小河仍然静静地流淌着，它被人们污染、改造，但它仍旧那么倔强地流淌着，从不枯竭。如果有人试图将它阻断，它就积流成湖，另寻出路。在春夏秋冬四季的轮回之中慢慢延续自己的生命。

小河这种秉性像极了自己，童年求学艰辛的经历，造就了我极富"韧性"的性格，它将我童年的喜怒哀乐化作一股激流，流进我的记忆之中。在我心中它永远那么清澈、透明，宁静祥和而又富有力量。它承载着我童年的全部记忆，也记录着我们那一代人的喜怒哀乐。它是我的童年，它是另一个自己，它是流淌在我身体里的血液。

美丽的油菜花

　　春天，油菜花开的季节，漫山遍野的油菜花将整个村庄换上一套金黄色的新装，顶着黑色瓦片的小木屋成了油菜花海美丽的点缀，在阳光的照耀下，整个村子仿佛就是一幅绚烂多彩的水彩画。

　　在暖阳照射下，油菜花是自由奔放的，金灿灿、黄澄澄，一片片、一簇簇，每一束花都是那么精致、美丽。你若摘一束油菜花仔细端详，定会发现每叶花瓣都有非常细小的纹理，那是任何能工巧匠也雕琢不出来的美，四叶花瓣中围着一束青绿色小球状花蕊，那便是种花人的期盼——油菜籽。油菜花茎是嫩绿粗大的，摸上去手感非常柔软，有的足足有一米多高，花茎上零散分布着嫩绿的小叶。因为拥密的缘故，有的油菜花茎显得非常矮小纤细，但头顶仍然开着金黄色的小花，微风拂过，整片油菜花海如金色波浪一般荡漾开去，美丽极了！

　　油菜花最大的特点便是它耀眼的金色，最让人难忘的便是它那浓郁的芳香。夹杂着泥土气息，一阵阵扑鼻的油菜花香让人陶醉，陶醉的不仅仅是赏花人，还有那成群的蜜蜂，翩翩起舞的蝴蝶。徜徉在油菜花海之中除了欣赏美景感悟花香，贴耳静听，你还会听到蜜蜂群发出的嗡嗡的声音，仿佛教堂传出美妙钟声的余音，整个人如坠入仙境一般，十分惬意。

油菜花海是孩子们的天堂，花开时节，我会和小伙伴们准备好透明的玻璃瓶，光着脚丫跑到田野间油菜花丛中去捉蜜蜂和蝴蝶，时间久了，小伙伴们都能够分清楚哪一种蜜蜂蜇人，哪一种蜜蜂不蜇人，大多数时候小伙伴们都是去捉那种屁股上长得毛茸茸的小黄蜂，然后将其放在玻璃瓶里，再放几束花带回教室玩赏。每当想起这种场景，心中总会吟诵南宋诗人杨万里的名诗："篱落疏疏一径深，树头新绿未成阴。儿童急走追黄蝶，飞入菜花无处寻。"

"有心栽花花不开，无心插柳柳成荫。"农民种油菜花是有心的，但不是为了美景，而是为了收割油菜籽。夏季，一串串的油菜籽荚像怀孕的女子，饱满而又慵懒地挂满油菜枝头，等到油菜荚由青绿色变成铁灰色便是收割油菜籽的季节，老农将背弯曲成一把镰刀，将田间一片一片成熟的油菜籽收割回家，铺在竹席上让太阳暴晒些日子，然后再用竹棍拍打，灰黑色的油菜籽如小铁珠子一般不停地散落在竹席上，散发出阵阵清香，每当这时老农总要抓一把油菜籽放到嘴里咀嚼一会，然后再装入土陶瓷罐里，那是一种收获的满足。等到农闲时候再用榨油机将油菜籽榨成菜油炒菜食用。

那时候农民收割的油菜籽只有少部分才用来榨油，大部分都要挑到镇上去卖掉，补贴家用。我除了帮助父母收割油菜，还有个使命便是帮助家人一起把油菜籽运到集市上去卖掉，一元一斤，相对于蔬菜大米，油菜籽特别好卖，那时候会有专门的采购商到镇上采购，每当这时父母会叫我和哥哥帮忙，我都会特别乐意效劳，因为卖完可以自己当零花钱用。那些属于油菜花美丽的记忆也是童年的美好。

油菜花，一种再普通不过的春花，但凡在乡土农村待过的人都知道它的存在，农民只要将油菜籽往田间一撒，它就会成燎原之势，蓬勃生长，以一种金黄色敌奇花异草万紫千红。它群聚，所以热烈；它卑微，但不孤独；它平凡至极，但淳朴奋进。

放牛娃的梦想

"牧童归去横牛背，短笛无腔信口吹。"这两句牧童诗无疑是对自己儿时放牛情景最好的形容。小时候家里有一根贵州玉屏笛子，那是父亲托远房亲戚买来的。他视之为传家之宝，总是小心翼翼地护着，生怕弄坏。父亲是个毛主席迷，家里收藏着《毛主席语录》《毛泽东思想》《毛泽东诗词》等各种毛泽东文集，他非常爱书，所以从不让我碰。清闲的时候父亲就会拿出来吹上一曲《姑苏行》。小时候顽皮的我趁父亲不在家便会偷偷拿出来玩，带到放牛的山坡上去吹，在小伙伴面前炫耀。有一次险些被人骗去不还，还是父亲亲自去讨要回来的。

放牛的生活是非常充实的，有时候还要劈一捆柴或者割一筐草回家，除了农忙时节要回去帮家里干农活，大部分时间我都是在山上度过的，非常自由，"牛儿还在山坡吃草，放牛的却不知道哪儿去了"就像《王二小放牛郎》歌唱的那样，捉螃蟹、抓泥鳅、烧玉米、摘野草莓等是我和小伙伴们常干的事儿。饿了，我们会在山上自觅食物，寻些野味来吃，我们能够清楚分辨哪些能吃，哪些不能吃。捉迷藏、斗鸡、掏鸟蛋、玩弹弓……在山坡上玩各种游戏，在草丛间嬉戏打滚儿，直到天黑才赶着牛儿回家。

有意思的是，那时候玩的玩具都是自制的，或者大人们帮忙制作的。弹弓、沙包、高跷没有一样是过钱的。我有一样绝技，闻名全村，村里的孩子都会前来围观，那就是用泥巴捏出各种奇形怪状的泥人，还有模具堆放在家里展示。那时候家里几乎每间屋子都有我的杰作，有时候会成批地堆放在一起，就像刚出土的兵马俑。所以每隔一段时间母亲就要进行大扫除，把这些"怪物"清走。每当这时，我都会"痛哭流涕"好似有巨额财产损失一般，但过不了多久，我又会卷土重来。

　　我们那波放牛娃几乎没有人到过县城，更别提大城市，能和父母亲人去镇上集市赶集就是一件非常开心的事情，从我们那里到镇上需要步行二十公里左右的崎岖山路，需要翻越海拔三千米的白云大山，山路十分陡峭。快要抵达山顶时会有一段非常难行的石梯，过了之后便是稍微平缓一些的山路，行至三公里左右，就可以见到小镇风貌，映入眼帘的是一栋贴着白色瓷砖的楼房。站在白云山腰上，我曾指着那栋高楼问母亲，都是些什么人住在里面。她告诉我，那是镇中心小学，是有钱人家孩子读的学校。

　　儿时的我好奇、好动、好想，经常会跑到家后山岗上去眺望，呐喊，想要知道山的那边是什么。那个时候，还不知道"梦想"二字的含义。只知道心目中有向往，有想要得到的东西。自从我看了镇中心完小，心中便有了幻想，我要是能到那所漂亮的小学去读书，该是多么自豪的事情。而现实是我不得不回去放牛，回到那简陋的教室里。但那时候只要有书可以读，有饭可以吃，我就很满足。

　　后来父亲走了，再也没有回来，我将父亲平常吹的那根笛子珍藏起来，从不拿出来示人，只是偶尔一个人的时候才拿出来端详，脑海里总是浮现父亲伟岸的身躯，他总是坐在田地里，嘴里衔着烟斗，把犁耙打磨得银光闪闪的。

似水流年

自父亲走了以后，总感觉家里有扯不完的皮，挨不完的欺负，每隔一段时间，莫名其妙就会有人上门来吵架，说我们家那块地其实是他们祖先的，通常都理直气壮。母亲感到无助，只好整日以泪洗面。

最难的是家里经济困难，难以度日，没人伸手援助。以前我只放养一头牛，从那以后我每天要负责看养两头牛，关键时刻母亲就会把牛卖了，解燃眉之急。而我养的牛都极有灵性，不仅膘肥身健，还特听主人的话，每次也都能够卖个不错的价钱。母亲说，那是上天赐给我们家的"还债牛"。

一个乡村的愿望寄托在漫山遍野的庄稼里，一个没落的家族的梦想寄托在一个十来岁的放牛娃身上。年少的我已经意识到，我手中的牵牛绳，肩上的帆布书包加起来就是整个家庭的希望。我读书变得异常用功，常常是挑灯夜战，成绩在班上也能够名列前茅。那种奋斗的动力来自改变家族的愿望和决心。

追梦如登山，梦想会随着人前进的步伐一同成长，而这个过程我们需要披荆斩棘，克服重重障碍。只有山临绝顶，一览众山小才可以看到梦想真正的面目。

异想天开：一个不可能的梦

拿到大学录取通知书那天，我一个人从县城乘坐汽车返村，傍晚我独自一人站在村头眺望，沉思很久。傍晚的村庄和往常一样的美，"斜阳照墟落，穷巷牛羊归；野老念牧童，倚杖候荆扉……田夫荷锄至，相见语依依"。黑色瓦顶，炊烟袅袅升起，远处不时传来的鸡鸣狗吠声，那是在呼唤归家的放牛娃。村子背后的白云大山如一条巨龙盘踞在那里，晚霞归暮处，风烟黄昏起，我预感这个村子将要发生点变化，在我心目中诞生了一个奇怪的想法，那就是我要用此生为村里放牛娃建一所小学。各位看官可能会好奇，你一个家徒四壁的放牛娃缘何产生这样奇怪、异想天开的想法？且请听我一一道来。

当了三年"小八路"打了三年"游击战"换了五个战略"根据地"。这便是我整个小学的写照，在村里读书因为没有固定校舍，经常更换教学点那是常有的事情，但是无论怎么样更换，都是破败不堪的"陋室"，受够了那种寒风呼啸。据了解，47年来，"教室"换了12家农户，搬了28次。所以心中总是向往着在我们村能有一所像样的小学。

那是关乎一群放牛娃的梦。

当城里孩子坐着公交、地铁去上学时，而我却正赶着牛儿上坡；当城里孩子在宽敞明亮的教室里读书时，而我却在太阳

似水流年

底下割草；当城里孩子在谈恋爱时，而我还在解一元一次方程。农村的孩子大多早熟，上学很晚，八九岁才读一年级是常有的事儿。所以有的小学还未毕业就辍学结婚生子，我是少有的家庭贫困，又能够坚持把书读出来的人。隐隐约约有一种责任感，如果能够上大学，参加工作一定要为村民办点事情。

农村人读书通常不是为了什么远大理想，大多只是想要多识得几个大字。我是读到小学六年级才有了第一本工具书《新华字典》，还是亲戚孩子用过的，母亲去要来的，读初二才买了第一本课外参考书。在县城读高中教育资源仍旧匮乏，老师也只偏爱那些成绩拔尖的同学，对于我们这种从乡下来的勤奋的"中等生"，老师就让我们自由发挥。

上天有好生之德，我考上了天津职业技术师范大学，算是村里第一个真正统考的大学生，消息传遍了整个村子，左邻右舍都上门来道喜，他们万万没想到我这个放牛娃竟然会考上大学，连老师也没有料到。有的送礼，有的送钱，我不要就硬塞给我，还请我去吃饭。20世纪八九十年代改革之风吹遍神州大地，人们生活水平、思想有了很大提升。但是我们那个偏僻小山村还是笼罩在一片落后、封建的气息之中，传统、保守，直到我考上大学那年。大家普遍认为考上大学整个家族命运就会发生巨变。母亲出去跟人聊天，嘴角都是上扬的，脸上挂满了骄傲和自豪。

我是提前半个月知道我考上大学的消息，因为志愿没有报好，班上好几位分数平常比我高很多的优秀生落选了，只能在省内读一个三流的二本将就。我到现在都感激当时录取我的那位招生老师，因为他鼠标点击的那一瞬间真的改变了我的命运。消息传开，村民们都来找我聊天，聊起远在天边的城市——北京、天津。聊起家乡一些大学生如何辉煌，他们好像变得无所不知，变得特别热情。有人提议，我应该写一个报告，为家乡修一条马路，有人建议我应该跟政府反映，给村庄建设一所小学……

村里除了几十个放牛娃，还有一个陪伴着一波又一波放牛娃成长的"孩子王"，一个扎根在我们村将近30年的民办教师符政兵，在去天津上大学前，他也找到我交流，谈了他心中关于教育的一些想法。小时候天天见到他，读中学回家每年见到他，村民似乎对这位长年扎根本村默默奉献的民办教师已经习以为常，而对他的了解则是从那一次深入的交谈和《铜仁日报》的一则报道开始的。

【铜仁日报】
符政兵：红了桃李白了头

沿河自治县谯家镇符家村晏家地教学点代课教师符政兵，自1981年以来，27年无怨无悔地扎根在教学点从事一、二、三年级的复式教学，把自己一生的美好青春年华奉献给了贫困山区的孩子。还未到知天命之年的他，满头银丝取代了昔日黑发，但他没有叫一声苦和累，仍默默无闻地教育着每一个孩子，备受村民爱戴。

1981年，符政兵从沿河二中高中毕业后，因家庭极为贫困，便待在家中帮助父母耕种碎田块土，成为村里屈指可数的"土秀才"。在村民的推荐下，他被谯家镇教辅站聘请为代课老师，暂时安排在该镇白石溪完小任教。当上了代课老师的符政兵，十分珍惜这一来之不易的就业机会，对教学工作格外认真负责，所教班级的学生成绩总是名列前茅，深得老师们的好评和孩子们的喜爱。在当时师资力量十分紧缺的情况下，符政兵已逐步

似水流年

成长为学校里的骨干老师，当地教育行政部门极为看重他年轻有为和做事一丝不苟等优点，为了锻炼他，先后将其借调到谯家镇的小河、大土、符家、晏家地等教学点，从事一、二、三年级的复式教学，实行校长老师"一肩挑"，希望他在那里与群众打成一片，尽最大力量教好村民的孩子。

为了备足"一桶水"给他心爱的学生们，他常常利用教学之余努力"充电"，主动积极地参加地县教育局牵头组织的中师函授学习。功夫不负有心人，先后于1985年、1992年、1997年取得了《教材教法合格证》《代课教师任用证》《教师资格证》，为以后的教学打下了坚实的基础。

一年一度的寒暑假，是符政兵最高兴的日子，因为每逢寒暑假的时间，他都要辗转于沿河、印江和铜仁等县市的建筑工地打"零工"挣钱，以缓解家庭经济极为困难的尴尬局面。由于他没有什么建筑技术，只好选择一些又笨又重的粗活路，替师傅拌和灰浆或挑垒砖块等。他说，尽管在工地上工资较低，可每月下来也有1300多元，相当于代半年课的工资收入。

今年5月，沿河自治县面向全国大量招聘1500名"特岗教师"，当他得知这一消息时，不禁欣喜若狂，并把这个消息告诉了他所有的亲朋好友，称他可能也要吃上"皇粮"了！当符政兵满心欢喜地走了3个多小时山路，再转乘过境客车赶到沿河自治县教育局报名参加"特岗教师"竞聘时工作人员在审查他的资格时发现，他的年龄已超一岁。早就梦想有朝一日成为国家正式教师的他，由于年龄的障碍，当即流下了伤心的泪水，令在场的人都为他动容。为此，符政兵伤心了好几天，甚至产生了"不教了"的念头。村民得知他与"特岗教师"擦肩而过，纷纷来安慰他。村民向他承诺，只要他愿意安心扎根符家村的晏家地，哪怕人家勒紧裤带也要送孩子们读书！面对村民们的竭力挽留，符政兵心软了，再次做出了一辈子扎根晏家地教学点当"孩子王"的决定。

"桃李不言，下自成蹊。"符政兵从事一、二、三年级的复式教学 27 年来，所教学生而今已纷纷走出社会，有的已成长为国家公务员或人民教师，有的通过外出打工或辛勤耕种纷纷走上了致富道路；而他仍然领着只有 300 元的代课费从事着太阳底下最光辉的职业！眼看着一批又一批的学生走出山区，符老师心里有了一丝安慰。

《铜仁日报》第 679 期（总第 4559 期）

读完这个报道，听完符政兵老师的感想，想起以前自己读小学的生活，感慨万千。再看看我们村现在的小学生的读书条件，仍然没有得到改善，于是心目中不由分说，产生一个想法：我要用此生去努力，为他们建一所学校！

拿到大学录取通知书回村那一刻，我内心的想法更加坚定。而我忘了，自己仅仅是一个未出茅庐的大学生。

符政兵老师和他的学生

似水流年

隐形的翅膀

　　我要给孩子们建学校的梦想如一粒种子种在了我的心田，在村民和好友的鼓励支持下一天天生根发芽，茁壮成长。

　　坚定了筹建学校的信念，我做的第一件事情便是找村委干部索要材料，同时自己撰写了向教育局申请修建学校的报告，还有面向社会各界爱心人士的募捐倡议书，并且找当时的村长符勇强，没想到得到了他的大力支持，更加助长了我的信心。在我的内心是计划分两条路去实现这个目标的，首先向政府机关单位寻求帮助，如果行不通则发动社会力量。

　　早岁哪知世事艰，未谙世事的我意气风发，拿着自己撰写的报告跑遍了当地政府相关部门，还找了一些本土企业。开始了一场一个人筹建学校的持久战，见到人就跟他们谈我的想法，描绘我们村的状况，有的耐心解释，好言相劝，叫我放弃这种不切实际的想法，当然大多数的人是冷漠拒之门外。我明显感觉到大家异样的眼光，冷漠、嘲笑、不可思议。哪怕只是轻轻的一瞥，却深深地印在了一个二十岁不到的年轻人心中，是那样的刻骨铭心。

　　那年暑假，我带着自己搜集的资料走进某团委办公室，希望得到她的帮助，当我跟她讲述我要给家乡修学校的梦想，她"扑哧"地笑了，眼泪都快笑出来。那种感觉就像是被人泼了盆冷水一样，凉透全身。走的时候，她告诉我："小符，好好读书吧，别整天想着一些不切实际的事儿。"

我一脸茫然，大概这就是社会现实的真相，我开始掂量我要做的这件事情的可能性。其实在我心目中早就有这样的想法，如果得不到社会支助，我将来大学毕业参加工作自己赚钱也要实现这个愿望。

在天津上大学期间，我不断写博客、论坛发帖、发微博，求助社会各种慈善基金会，爱心人士，但都是石沉大海，杳无音信。遇到有感兴趣的，有可能性的热心人士，我便跟他们讲述我心目中的这个想法，但别人也只是当故事听完。记得当时天津有一位企业老板在网上看到我写的文章，还专程安排他的秘书驱车来我们大学找我交谈，希望资助我们，但有一些商业性的目的，我思索良久，还是拒绝了。

有一阵子，为了筹建学校，我近乎疯狂，甚至有些"无所不用其极"，只要觉得有希望的办法，我都会去试，并不是因为责任感使然，而是因为受到过分打击后的拼搏，或者向这冷漠人情社会发出的抗议。大学有段时间，我变得消极，对现实这个社会特别沮丧和绝望，我删除了自己在网上发的帖子、微博，将自己整理的材料全部封存起来，也从未跟身边同学提起我心目中这个梦想，大抵是怕人笑话。从此我将心目中这个梦想隐藏、埋葬。

但我并没有放弃，而是化作隐形的翅膀，静待时机。

经过高人指点，我把求助对象转向媒体，我给一些报社打电话，发电子邮件求助，但基本上都不回复，或者不感兴趣。但也有热心的记者会给我中肯的建议和帮助，让我印象深刻的是《贵州都市报》首席记者黄桂花，为了给我省话费，每次都是她打电话给我，她说我特别有感于你要做的事情，我也有一

似水流年

个像你这么大的弟弟！《贵阳晚报》记者侯川川，从我为家乡筹建学校开始就追踪报道此事，大四那年他写了一则新闻报道：《农村大学生，想帮娃娃建学校》，《贵阳晚报》、贵阳新闻网、贵州春晖行动发展基金会等一些官方微博纷纷转发，对整个事情起到很大推动作用，局面开始出现转机。

2013 年《贵阳晚报》：
《农村大学生，想帮娃娃建学校》（记者：侯川川）

沿河一农村的民办教学点撤销后，小学一二年级的孩子每天要走 12 公里山路，到邻村的学校求学。为此，作为从村里走出的唯一大学生，符其浩开始为筹建希望小学奔走。沿河县谯家镇符家村的教学点，设在村民提供的空余民房内，由一名老师"一肩挑"，负责小学一二年级的各门课程。今年年初，因存在安全隐患，教学点被撤销。40 余名学生只好每天走 12 公里的山路去上学。其中 14 名孩子因家长担心安全问题，辍学在家。在天津职业技术师范大学读大四的符其浩，深知教育对山村孩子的重要性，得知此事后，他开始计划筹建学校。他与教学点的老师、村委会商量后，拟筹建能容纳 110 名小学生的希望小学，初步预算在 60 万左右。今年 5 月，他向上级教育部门及贵州省扶贫基金会、贵州省春晖行动基金会提出援建申请。目前，上述部门已为其发起募捐等活动。

大学期间，符其浩曾通过社团为邻村的小学募捐书籍、校服、体育用品共 1000 多套。

大学生微博问省长

从一则新闻报道说起，2013年5月14日《中国教育报》头版头条刊登了《405万农村孩子吃上营养餐》这样一则消息，图文并茂讲述了贵州省加强学校食堂建设，实现"校校有食堂、人人吃午餐"：

（记者：朱梦聪）2011年，国务院启动农村义务教育学生营养改善计划，为全国699个国家试点县农村学生提供营养膳食补助。贵州集中连片特困区的65个县成为国家试点县，占全国近10%。

贵州省委书记赵克志批示，要围绕义务教育的教室改造、学生宿舍、食堂、教师住宅、校区的安保人员经费、伙食补助、校车配备等深入调研，制订规划，拿出意见。省长陈敏尔饱含深情地说："教育是治贫的根本，不把孩子的教育特别是贫困地区孩子的教育搞上去，贵州还要穷很长时间，还要苦很长时间。"

为此，贵州出台了一系列文件，将营养改善计划与农村寄宿制学校建设攻坚工程等紧密结合，以加强学校食堂建设为突破口，于2012年实现了农村中小学"校校有食堂，人人吃午餐"的目标。

似水流年

4月中旬，记者走进贵州大山深处的农村学校，切身感受该省创造出的以学校食堂供餐为基本特征的"贵州特色"营养餐。

投入近7亿元建起1.3万多个食堂！财政并不宽裕的贵州，投入近7亿元，在不到一年的时间里，建成13365个农村学校食堂。群山之中升起的袅袅炊烟，为成千上万的农村孩子带来希望和温暖……

看到这样一则消息，我悲喜交加，"校校有食堂，人人吃午餐"，既是"贵州特色"营养改善计划的目标，也是难于实施的利民工程。在省领导的大力改革推动下，农村孩子读书有了希望，生活有了保障，这是功在当代，利在千秋的好事，令人拍手称快。

在教育部门倡导"整合教育资源，实现农村中小学布局再调整"大政策主导下，我们村教学点因为没有固定安全校舍，维持了四十多年的教学点在那一年被撤销，合并到中心完小，当然也有生源减少的缘故。这个消息对于我来说，无疑是悲痛的，里面包含着我对本村教学点被撤销的惋惜，还有自己这些年的努力就要泡汤，更重要的是内心隐藏着一些担忧，那些不到十岁的儿童怎么办？到中心校读书每天来回要步行十多公里崎岖山路，这对成年人来说都是一个挑战，更何况小孩子。我觉得我应该为孩子们做点什么。

就在两月前，省长陈敏尔说："网络是重要的传播力量。政府要更加重视互联网，善待网络，善用网络。既要善于通过网络来了解掌握信息舆情，又要善于运用网络来传递正能量，发出好声音，体现精气神，展示前进中的贵州、变化中的贵州，让大家看到贵州人的自信。"

回到寝室我就开始琢磨，并编写文稿：

十公里，不长，那是因为你用汽车的轮子在丈量；木瓦房，不破，那是因为你用欣赏古迹的心态在观赏；中年人，不老，那是因为你只留意身份证上的年月而忘却那张苍老的颜容。古砖老瓦，断壁残垣，小院破屋，华发童颜，旧黑板，破教室，烂桌椅，无任何一处现代教育迹象的山村里，有一位备受村民爱戴的民办教师……

初生牛犊不怕虎，我将此文发到微博，并向省长发问："教育是治贫的根本，不把孩子的教育特别是贫困地区孩子的教育搞上去，贵州还要穷很长时间，还要苦很长时间，我们村教学点被撤，孩子没了教室，每天要来回步行十多公里崎岖山路去上学，请问他们如何走出山区，如何面向世界，面向未来？"

《贵州都市报》知名记者赵惠以"大学生微博问省长"为题，图文并茂专稿发出，瞬间在网上一石激起千层浪，短短几个小时阅读量达到30多万，评论转发1500多条。《贵州都市报》、《贵阳晚报》、贵州金黔在线网、贵阳新闻网、春晖行动等一些官方微博纷纷转发；春晖使者吕琦、王博等还有一些媒体人也不断转发互动，将事情正面引导，努力帮忙圆我建希望小学的梦。各路网友大军纷纷转发评论，拍砖，吐槽。当然，也有不明事理的网络"喷子"恶意扭曲事实，借此机会发泄。

一位记者告诉我，消息已经传递到省政府新闻办公厅办公室，有大领导已经关注此事，于是我整个人开始紧张焦虑起来，那晚彻夜未眠，我知道事情彻底闹大了，我删除了自己在网上发的全部信息，也不知道等待自己的会是什么样的结局。

接下来，我陆续收到好几位记者发来的微博私信，都是连

似水流年

线采访邀约，我没有回复。我不知道记者口中的大领导是谁，第二天，我收到一条奇怪的短信："后生可畏。"我思索良久，回复四个字"为国为民"。

第二种 青 春

与教育局局长的对话

一个农村大学生想要为家乡筹建希望小学的消息在网上蔓延。网友纷纷转发、点赞、评论，里面包含着对一个大学生这种举措的赞赏，也有对现实的考量。缘何一个大学生会有这样的举动？这件事情的结局又会是如何？

这件事情在这样一个节点爆发，引发很多人的关注。其实，少有人知道为了筹建学校我已经努力多年。有媒体人开始追问事情的原委，接下来我陆续接到一些记者打来的电话，向我了解此事。也有社会爱心人士，关心我的亲朋好友打来电话，那时自己年轻，不够成熟理智，尚不知道如何应对社会形形色色的人，每当有人问起此事，我都如实告知。而我的想法自始至终都很简单，那就是希望快一点把学校建起来，了却心中的一桩心愿。

然而事态的发展却是我始料不及的，我没有想到自己一个简单的举措，会引起这么大的社会舆论风波。时任铜仁市委常委、政法委书记、公安局局长张涛同志做出指示，要求当地教育部门高度重视此事。当时的沿河县委书记张翊皓同志亲自安排，组建了由县纪委、县教育局、镇政府、镇教育管理中心组成的专项调查组，于新闻报道当晚到我们村实地走访，深入调查，才有了我与县教育局局长的一番诚挚的对话。

似水流年

局长：你好，请问你是符其浩本人吗？我是县教育局局长。

笔者：您好，我是。

局长：针对你在网上所反映的问题，我们非常重视。在县委安排下，昨晚县教育局、镇教管中心成立的专项调查组到你们村实地调研、走访。现和你沟通核实下，顺便做一些政策解释。

笔者：好的，您请说。

局长：在符政兵老师带领下，我们步行从中心完小到你们村寨，调研小组亲自走了一趟你文中所反映的学生上学的崎岖山路，约莫计算了一下，我们一共走了四十几分钟，山路约两公里，公路有 4 公里。

笔者：您好，局长，我所指的十多公里是指学生每天来回的路程，大人要走四十多分钟，小孩可能就是一个小时。现在有公路还好，我们以往走的山路，单程应该不止 4 公里。

局长：跟你解释下，根据省政府办公厅、教育厅《关于进一步推进全省中小学布局结构调整指导意见的通知》文件指导，为了整合教育资源，提供优质教育服务。教育部门会在乡镇中心小学以及部分人口密集的社区小学建设寄宿制学校，逐步缩减现有村小和教学点，形成一定比例的寄宿制小学和必要的村小、教学点为补充的农村小学新格局，以实现从"有学上"到"上好学"的转变。考虑到你们村寨近两年生源减少，很多村民外出务工，子女随迁或到县城就读。鉴于此，才取消了那个教学点。你们村所在中心校已经修建好宿舍楼，可以解决部分偏远孩子的住宿问题。

笔者：我们村寨有两百多户，千多人口，一百多名适龄儿童，除了随父母在外就读的，留在本地读书的仍有八十余人，大都分散在邻村，孩子们上学之路异常艰难，而我最担心的是那些低年级的小孩子，他们是没办法走那么远山路的，大多为留守儿童，所以常常要爷爷奶奶接送，有的天未亮就出发，存在安全隐患。据我了解，农村寄宿制也要接送，没法全托。所以我觉得我们村寨那个教学点有必要存在。而我的初衷也很简单，就是要给那些小孩子们建一所学校，让他们上学不用像我们以前那么艰辛。

局长：你一个大学生，能有为家乡建学校想法是好的，也值得赞赏。

据我们调查统计，你们村寨目前有适龄儿童115人，都分散在附近小学就读。考虑到距离附近学校确实较远，学前教育幼儿和低年级学生到邻近学校上学存在一定安全隐患，我局决定在那儿修建一所学校，以满足学前幼儿教育和一年级至三年级学生就近入学。另外教育局会分配两名在编老师到那里任教，为当地教育服务。

笔者：谢谢局长。

放下电话，我内心充满感慨，与局长通话足足有一个小时，我明显能够感受到作为一个当地教育部门领导，内心充满了对本地走出去大学生的关爱。同时在国家强调集中办学，优化教育资源配置大政策的主导下，他也存在许多无奈，因为我县的实情是山高坡陡、居住分散，集中办学必然导致一部分孩子上学困难。究竟该如何权衡利弊，恐要教育主管部门出台科学方案。

学校暂时没法建，还可以慢慢去努力，而师资才是关键。让我兴奋的是教育局决定分配两名在编教师在那里驻点任教，这意味着我们村寨教学点实现"由民转公"，从此结束了四十多年的民办办学史，这才是具有历史意义的时刻。以往民办学校之所以难以为继，除了生源，最主要的便是待遇不高，意味着教师积极性不高教学质量自然上不去，这才是很多乡村民办教育衰落的真正原因。

似水流年

网友接力圆梦，新学校开建

村里要建学校的消息传遍整个村子，村民都沉浸在一片喜悦之中。而那时的我正值大四，一边准备着毕业论文答辩，一边到处奔走，忙着找工作。我几乎每天都会接到村里人打来的电话，远在天津上大学的我，隔着两千多公里，都能够感受到村民的那股热情。我想最开心的应该是那些小朋友吧，因为再也不用早起晚归，走那么远的山路去上学，再也不用担心像以前那样，教室挪来挪去。然而开心的同时，新的问题又接踵而至，新学校建在哪里，土地问题怎么解决？

征地，一个历来让人揪心的话题。新建小学要用到两亩地，需要征收农民的耕地用于学校建设，当然也没有村民愿意慷慨捐献这两亩地，因为土地是农民的衣食父母，大家对于土地征收标准存在异议。最不可思议的是，村民对于学校的选址争执不下，很是在乎，认为关系到村寨的风水，子孙后代福泽。我听罢，哭笑不得，但不得不开始认真寻思这件事情的解决办法，处理不好，可能会前功尽弃。从小在农村长大的我深知，无论社会怎么样现代化，农村一些根深蒂固的观点，民风、民俗一时间是很难转变的。

我觉得村干部才是决定这件事情成败的关键，于是我一边打电话和他们沟通，了解民情寻找解决问题的办法，一边在网上寻找案例，我给他们提供参考标准，然后由村干部组织会议，民主表决。思想不够进步的村民，就由村委上门疏导。同时我又发动在外务工乡友为征收教学用地集资，双管齐下，很快事情便取得顺利进展，征地问题顺利解决，我心里悬着的这块石头终于落下。

2013年6月25日，我一个人拖着行李箱离开天津，跟留下我四年青春的大学校园郑重说了一声再见。脑海里顿时想起2009年9月2日，我只身一人怀揣梦想来到天津这座陌生城市上学时的情景，我也曾做着衣锦还乡的梦。我本是一个穷乡僻壤走出来的放牛娃，安静、内向。大四这年，却因为建学校的事儿被推到舆论风口浪尖，让我早早体会到"人言可畏"。我畏惧别人的断章取义，也畏惧别人歪曲事实。

来到北京，与好友陈回军、何昶会合，在北京短暂停留两日，便匆匆忙忙准备回家。近半年来，他俩一直都是我的精神支柱，一方面为我出谋划策，另一方面不断鼓励我去完成心中梦想。

6月28日，我与陈回军一起搭乘开往贵州的火车，在由北京西开往贵阳的T87趟列车上，我们畅谈着各自那些青春岁月还有曾经心目中的梦想，对于大学毕业归家的游子，这是对过往的告别，也意味着新的开始。

忽然我接到村长打来的电话，我赶紧起身到火车月台去接听，他告诉我新学校今天已经破土动工，挖掘机已经进场施工，叫我勿要太担心，就等着回来看新的学校吧！挂上电话我没能控制自己，终于留下了滚烫的热泪，我一个人站在火车月台，一动不动，听着火车发出的轰隆声，透过模糊的车窗玻璃，看着窗外疾驰而过的风景，情绪变得激动起来，歇斯底里想要失声痛哭一场，那是一种彻底的解脱。

似水流年

放牛娃还乡记

（一）

记得我上大学那年，是母亲一个人把我送到车站，由村子开往县城的班车总是在凌晨六点就出发，黎明，母亲就早起帮我做好了早饭，然后送我去车站。汽车鸣了一声喇叭便启程，我将头探出窗外，挥手跟母亲告别，看着母亲瘦小的身子，略显佝偻的背，驻足在原地目送这辆渐渐消失在晨雾中的车子，内心不由分说，想起龙应台《目送》里的桥段："所谓父女母子一场，只不过意味着，你和他的缘分就是今生今世不断地在目送他的背影渐行渐远。你站立在小路的这一端，看着他逐渐消失在小路转弯的地方，而且，他用背影默默告诉你："不必追。"

母亲并不伤感离别，而是感到自豪，因为他的儿子终于要去上大学。这要搁以往，村民定会敲锣打鼓送别，记得小时候，村里有人去当兵，村民夹道送别，又是挂红花，又是燃放鞭炮，场面很是热闹，这大概是那时候村里人能够得到的最高荣誉。所以从小我就盼着自己能有那一天，不过不是当兵而是上大学。由于家里条件有限，没有办学酒，而是选择低调出行，不过这样我内心反倒平静自然得多。

看着窗外渐渐消失的故乡风景，我在内心暗暗发誓，一定要混出名堂才回来，其实每一个从穷乡僻壤走出去的放牛娃都会做衣锦还乡的梦。

（二）

"儿童篱落带斜阳，豆荚姜芽社肉香。一路稻花谁是主，红蜻蛉伴绿螳螂。"

大学毕业回乡那年，正值夏末初秋，故乡仍旧充满诗情画意，给人一种自由、闲适、和谐的欢畅之感。

我为家乡筹建学校的消息早就传遍了整个村子，学校建好了，人们津津乐道的是我一个大学生怎么样做成了这样一件不可思议的事情。回老家前，我只是给母亲打了个电话告诉她我要回去的消息。母亲赶紧去忙活磨豆花，捏汤粑，这些都是农村人待客的上等菜，没想到弄得左邻右舍皆知道我要回来，于是几位热心的村民提前上门跟我母亲打招呼，邀我去她家吃饭，母亲爽快地应了下来，我却感觉好不自在。

回到老家，第一件事情便是到新修的学校去走一走，瞧一瞧这一底四间教学楼，过往的一切，仿佛梦境一般，而眼前的这座小白楼，感觉更像是空中楼阁。

"哎呦……呦……浩子回来了，快过来坐坐"。在田间除草的符大爷见我回来便开始热情地招呼，他放下锄头向我招手，硬要邀我到田埂上坐坐。他摘下草帽，黝黑的脸庞填满千沟万壑，曾经硬朗的身子骨被岁月压弯了腰，佝偻龙钟。他慢慢向田埂坐去，掏出烟斗，吧嗒吧嗒抽起草烟来。

"你可为咱们村做了件大好事啦，别看一些老板赚得盆满钵满，吃得白白胖胖的，没有为家乡人民办点实事。"

"大爷，我做的那点事微不足道，那是大伙儿的功劳。"

似水流年

— 41 —

"别……别……别谦虚,我都听说了。

"你知道吗?我每天送我那俩孙子去中心校读书,拿着手电筒,天未亮就出发,那小孩子就跟吹唢呐似的,一直吵到学校,要是赶上下雨天,那家伙儿,就跟犁田一样。"

符大爷儿子媳妇都外出打工,留下两个孙子给他照看,一边种地一边送孙子读书,日子过得倒也清贫。

旺叔是从小看着我长大的人,因为患有癫痫病,四十多岁还未婚,一直在家务农。多年未见,他明显苍老许多,枯黄的手指夹着廉价的香烟,指甲里塞满了黑泥,如眉笔画过一般,他总是猛吸一口香烟,然后将手臂打直,并用中指用力地弹一下香烟,抖落漫天的烟尘,在烟雾缭绕之中,那张饱经沧桑的瘦脸如同火炭中的烤鸡。

平日里他总是身着朴素的麻布上衣,下身是灰色的直筒长裤,裤管卷到了膝盖,陈旧的解放鞋上沾满了灰尘。他跟我同宗,听闻侄儿回来,他头一天就来我家玩。

"我听某些人吹嘘,说那学校是他们搞的,我说奇了怪了。"

他侧着身子坐在长凳上,跷着二郎腿,有点不屑的神情,吐了一口烟雾。

"哈哈,叔叔,这个不重要,学校建好了就是好事啊。"我给他点了根香烟。

学校建好了,有几个可爱的村民,在当地鼓吹,说这都是他们一手策划的结果,我只能一笑了之,其实这并非谁的功劳,而是大家共同努力的结果。

旺叔问起我毕业后的工作,我告诉他今后我在深圳教书,他吧唧一下嘴巴,竖起大拇指。

"了不起,这才是硬板儿。"(当地俗语:真本事的含义)

其实旺叔是位纯朴善良的农民,只是因为患有癫痫病,病发作的时候有些古怪，所以村民都不怎么待见他。

村里吴姥姥拉住我的手就不放："哎呀，你都长这么大了，你看你，多年未见还是小时候那个调皮的样儿。"有说有笑，上下打量我一番。

"还记得你小时候特爱捏泥巴团儿，弄了一排泥人放在你家门槛上，我不小心碰着，掉一个在地上摔坏了，你非要俺姥姥给你重新弄一个一模一样的泥人，可为难死我了。"说罢，哈哈大笑，吴姥姥说起我小时候的尴尬囧事儿，让我感觉很不好意思。

隔壁婶婶上门邀我到她家吃饭，我推脱不掉，只好从命。

"你母亲现在总算熬出头了，你看我们家幺儿，跟你同年的，以前读书吊儿郎当，这下好吧，天天在工地上干不完的粗活儿，皮都晒出油了。"

"婶儿，您也别这么想，我只不过多读些年的书，也没好到哪里去，您看，这不还负债呢。"我安慰道。

以前，在我的世界，除了父母，老师，童年的玩伴，基本上不和大人打交道，这次回家，大家变得这么热情，我反倒不自然起来。

小时候只要我在家，就会有成群的小朋友来我家玩，因为我有很多自制的"土玩具"供他们娱乐。这次回家感觉别有一番滋味，还是以前的旧屋、小院儿，只是早已物是人非，当年一起长大的那波放牛娃早已经各奔东西。村里的青壮年纷纷外出务工，留在老家的都是 3 到 16 岁的青少年。听闻我回家，陆续跑来十几个小孩到我家院子里玩耍。

一双双纯洁的眼神，眼珠子如跳棋子般圆亮，对这位远方归家的游子既陌生又好奇，眼神偶尔从我身上闪过，然后只顾在旁边玩耍，不过我很快跟他们混熟，向他们了解一些童年趣

似水流年

事儿。其实无论走多远，长多大，在我心里，始终保留着一颗童心。

"哥哥，我在网上见过你，哈哈。"隔壁叔叔家的儿子，在镇上读中学，说话嘴里带着浓浓的乡音，搂着一个比他小3岁的弟弟，说完呵呵笑了，却显得有些腼腆不自然。

"哈哈，是吗？都是些什么？"我打趣地问道。他显得很不好意思，拉着小弟便往旁边躲闪。

（三）

最让我感动的是铜仁电视台两位记者饶西莲、邹长红，坐了5个小时的汽车，走了近半个小时的山路，长途跋涉到我们村来实地采访调研，他们对新闻务实求真的态度不得不让人敬佩。

我告诉村支书，电视台记者要来我们这里采访，他们想要了解这件事情。

"好啊，好啊。"他激动得好似气流短路，鼻孔涨得通圆，点了点头。

"那这事儿得好好安排一下。"他双手叉腰，咧着嘴站在原地。

接下来他便里外张罗，电视台采访那天，村民们都来围观，场面很是热闹，村里的小朋友也都去看热闹。从当地小孩子，到村民代表，再到在这里任教多年的符政兵老师，对村民学生代表进行逐一采访，做了较为客观真实的报道，后来《铜仁日报》发了篇《写博客、论坛发帖、发微博、用爱呼吁47年"流动教室"换新颜》报道，对整个事情进行了还原。

（铜仁日报记者：李小倩）2008年，本报记者在沿河自治县谯家镇符家村晏家地教学点，记录了代课教师符政兵27年无怨无悔地扎根深山，用寒暑假到建筑工地打工，挣钱帮助学生的感人事迹。如今，他的学生符其浩用不同的方式延续着这份爱心，为了村里的孩子们不再起早摸黑地走在上学路上，他不断地写博客，在论坛发帖，发微博求助，为村里修建起一所小学，结束了47年来的流动"教室"，实现爱的传递。

村里有间"流动的教室"，47年来，"教室"换了12家农户搬了28次，仅符政兵老师在任期间，"教室"就搬了21次。该教学点被村民称为"流动教室"。

沿河晏家地民办教学点是白石完小1966年开始设立的校外教学点，距离白石完小4公里，从教学点开办至今，学生们因为没有固定的校舍，一直在老百姓家里进行教学，这样年复一年已有47个年头。

2013年春季学期，由于学生较少，该教学点将被撤销，孩子们的求学路变得更加艰辛，每天需步行四五公里上学。

爱的呼唤引起了广泛的关注，考取天津工程师范学院经济与管理系电子商务专业的符其浩，在大学期间，不断地写博客，在论坛发帖，发微博求助，希望能帮助村里修建起一所小学。

"对于城里孩子来说，大山里的风景是美丽的，而对于大山里的孩子们来说，大山的阻隔让他们的求学路走得很艰辛。村里的孩子就分成了三支队伍，分别到距村庄4公里外的白石完小、大土村完小、彭家寨小学去读书，他们来回两次得翻山越岭步行12多公里的山路，花上将近2个小时。学生常常会因为山路崎岖扭伤脚跟，被路边的茅草刺得鲜血直流，到学校时已经是疲惫不堪，下雨天更糟糕，即使撑着雨伞到学校还是会浑身湿透，但他们仍然会坚持把课上完，因为来一趟太不容易。年纪太小的孩子由于父母基本上都外出打工，或者上山干活，

似水流年

只有爷爷奶奶背着去上学，他们无不期盼在村里能够有一所希望小学……"这是符其浩用朴实的文字记录着大山深处那一群孩子求学的艰辛真实写照。

其间，受到广大网友关注。今年5月，符其浩的微博被一知名记者转载后，随即跟帖点评1500多条，阅读量达30多万次，沿河晏家地民办教学点孩子们的求学路备受瞩目。今年5月23日，微博传递到了省人民政府新闻办公室官方微博，引起各级相关部门高度重视，省、市、县立即组成专项调查组，深入谯家镇白石片区符家村晏家地开展实地调查。该县教育局决定筹集资金在晏家地重新修建一所学校，以满足该自然村寨学前教育幼儿和一年级至三年级学生就近入学。

孩子们终于有了固定的教室。6月28日，村民期盼已久的符家村希望小学终于破土动工。乡里的群众纷纷赶来，见证着这来之不易的幸福。该校将在今年10月正式投入使用。

"谁言寸草心，报得三春晖。"符其浩说，他是大山走出去的孩子，要尽最大的努力来改变家乡孩子的求学现状，把正能量传递下去。

（四）

人人都渴望梦想成真，但当美梦成真的那一刻，却又意味着新的出发。原本计划用一生去完成的梦想没想到却在大学毕业时提前实现了，心中反倒有些迷茫，幸好有新的工作可以去奔。人的任何举措都是性格使然，特殊环境造就的结果。在我看来梦想没有伟大和卑微之分，它或许就是人活着的一种信仰或支撑，我也从来没有觉得自己去做这件事情就伟大，充满道德优越感，它只是我心目中一个单纯的想法，一个放牛娃的梦。

  那年暑假我在老家没有待多久，忙完所有事情匆匆跟亲人道别，稻子成熟的时候，我又离开了家乡。

似水流年

春晖故事

《游子吟》—春晖缘

旧时贵州"天无三日晴，地无三里平，人无三分银"。贵州山清水秀，层峦叠嶂，唐代诗人孟郊留下了"旧说天下山，半在黔中青；又闻天下泉，半落黔中鸣"美妙诗句。贵州的山，对外人来说是美丽风景，对我们山区孩子来说是阻碍我们走出去的屏障。我出生在贵州一个偏远山区—沿河土家族自治县符家村。算是一个典型放牛长大的孩子，整日与山为伴。直到后来到镇上念中学，每逢周日放假回家仍然需要翻山越岭两个多小时，求学之路格外艰难。初中毕业时，班主任在我的毕业寄语里写道"谁言寸草心，报得三春晖"。"春晖"二字从此映入眼帘。春晖喻义春天般的阳光，象征母爱。班主任曾目睹我母亲为我送菜经历，毕业寄语寸草报春晖，寓意深远。该句诗出至唐代诗人孟郊的《游子吟》：

> 慈母手中线，游子身上衣。
> 临行密密缝，意恐迟迟归。
> 谁言寸草心，报得三春晖。

临近暑假，大学学妹吴双通过校友关系找到我，希望对我进行一次采访，我心想自己并非名人，无非问些大学生就业、

春晖故事

职业生涯规划之类的事儿，于是欣然应允。没想到她一开口，第一个问题便击中我内心深处："学长，现在春晖社发展很好，在学校影响力也很大，我想问问您当初是出于什么样的初衷创立春晖社？"我沉默许久，不知怎么样回答。大学时，我曾经带领一帮志趣相投的同学在学校创立了一个公益社团—春晖社。这事本不稀奇，可是后来很多参加过春晖社的朋友告诉我，是因为参与了这样一个团体，改变了自己的人生，永远感激在社团的那段时光。我不知道这样一个社团对别人意味着什么，对我而言，大学时除了学习，我对春晖社算是倾注了所有精力，给了它全部的爱。说它是我命运转折点，影响我一生毫不为过。一路走来，有太多的热泪盈眶的故事，但是却从未有人问我初心为何？时隔多年，我已经不再是那个为了春晖奋不顾身的热血青年，但倘若有人在我面前提起它，我仍会格外上心。

在天津上大学期间，结识来自五湖四海的同学，经常会有人尚不知道贵州乃一省，误以为贵州属于遵义。一开始会愤慨，见多了，后来便一笑了之。有两块石头一直压在贵州人肩上，一是唐代诗人柳宗元《黔之驴》"黔驴技穷"的典故，二是出自《史记·西南夷列传》"夜郎自大"的传世经典。我的家乡就坐落于夜郎之都铜仁。作为贵州人，一名异乡的游子，一直肩负着为家乡正名的使命。

一个意外机会，朋友尚晴邀我参加一个贵州乡友聚会，聊起某些人缺乏常识，尚不知贵州乃一省一事，颇有微词。末了一个老乡提议，贵州少数民族众多，有很多民族特色的艺术品，要不我们办一个会展，宣传宣传家乡。说者无心听者有意，第二天我便开始联络乡友，筹备会展事宜。做的过程中我在想，这只是暂时性的，要不成立一个组织，让这样的文化精神传递下去，思来想去命名"春晖"，旨在号召在外游子宣传家乡，宣传民族特色，饮水思源，反哺故土亲人。响应贵州团省委在2004年就发起的大型社会公益活动"春晖行动"文化号召。

春晖社从孕育到诞生，它像一个孩子一样，历经各种困难挫折，从默默无闻排名倒数第一，后来奇迹般的逆袭成为全校数一数二的大社团，再到在全国都具有一定影响力，一路走来，收获的是感动和成长，斩获荣誉无数，从校十佳社团到被天津市委、宣传部、市教委等多个部门联合授予"优秀团队"称号，再到被贵州省委组织部、教育厅、文明办、团省委联合授予"春晖行动先进集体"称号，再到被共青团中央学校部、《人民日报》政文部、人民网联合授予"优秀团队"称号……

一个个殊荣背后是一个个动人的春晖故事，应该说每个春晖人心目中都有属于自己的春晖故事，而我顶多算是春晖的一粒种子。而春晖的文化精髓正是一棵树摇动另一棵树。春晖的故事像一首校园民谣，传唱到校园的每一个角落。大学毕业了，在社会上遇到一些校友，提起春晖，他们或多或少有所耳闻，这正是春晖的意义，也是每一代春晖人不断努力的结果。

工作了，我时常关注春晖社，我希望它像孩子一样能够健康成长，就像大学校党委书记孟庆国为春晖题词那样"将春晖精神发扬光大"，让更多的孩子加入其中来，去践行春晖宗旨。然而我又明白，春晖社是感恩，反哺文化的摇篮，春晖社更像是一辆没有终点的列车，车上的春晖人总归是要一波换着另外一波，我只是希望曾经加入其中的人，能够感恩那一段旅程，未来有好故事可以说。

春晖故事

我不太赞成某些人在做成一件事情之后，把当初的初衷说得那般毅然决然，那般伟大，把偶然当必然，当然也不排除有这样伟大之人，但一定是凤毛麟角。某些事情之所以伟大，在于有人把一些突发奇想落实行动，并且坚持的结果。我成立春晖社，也是特定机缘造就的结果。时隔多年，我提笔重抒，将往事重提，回顾这一段春晖情缘，也算是不忘初心。

多年以后，我成了一名真正的游子，到离家乡千里之外的福建教书。提及春晖，仍心怀感激。感谢自己的坚持，感谢陪我走过那段岁月的伙伴，还有家里渐添华发的老母亲……

第二种青春

春晖七剑客

（一）

　　我这个人不大习惯过生日，主要由于从小在农村长大，没有这样的条件，每次生日总归是要母亲提前打电话提醒，我才会记起。后来到天津上了大学，发现身边经常有同学办生日party，参加次数多了，也就谋生出要给自己办一次的想法，总觉得人不能太亏欠自己。印象中，我大学唯一一次给自己过生日是大二那年，我邀请几个大学室友还有陈云宗等几个好哥们到学校附近一家东北菜馆聚餐，这家菜馆坐落在学校附近何庄子菜市场，位置较为静僻，餐厅设在二楼，是几间临时搭建的铁皮屋子，环境很是简陋，颇像古时候的江湖客栈，从楼上可以看到大街上熙熙攘攘的人群，哥几个选择在这里痛快喝上几杯，颇有梁山好汉聚义之感。之所以选择这里是因为想要一尝这儿正宗的东北菜。

　　"老板娘来一个杀猪菜、东北大拉皮、小野鸡炖蘑菇，嗯……还有那个东北'乱伦'……"

　　瘦猴点菜，故意把"东北乱炖"这道菜念作东北乱伦，惹得大伙哈哈大笑。

　　"小伙子，我们这里只有东北乱炖，没有东北乱伦，不要乱说啊。"掌柜的回复。

大学如果没有痛哭过一次，就不算爱过，没有醉过一次，就不算真的兄弟。那天晚上哥儿几个喝得痛快，玩得尽兴，末了散会，我和陈云宗还有令狐昌锦边走边聊回寝室。

"上次在小礼堂不小心听到你的演讲，你小子牛呀。"我对陈云宗说道。

"我那就打酱油，哈哈。"他笑了笑回答。

"你知道我今晚为什么叫你来不？"我问他。

"不你生日嘛？"

"当然，我其实有个想法想和你们商量，我想弄一个会展，把咱们家乡的民族工艺品拿出来给同学们展示展示。"我回答。

"好主意，哈哈，还可以顺便宣传哈咱贵州，有人居然以为贵州属于遵义，晕死。"

他很支持我的想法，只是大家目前都不知道该怎么样去做。现在想起来都觉得不可思议，当天晚上我们三个去寝室还专门为此事开了个小会，决定开始行动起来，也许是酒精麻醉的缘故，有些异想天开。

第二天我一觉醒来，还真来劲儿了，决定试一试，思来想去觉得目前最缺的是人手，于是我和云宗讲，要不咱们一人找两个人，他很爽快地答应下来。青春期是冲动的，每当有这种不靠谱的想法，首先遭殃的就是自己身边的哥们，于是我说服了令狐昌锦加入。我觉得人手还是不够，身边也少有人感兴趣，最重要的是别人以为我是疯子，是在做一些不切实际的事情。那时候的自己卑微、渺小，找不到人来加入，思来想去觉得有两个学弟合适，是我们同一个学院的，一个叫周浦，一个叫吴红。印象中他们每次叫我学长最为恳切，在他们心目中估计还是比较尊重我这个学长的。我把他们叫来，说是要给他们谈谈人生规划的问题，他们也很感兴趣，于是就这样稀里糊涂地被忽悠进来。

陈云宗没有让我失望，他去找了两位同乡好友，罗金，还有翁远松。第一次碰头是在我们寝室，当时寝室那帮网虫还有烟鬼惊讶，不知道我要做什么，一下子带了五六个人来寝室密会，也很配合地给我们腾地儿，他们六个坐在凳子上，我站着手舞足蹈给他们讲述我心目中的想法，那种场景和2000年的马云跟他的十八罗汉讲述互联网很相似，因为他们都不太明白我具体要做些什么，但结果却让我很满意，没有一个人要退出，相反大家都很感兴趣，都有要大干一场的冲劲儿。

青春的意义从来都不在于年轻，而是年轻人的满腔热血和做事不计后果的冲动。说来也怪，我们七个人第一次聚在一起没有讨论事情的可行性，而是任务分工。办会展第一要事便是去找展品，翁远松去找服装，我去找书画，陈云宗去找饰品还有酒……我们就这样各自行动。

第一次受到打击是假期我和一帮朋友去贵州旅游局，打算借一些贵州少数民族服饰还有书画运到天津来展示，记得有个领导听了我们的想法忍不住发笑，他说现在的孩子怎么这么天真呢！结局当然是一件服装也没有给，倒是给我们一堆废旧杂志，我还真就傻了吧唧把它托到了天津。陈云宗则从老家弄来几瓶散酒茅台，还有有关茅台酒的宣传画册，罗金、翁远松则借来少数民族衣服……

七个人中，陈云宗口才最棒，交际最好。令狐昌锦做事比

春晖故事

较谨小慎微，罗金、翁远松都属于干事踏实的人，只有那两个小学弟我尚且不是很了解。那个时候无形中就学会了管理，也许是刚上大学时候读《三国演义》的缘故，我让令狐昌锦负责跟那两个小学弟直接沟通，每次见到他回宿舍摔凳子发脾气的样子我就知道这两个学弟不那么好合作。而我则主要负责和陈云宗、令狐昌锦、罗金三人进行对接。我们借到的东西越来越多，从院里同学那里借来的，家里寄来的，我们把各自寝室的柜台堆得满满的。我心里却越来越没底，难道会展就是把东西摆在外面就好，别人会不会光临？需不需要人来讲解呢？我开始意识到，办好会展需要更多的人来服务，弄不好要被学校误以为我们是搞推销的走鬼小当，会被学校保安驱赶。

我开始思考怎么样才能把这次会展办得有声有色，而不至于冷场。打听到天津农学院贵州籍乡友有举办这方面活动的经历，于是我们几个人又专门乘坐公交车去农学院向对方取经，对方很热情，请我们吃饭喝酒，结果是我们几个喝得酩酊大醉，找不着北，差点没有赶上回来的公交车。

我们开始各种发动身边的乡友，同班同学，告诉他们我们要办一场会展，有同学见我们收集了不少少数民族的东西，甚是好奇，于是陆续有不少同学加入其中。一开始，我只是一门心思琢磨怎么样把会展办好，我统计了一下，我们收集的东西大大小小一共才56件，连一个帽子都算在里面。我心里犯嘀咕，这东西摆放起来简直就是一地摊嘛，哪里是会展？离我们定的时间没有几天了，我们七个人又到我寝室开会，吴红提议："要不咱们再弄一个民族晚会吧。"令狐昌锦说"我认识一个老乡，跳民族舞不错"，陈云宗说"我有个哥们街舞跳得杠杠的"，罗金说"我认识一个歌唱得不错的,我可以请她来"……就这样,一来二去我们几个决定办完会展,要来一场民族文艺晚会。

会展如期进行,没有我们想象中那么热闹,也没有我们之前担忧的那样冷场,我们在一食堂前广场摆了一排桌子,把借来的东西摆放上去,放学的时候,我们叫了几十个同学过去围观,帮忙助兴。现场有同学负责解说,还有人现场表演书法。

最为搞笑的是,为了吸引大家,陈云宗和罗金、周浦、吴红硬是去附近工地上借来别人搭排山的竹竿,说是要给大家表演咱们家乡的竹竿舞。我看着他们几个扛竹竿的身影,就活生生的一个建筑工人的画面,让我感动的同时也令我捧腹大笑。

我们把借来的竹竿铺成一排,像竹筏一样,两边同学手握住竹竿底部,进行来回有节奏的敲打,然后我们几个轮番上去表演,因为这个竹竿舞,还吸引不少同学过来围观、参与。不断地有人问我们来自哪里,是什么民族。

2011年这首由贵州音乐人张超制作的歌曲《最炫民族风》迅速火遍大江南北,大街小巷到处都是这首歌的旋律,服装店、广场上、KTV、酒吧……这首号称百搭神曲的歌曲被网友纷纷下载,配上各种视图恶搞。会展那天,我们把电脑搬到现场,放着这首曲子,跳着舞蹈,跟现场围观的同学说,我们是最炫民族风。

那是我第一次比较自信地在大庭广众之下和别人进行交流,一场筹划已久的会展就这样不温不火地结束。其实那个时候,

春晖故事

我们已经把所有精力都转移到接下来的文艺晚会上，包括那天的活动也是不断地在为晚会做宣传。

哥们几个还来不及高兴，就已经全身心地投入筹备晚会中去。究竟要办一场怎么样的晚会，其实大家心里都没有底，因为都没有经验，也没有这方面的资源，直到陈云宗做了一件不可思议的事情，才增加了大伙儿的信心。

（二）

一天中午，陈云宗突然把手机给我，叫我看一条短信。有人向他卡上转账两千元，我问他怎么回事，他说他给我们晚会找了两千元的赞助费，是找他一个亲戚要的。我一听，差点儿没高兴得跳起来，赶紧告诉我们每一个小伙伴。有了赞助，大家做事情都有了劲儿，像是吃了颗定心丸。于是我们开始找演员、服装，还有道具，疯狂地行动起来。

罗金告诉我，要在小礼堂办文艺晚会必须要向学校提前一周申请备案，学校批准才可以。原本一件小事情，却成为整个事情的转折点，我在寻思我们以什么样的名义去找学校申请呢？难道我们就自己办完这一次晚会过完瘾就散伙？

我觉得这事非同小可，决定召集七个小伙伴开会认真讨论一下。那时我们没有固定的开会地点，除了我的寝室，要么就是在无人的教室，要么是在学校草坪，或者走廊上。这一次不同，我们挑选了第四教学楼一间比较安静的教室，认真讨论我们这个团队接下来的走向和晚会的筹办进展。这次会议成了我们团队的一次"遵义会议"，彻底地改变了我们这个小团队的想法，也改变了我大学的生活。

在会议上，我提议要申报一个社团，好让这样的活动得到传承，我们的初衷并不是办一次就完事，是希望更多的同学加入其中，让大家找到归属感，名字就叫"春晖社"吧。春晖社的概念第一次进入我们脑海，大家都表示认同和支持。还坚决推举我为社长，陈云宗为副社长，当时我并不知道"社长"这两个字意味着责任，还有压力，更多的则是煎熬。

我们把文艺晚会定在 10 月 18 日晚上进行，记得那段时光，我白天为晚会事情奔走不停，晚上回寝室就撰写文案和策划，几乎天天熬夜，我就是那段时间用眼过度，眼睛近视的。

我们进行了任务分工，我和云宗负责去申请社团，同时整体负责整场晚会的设计和安排。罗金、令狐昌锦负责整场晚会演员的剧务人员的调遣，翁远松、周浦、吴红则负责整场晚会道具设备等后勤工作。

举办晚会，第一要务就是把社团申请注册下来，我和云宗整理好文稿，兴致勃勃地来到校团委办公室，去申请注册社团。学校给我们泼了一盆冷水，那就是坚决不同意我们成立社团，也没有给出具体缘由。我第一次感受到了前所未有的压力，因为那时候已经有男男女女三十多号人专门为筹备晚会而努力，演员们每天都会去 A 楼地下室还有留学生公寓后面排练，社团申请不下来，意味着所有的努力白费，最为要命的是，我们怎么敢把这个消息告诉大家？后果不敢想象。

我百思不得其解，是文案没写好，还是表述有问题？我和云宗逐字逐句推敲，最后又以书信的形式给学校写了情真意切的信，再次来到团委办公室，亲自递呈给老师。学校的态度仍然没有改变，反而比上次更加严厉，这一次，我感到更加绝望和无助。一边是筹备晚会的同学，马不停蹄地准备着，不辞辛劳排练节目，一天天推进着这个活动；一边是学校坚决不同意的态度。我就这样夹在中间，承受着巨大的压力。也不敢告诉任何一个人，只有我和云宗知道。

当一个自尊心极强的人被逼无奈后往往会变得脸皮超级厚，那时的我不仅自尊心强，而且特要面子，但极有韧性，我是属于挂着眼泪也要坚持把事情做完的人。为了给大伙儿和自己一个交代，我和云宗只好硬着头皮，接二连三往校团委办公室跑，有时候还会被莫名其妙的教训一顿，每一次从团委办公室走出来眼睛都是湿润的，哭完之后又继续琢磨，怎么样把社团申请下来。

后来打听得知，学校之所以不同意，是因为我们做的是民族文艺晚会，学校对少数民族宗教特色的东西向来敏感，再者学校已经有大大小小三十多个社团，管理烦琐，已经不再轻易批准。

我们想了个办法，把我们社团的章程、宗旨、文化理念，全部梳理出来，把我们要做的活动详细策划拿给团委老师看，告诉他们我们准备工作进展情况，并且带了几件实物给老师看，学校这才被我们的坚持和诚意打动了，于是给我们开了个证明："兹证明，同意成立春晖社，其间允许在学校开展活动……时间

2011年9月28日。"我拿着这个证明，缓步走出团委办公室，长叹一口气，在学校超市门口楼梯处，驻足凝望，七号学生公寓走道来回穿梭的学生人群，眼角渐渐模糊，终于我没能控制住自己，眼泪唰地涌了出来。

其实，我已经不知道，这是我第几次来到团委办公室……那一年，我大三！

（三）

在大学社团中，几乎都会设一个部门—外联部。表现活跃，喜好交际的同学往往青睐这样的部门，令狐昌锦人长得帅（他自己这样认为），又好侃大山，于是被大家推荐为春晖社外联部第一任部长。

社团申请下来，我才勉强松一口气，觉得没有愧对大伙儿。

在此之前，我曾经观看过不少晚会，几乎每场晚会都有赞助商，虽然有云宗之前拉的那两千元的赞助，但对方只是私下赞助我们，不需要宣传。当时在学生社团中有这样的看法，如果晚会赞助拉得越大，就越有逼格，越有面子，而我们团队没有一个人有拉赞助的经验。我曾跟令狐昌锦讲，甭管钱多少，你只要能够拉到一个赞助就算成功。其实我们已经不缺钱啦，也就是冠名，这样大家才觉得有面子。

那段时间，他俨然一个上门推销的贩子，拿着晚会的策划硬是把学校周边的商店、餐馆、KTV几乎地毯式地走了个遍，

春晖故事

结果是没有一个商家愿意赞助我们，理由是他们从未听说过春晖社，因为学校周边的商家几乎都被平常办活动拉赞助的学生轮了个遍。

拉赞助的事情让他一筹莫展，我拿着策划，思量着，决定亲自出去试一试。

"您好，欢迎光临，理发吗？"

我和令狐昌锦还有两个社员走进学校附近一家发廊。"是的，我们想要弄个造型，做个水疗什么的。"

我们几人找个凳子坐了下来，店长见我们几个过来做头发的很高兴，赶紧给我们一人送上一杯水，可以看出这家店是新开的。

"好的，你先坐下，帅哥你需要做什么样的发型，我给你介绍下。"

理发师递过来一个册子，我翻开浏览着里面各种发型和价位。

"你们这个优惠力度挺大的呀，是不是因为新开业？"我说道。

"是的，我们这个分店新开业，所以才有这么大的优惠。"理发师回复道。

"你们这个店开在这里就是专门针对我们学校的同学吗，干嘛不去做下广告？"我开始转移话题。

"做广告，倒没有想过，我们这里倒是有很多优惠券打算拿去发发。"店长回复。

"我们可以试试给你们做下广告，还可以免费给你们发发优惠券。"我回答。

"好的，怎么个做法……"

其实我们是有备而来，我赶紧叫随行社员把我们晚会的策划给对方看，就这样我们拉到了晚会的赞助。对方直接给了我们两百元的现金、十几瓶洗发露，还有两百张广告纸。对方还承诺赞助我们一个条幅，条件是在晚会当天我们留一个环节给他们店铺宣传一下，我很爽快地答应了。

记得那天店家免费给我们几个做了发型，我拿着店长给我们的沉甸甸的几瓶洗发露，整个人都感觉神清气爽，这段时间以来的憋屈总算得到释放。

回来的路上，令狐昌锦开玩笑说："没想到你比我还会忽悠。"

梦想的礼堂

初到天津，很不习惯北方的秋天，干燥且多风。最让我触目惊心的是北方的秋总是给人一片萧条的悲凉感觉，树上的叶子总是掉得精光，不像南方，一年四季主打都是绿色。记得人生第一次出远门便是独自一人从贵州乘坐火车去天津上大学，火车穿越绵延不断的山峦跨越到一望无际的平原，那种感觉像穿越电影场景的转换一般，令人惊奇。

秋日漫步天职师大校园，你会被映入眼帘的三栋现代化大楼吸引，这也是天职师大学子引以为豪的三栋楼，编号 ABC。穿过 B 楼是一条质朴古旧的小道，一直通往第三食堂。在 B 楼旁边，有一栋陈旧的楼房，只有两层。师生们管这儿叫小礼堂，里面可容纳 500 多人，学校大大小小的会议，包括重量级文艺晚会都在这里举办，它是许多天职师大学子都梦想的舞台。

2009 年 9 月 2 日，我简单收拾行囊，只身一个人坐了将近 30 小时的火车来到天津上大学，来到这片校园之前，想象大学生活是白色的，因为象牙塔是白色的。整个生活就好像它折射的光，纯净而自由。大一时，我曾在小礼堂欣赏了学长学姐们精心为我们新生编排的迎新文艺晚会，那是我第一次看到这么精彩的晚会，显得有些兴奋。脑子里不知咋的忽然闪现一个念头，我是不是有一天也有机会站上这个舞台？但仅仅是一瞬间的念头。

我从小在农村长大，习惯与山为伴，至今身上仍然保留着一股"土气"，一个地地道道从穷山沟里走出来的孩子，平凡而又卑微渺小，我从来没有想过有一天我也有机会来学校小礼堂导演一场晚会，这也许就是大学的意义——一切皆有可能。而这一切，仅隔两年。

几经周折，学校终于同意我们成立社团，我只能暗自窃喜片刻，因为有更艰巨的任务要完成，那就是民族文艺展览。我时刻觉得有无数双眼睛盯着我，丝毫不敢懈怠。我们觉得只是把同学们各种家乡特色的文艺品拿出来展览显得有些单调，怕冷场。况且我们可以展览的东西并不多，于是有人提议干脆画点展板，再来点文艺舞蹈，我们开始征选节目，在大学校园这一片热土总是人才济济，节目上报的不少，而且有不少节目只能在舞台配合灯光下表演。经过商议，我们决定在办完会展之后，来一场带有民族特色文艺晚会。从来没有经验的我们也不知道哪里来的勇气，像痴人说梦一样，决定要办一场大型民族文艺晚会，而且就在学校礼堂演出。于是整个团队的精力一下子转到办文艺晚会的事上来。

通过办会展，越来越多的同学对这个社团感兴趣，社团也从最初的7个人，发展到30个，再到50多个。成立之初，学校已经有大大小小的社团30多个，由于社团刚成立，没有影响力，没有品牌活动，理所当然排在倒数第一。但这仍然不妨碍我们做事的激情，最为关键的是，我们迫切需要拿出实际行动，向学校证明我们自己，行！于是我们把民族文艺晚会定在10月18日举行，也就是国庆假期之后一周。从9月28日到10月18日仅仅20天时间，也就是我们要在20天之内上演一场民族文

春晖故事

艺晚会。任务如此艰巨,团队每一个人都绷紧了神经,不知疲倦地忙着。借道具,找演员,总之发动身边一切可以利用资源。白天上课,晚上排练节目。那段时间,每天都和大家在一起集中开会讨论节目进展情况。完了我和陈云宗、罗金、令狐昌锦等几位春晖社骨干还得在寝室讨论到很晚。

社团要在小礼堂举办文艺晚会,学校有个规定,使用礼堂需要提前一周向学校申请备案,审批活动方案。我们经过精心编排,筛选,整理好晚会活动方案和节目内容,心怀忐忑,来到团委办公室,团委老师先是看了我们的活动方案,接着是一连串的疑问:"你们社团刚成立,没有经验怎么能办好这样大的晚会?还要到小礼堂去办?上次学生会在那儿办的活动尚且差强人意,何况你们?"接着便是拿起手中之笔,在晚会策划书上标注,审视我们的节目单,在后面圈点标注,每否定一个节目我心头就像被割一块儿肉,那种感觉就像小时候当着家长的面被老师批评。20多个文艺节目被删除了将近一半,我在想我如何向那些同学交代,留给我们的时间已经不多。最要命的是学校最终不同意我们办这次晚会,而且小礼堂也不批给我们,因为担心我们没有经验,怕出安全事故!

走出团委办公室,我和陈云宗面面相觑,没说一句话,骑着自行车,独自回到寝室,仿佛觉得空气里到处都弥漫着绝望。

那天晚上在寝室坐立不安的我,一个人骑着自行车到小礼堂转了一圈,发现礼堂的门开着,慢步进去,大学生艺术团演出完毕,有两个同学正在打扫卫生,显得那么安静,此刻我就站在礼堂,内心的孤独和无助可以填满整个礼堂,脑子里再次浮现迎新晚会时候的场景,想象礼堂这个舞台离自己是那么遥远……

不能说的秘密

这个消息对我来说是毁灭性的打击。

一个月来我一直伪装的坚强在这一瞬间被击溃，整个人都快垮掉，像一堆被炮火击中的堡垒迅速坍塌开来。我瘫坐在礼堂后面草坪里，双手交叉压着后脑勺，好像刚刚经历过地震的人一样。礼堂里几十名晚会剧务人员正在紧张有序地忙着，演员在试装，主持人在熟悉台词，灯光师在调光，礼仪在迎宾，观众在入场，是的，一场盛大的晚会就要上演，距离晚会开始不到20分钟。

谁也不知道危险正在来临，虽然在此之前我和节目组工作人员已经做了充分突发情况应急预案。这个消息对艰辛筹备晚会的工作人员来说是致命的，足以让整场晚会泡汤。但偏偏又是他，一个老好人，一个团队的骨灰级元老，亲口告诉我这个坏消息，他是第一个也是唯一一个发现这个问题的人。我把两个月来积压的愤怒情绪一下子爆发了出来，如洪水般涌向他。怎么会这样，怎么可以出现这种低级错误？我一连串的问题问得他不知如何作答，一脸无辜和无奈。

他手里攥着那根数据线，感觉很无奈，他是个沉默寡言的人，一脸憨厚老实。两个月来为筹备晚会默默付出，因为晚会需要，他专程跑到一所兄弟学校去借礼服，还被那些人灌了酒，他是无辜的……

他叫翁远松，春晖社七剑客之一。

他告诉我，这根数据线接口处不知道被谁弄坏了，明明是用胶布绑好的。这是小礼堂数据传输总线，只有一根，没有备用的。意味着整场晚会的音乐、视频、PPT 都无法播放。如果这个问题得不到解决，就要宣告晚会终止上演。

我是个极其隐忍的人，隐忍到有些懦弱。自从被大家推荐为会长，社团大大小小的问题都冲着我来，一方面要顶着学校的压力，一方面要缓解内部矛盾。就像夹板之间那颗小钢钉，承受着全部压力。

我们的晚会原来定于 10 月 18 日晚上举行，由于小礼堂迟迟申请不下来。从成立社团到筹备晚会，我几乎天天往校团委跑。直到 10 月 12 日学校才批准。其间，由于学校活动太多，一天学校突然打电话对我说取消 10 月 18 日我们对礼堂的申请，具体空当时间再另行通知，我的心一直是悬着的，如坐过山车一般。因为每一次时间的变动都意味着我们前期宣传工作的泡汤。最后终于把时间敲定在 11 月 2 日。也许是没有经验的原因，整个团队除了上课时间，几乎全部精力都投入进去了，每个人都像打了鸡血一样，从早到晚不停地忙碌。我也不知道是什么原因，大家热情这么高涨，也许是没有经验的缘故，怕搞砸。总之每个人就这么付出，无怨无悔。

我一拍脑袋，不行！这个消息绝不能让任何人知道，必须立马解决。我告诉他，学校超市那边可能有，这是唯一希望，他骑着自行车向超市飞奔而去，车轮转得像电风扇一般，从未见他骑车这么快。

我心急如焚，回到礼堂，装着无事继续组织会场工作。大约 5 分钟后他出现在门口，将数据线迅速换上，催台的发出号令，"音箱组注意，我们调试一下设备"。苍天有眼，要是晚一分钟，大家就会发现这个问题，工作人员就会开始慌张，后果不堪设想。

这个秘密一直藏在我心里很久很久，每当事后小伙伴们津津乐道那天晚上的晚会有多么成功时，我却从未对人提起那心跳的时刻。生活就这样，那些惊心动魄的时刻我们只能深藏于内心，直到烂在心里，别人永远无法体会，于是成了我们每个人心里不能说的秘密。

或许他早已忘记，但对我来说却是刻骨铭心。2014年我曾回母校演讲，讲到这一插曲，当时一个正在社团工作的学妹听了，发来信息："学长，不知道你当时是怎么挺下来的，要是我遇到你当时那种情况只能束手就擒，感谢你们给我们创造这么好的平台……"

其实我哪懂什么坚强，全靠死撑！

两个男人的拥抱

我和云宗是好哥们，也是好搭档。两个多月以来，我们几乎每天都在一起商讨着社团的事情，为了办好这场晚会，我们几乎是呕心沥血，我曾跟人说，人呀累到极致便是苦，在筹备晚会那段时间，我几乎是累伤了，是一个过得很苦的人。

晚会上陈云宗要表演诗歌朗诵，每天除了要督促其他演员的排练，还得自我练习，而我主要负责晚会节目视频的制作。其实这并非我的专业，形势危急，一时间找不到合适的人，我只好边学边做，为了让晚会有一个震撼的开场，我精心设计了一个十秒钟的开场倒数视频，还准备了热场舞蹈，做足了晚会开场的文章，而这一切都得幸于李刚老师的点拨。

那段时间，"我爸是李刚"的桥段还没有火，我们社团指导老师李刚却在我们学校小有名气。学生毕业晚会，学校重要主持都是他担纲，被学生亲切地称之为"刚哥"。我和云宗也是抱着试一试的心理，去找李刚老师指点，我们拿着晚会活动策划还有节目单来到他的办公室，自报家门，拿出策划给他看。

"哟，小伙子们工作做得到位哈，时间都估算到每一分了，看得出来下了不少功夫。"他边看边夸赞我们，我俩却高兴不起来，因为只要晚会这块心中的大石头还没有放下，我们就不敢放松。

紧接着，他给我们敲定了晚会的主题，划分好篇章，到这时整场晚会算是有了一个完整的演出方案。

"各位老师，各位同学，我们的晚会即将开始，让我们一切倒数十个数字。"晚会即将开始，会场灯光熄灭，荧幕上播放着倒数视频，陈云宗站在主席台旁边，用他那明亮的嗓音领着观众一起呐喊"十、九、八、七、六……"几个身穿藏族服饰的小伙闪亮登场，紧接着一群藏族姑娘舞着优美的舞姿出现在舞台，完美结合，这就是著名的藏舞《情满草原》，我们对其进行了改编，用于晚会开场，引爆全场，这是在天职师大学生文艺晚会中少见的模式，让观众大饱眼福，场下发出的是一阵阵的尖叫声，还有呐喊声，然后才是三位主持人登场。

春晖社是一个主打民族文化特色，感恩文化的公益社团，袖手舞《茶花女》带给观众柔和之美，古筝《彝族舞曲》带来少数民族特有风情，《草原情歌》尽显草原汉子的奔放，一个个民族特色文艺节目让观众大饱眼福，尽显春晖社"最炫民族风"的特色。诗歌朗诵《春晖的足迹》则向观众诉说春晖社的心路历程。

当天晚上由祖丽菲亚、卡米拉、吐尔洪等一群美丽的新疆维吾尔族姑娘带来的民族舞蹈则将晚会推向高潮，那场景我估计每一个经历过的春晖小伙伴都会铭记在心，像明星举办的演唱会一样疯狂。

所有人都在欣赏台上的演出，没有人注意到台下一个最为特别的观众。他体型瘦小，身穿一件质朴的毛呢外衣，面容紧张而又憔悴，像一只营养不良的瘦猴，目光却炯炯有神，他站在主席台旁边的一个角落，俨然就是一个舞台勤杂人员。旁边站着的陈云宗西装革履，精神抖擞，不时两个人会进行交流。

没有人会意识到，他就是整场晚会的推动人，主要策划者，春晖社的创始人暨首任社长。

我作为这位特别的观众，只是安静地站在那里，注视着眼前的一切。和两年前坐在这里欣赏晚会的那个毛头小子没什么两样，只是没有能人能够察觉到我内心早已汹涌澎湃。

男人之间的情感大多数是通过酒杯来度量的，在烟雾缭绕之间吐露真情，很少用拥抱的方式去呈现，会用拥抱去呈现的，要么是好哥们的离别，要么是久别重逢的老友。

在晚会现场，我们按捺不住内心激动的心情，我跟陈云宗两哥们在下面击掌迎欢，情不自禁地拥抱了好几下，眼角早已湿润，是彼此安慰，更是祝贺自己。只有我们彼此明白，为了这场晚会，我们付出了多少。

"精彩的晚会进行到这里让我们暂歇片刻，我看大家一直保持着兴奋，这样会特别累，不过呢，下面我们要请上一位特别的人，他将带给我们惊喜，下面进入抽奖环节，有请春晖社社长符其浩给大家抽奖。"等主持人说完，观众掌声雷动，我的脚微微发抖，缓步走上舞台，给观众抽奖，紧张而又羞涩。

这场晚会让我找到了自信，而春晖社则像一首校园民谣一样在天职师大传播开来，渐渐地，人们开始谈论，有一个叫符其浩的小伙子。

晚会结束，我们收拾会场，骑着自行车回去，在 A 楼转角处，听到几个同学聊天："今天晚上的晚会真的很精彩，这是我看到最好的晚会……"人们开始谈论春晖社，我脸上泛出自信的笑容，狠狠蹬一脚自行车，向寝室飞奔回去。

我们没有像以往那样选择去 K 歌喝酒狂欢，因为已经累到了极致，而是各自回到寝室，一起兴奋，一起失眠。

俞敏洪说，青春就是要留下一些让自己感动得热泪盈眶的日子，我不仅被自己感动得热泪盈眶，还曾经撕心裂肺。

不能够毁灭我们的东西，必将使我们更加强大。

为了跟他同台朗诵，我练习了73遍！

　　叮咚，很晚了收到好友陈云宗发来的微信消息："兄弟，在吗？我要代表学校参加一个演讲比赛，急需你帮个忙。"我正纳闷，我这位兄弟是出了名的演讲高手，怎么会要我帮忙呢？原来是要我帮他处理一段演讲背景音乐。我回复："好，请把素材和要求发我邮箱。"

　　"麻烦把2分52秒到4分35秒复制下来，粘贴到4分35秒的地方，我要用的音乐是7分20秒，谢谢。"

　　这是他发来的邮件，要求剪辑的音乐精确到秒，可见他对工作的严谨态度，于是我不得不一秒不差地帮他处理好音乐再发过去。

　　说到我这位好兄弟，我们有着讲不完的故事，但都与春晖社有关。而我认识陈云宗却是有"预谋"的。大学时他是学校出了名的风云人物，经常出没于各种舞台，而我只是台下某个角落的站票观众。大一时我一度陷入自卑中：来自农村的放牛娃，土里土气，说着家乡人和外省人都很难听懂的普通话。个子不高，恋爱受挫，成绩在班上倒数……总之极度郁闷和自卑。一个意外机会，我在学校礼堂听见一位同学的演讲，声如洪钟，神采飞扬，他就是陈云宗。

我知道这样的舞台离自己很遥远，但也心向往之。后来经历一些事情，让我渐渐地找到了一点儿自信。我把身边优秀的同学陈云宗、罗金、令狐昌锦、于飞、杨卓、张玉建、罗顺丹、李阳、李珊……团结起来，组建了一个公益社团—春晖社。当时学校是极力反对的，因为不明白我们究竟要做什么，学校只给我们一个临时合法的证明，以观后效。我硬是顶着巨大压力，伴随着无数个失眠的夜，无数次心灵挣扎，无数次争吵，带领着社团渡过难关，从全校倒数第一变成全校第一。直到后来被共青团中央学校部、《人民日报》政文部、人民网联合授予"优秀团队"称号，被天津市委宣传部、市教委、文明办、团市委联合授予"三下乡优秀团队"称号……总之变成了学校最有影响力的大社团。

社团要周年庆，大家都为各种节目忙着，队友提议："你俩是创始人，应该上去露个面儿。"这时我才发现自己没有什么特长拿得上台面。寻思半天，陈云宗说："要不咱俩一起来个朗诵吧，讲一讲咱们创办社团艰辛历程，名字就叫《春晖社的故事》，词由我来写。"我这才勉强答应下来。

我一方面要统筹整个晚会事情，另一方面要准备这个朗诵节目。陈云宗一边鼓励我，一边帮我做训练，那时候我分不清平舌和翘舌，他就帮我矫正。由于是第一次在这样大的场合表演，心里没底儿，只好下笨功夫，回到宿舍就开始疯狂练习。

一遍、两遍、三遍……每朗诵完一次就在心里默数着。

我一个人站到寝室阳台上，拿着陈写的稿子，不断琢磨。一遍一遍地重复朗诵着，后来宿舍打游戏的人受不了啦，就开始叫嚣，我只好到走廊上楼梯转角处朗诵。直到寝室断电，我才收起手中的稿子，深呼一口气，此时正好第73遍，23:00！

对这个数字，我永远记得那么深刻。

直到登台表演，陈都还在不断地帮我纠正一些问题，朗诵过程中还不时提醒我。虽然那天表现欠佳，普通话仍不标准，而我自己却是满意的，也赢得了大家的认可。也许是大家体会到了我对春晖社的那份情怀。

我也因此找到了一点儿口才方面的自信，要知道我之前是不善于言辞的，直到后来一次又一次"被逼"当众演讲，再到全国演讲大赛。一方面不断学习名家演讲，另一方面不断自我修炼。对于演讲与口才，我是门外汉，幸得名师蔡顺华的指点，才算入了门，也有了点底气。

自信不是凭空而来，更不是盲目的，一定是建立在曾经真的自卑过的基础之上。

我们大部分人都是平常人，都轮不到拼天赋的时候，只要足够勤奋，就能够有所建树。伟大作家茨威格在《人类群星闪耀时》写道"一个民族，千百万人里面才出一个天才，人世间数百万个小时的流逝，方出一个真正的历史时刻，人类星光璀璨的时刻"。行文至此，想起陈云宗总挂在嘴上的一句话"坚持创造奇迹"。愿我们的默默付出，赢得自己人生星光璀璨的时刻！

春晖社的故事

撰稿：陈云宗

符："慈母手中线，游子身上衣。临行密密缝，意恐迟迟归。谁言寸草心，报得三春晖。"朋友！您是否还记得唐代诗人孟郊的这首流传千年的《游子吟》。它那细腻的比喻，动人的诗句，真挚的情怀，千百年来赢得了千千万万华夏儿女的共鸣。

陈："春晖行动"是根据唐代诗人孟郊《游子吟》的感人意境、创意而发起的一项大型社会公益活动，其宗旨是"弘扬中华文明，反哺故土亲人"。

符：温暖人心的"春晖行动"，感染了一批又一批赤子的情怀，让他们加入这场爱心接力的大型公益活动中来。

陈：感人肺腑的"春晖行动"，走进了天津职业技术师范大学，在全体春晖人的共同努力下，"春晖社"成立了，为同学们提供了一个宣传家乡、宣传民族文化的大舞台，让同学们更加懂得感恩、懂得回报。

符：还记得我们去政府机关了解春晖行动时，就像无头的苍蝇，到处碰壁，但是我们丝毫不觉疲惫。

陈：还记得我们为了成立社团去拉赞助，在骄阳的烘烤下吃了一次次的闭门羹，但最后总算有了第一笔启动资金，那时的我们欢呼雀跃，自信满满。

符：还记得在社团成立前，我们找了几个好朋友，画了几张展板，在7号楼宿舍下吆喝时的冷清，虽然我们错过了纳新时间，但那时的我们还是竭尽所能。符其浩、陈云宗、罗金、令狐昌锦、周浦、翁远松、吴红，当时的春晖社七剑客，我相信他们会被春晖社所记忆。

陈：还记得 2011 年 9 月 28 日，天津职业技术师范大学春晖社诞生的日子，我们第一批会员在老教召开了第一次例会，从此，我们春晖社，我们全体春晖人的孩子开始了他的成长历程。

符："春晖社"以"弘扬中华文明，反哺故土亲人"为宗旨，以"饮水思源、反哺故土、宣传民族、宣传家乡"为理念，开展"我与家乡共发展""春晖名人大讲堂""春晖助学"等极具特色的活动。

陈：从《游子吟》到"春晖行动"，这是人间最美好的情感跨越千年的共鸣与对话，这是中华传统美德穿越时空，在今天的弘扬和传承。

符：从"春晖行动"到春晖社，这是天职师大学子满怀赤子之心，迸发感恩之情，以当代大学生的激情和活力在今天塑造的完美典型。

总：来吧！亲爱的朋友们，春晖社正茁壮成长，它需要大家的关心和帮助；来吧！亲爱的朋友，让我们共同关注家乡，反哺故土。来吧！亲爱的朋友，让我们满怀祝福的为春晖社道上一声：生日快乐！

遍借金针绣凤凰

荀子曰："君子生非异也，善假于物也。"古人自古以来，就强调"借"的智慧，"东风不与周郎便，铜雀春深锁二乔"，周瑜万事俱备，倘若不向诸葛亮借东风，就没有名垂千古的赤壁之役。汉高祖刘邦曾坦言："夫运筹帷幄之中，决胜千里之外，吾不如子房；镇国家，扶百姓，给粮饷，不绝粮道，吾不如萧何；连百万之众，站必胜，吾不如韩信。"这段话道出了刘邦得天下之秘诀，得益于重用能臣，巧借他人的智慧。牛顿则说得更直白："我之所以能够取得成就，是因为我站在巨人的肩膀上。"看来"借"实乃人生大智慧。

成立春晖社之初，没有任何人脉资源，没有任何经验，也没有任何地位，想要在形形色色，人才济济的大学各类社团之中找到立足之地，赢得大家的认可，对于我这个从农村走向大城市的放牛娃来说实则是难于上青天。我对春晖社"饮水思源、反哺故土、宣传民族、宣传家乡"文化理念的定位有着深刻体会。我坚信这样的理念定会得到大家的认同。凭借青春年少的满腔热血，和一股不服输的劲儿，拿出"欲上青天揽明月"般豪情，非要把葫芦里的药给大家看看，证明自己。

善借才会赢，于是我满怀真诚借来陈云宗、罗金、令狐昌锦、罗顺丹这样全能型的人才，来规划春晖社未来蓝图；借来韩芃、李露、杨卓、刘梦楠、周倩、肖志伟这样的文艺才子，为宣传春晖文化贡献力量；借来蒙需娇、杨珊、张玉建、陈荣雪、李婧雯这样细心的人来管理社团办公室和财务；借得安徽游子于飞，新疆游子海日古丽，青海游子周建莉、金全山，内蒙古游子白茹雪，吉林游子李阳，贵州游子王飞传，海南游子陈欢等等。春晖社强调感恩，旨在反哺故土亲人，宣传民族特色，这些来自全国各地的游子在宣扬春晖社文化理念中成了一个个生动鲜明的符号，起到了很好的模范带头作用，大多后来也都相继成为春晖社骨干。

新疆维吾尔族舞蹈

藏族舞蹈表演

再到后来，春晖社则借得更精彩，借得更出色。

社团不断发展壮大，人员越来越多，春晖社要办一场"我与家乡共发展"的大型民族文艺晚会，由于我们自己没有编排晚会的经验，就去请教当时在全校负责文艺主持的李刚老师，时任外国语学院团支书，得到他的指点迷津，才使我们的民族文艺晚会顺利开展。此外我们还请来了当时在学校最有名的美女主持人宋敏担纲主持。有人评价，那场晚会是社团文艺演出史上最成功的文艺晚会之一，因为很有特色。作为晚会主要策划人，不敢傲骄，但它确实超乎我们的预期，因为那一场晚会让春晖社在学校名声大噪。

陈云宗

丹珍央宗、卓玛拥音、琼珠、达瓦平措等藏族朋友表演的集体藏族舞蹈《情满草原》作为晚会开场节目引爆全场，古筝《彝族舞曲》、袖手舞《茶花女》、二胡表演《赛马》、bbox 一个个独具特色的节目闪亮登场，让观众大饱眼福。以祖丽菲亚、唐努尔、卡米拉、吐尔洪为代表的新疆维吾尔族舞蹈将晚会推向高潮……

毋庸置疑，那场晚会在我们每个社员心目中是成功的，而这一切都是善借的结果，所以我们始终心怀感恩，不忘努力，从学校倒数第一到最有影响力的社团，直到被学校表彰为十佳优秀社团，被天津市委宣传部、团省委、市教委等联合授予优秀团队称号；被团中央、《人民日报》政文部、人民网联合授予"优秀团队"称号。一个个殊荣象征着春晖社的每一个奋斗历程，见证了春晖社的成长足迹。古人云"种得梧桐树，引来金凤凰"。春晖社就是这样一棵吸引无数金凤凰的梧桐树，而我作为春晖社创始人兼首任会长，顶多算是春晖的一粒种子。有人问我春晖社成功秘诀是什么？答曰："遍借金针绣凤凰。"我是个穷山沟走出来的放牛娃，没有什么能耐，但我愿意脚踏实地，种好梧桐树，引来人生"金凤凰"。

养浩然正气，成栋梁之材

一天中午，我正在图书馆悠闲地看书，突然电话铃响起，电话里的声音略显低沉但很有磁性，中气很足，是一个标准中年男子的嗓音。

"你好，你是符其浩吧？我是蔡顺华……"一开始我的手有些发抖，接着就是声音有些颤抖。他就是著名演讲家，中国演讲协会副会长蔡顺华教授，那时候他亲自打电话给我，我激动得像刚拿到大学录取通知书一样。

我的恩师蔡顺华教授（中）

跟蔡教授这段奇缘得从 2011 年春晖社暑期社会活动说起，春晖社成立初期，我们发动春晖社员暑假回家联络当地的团委、教育局，以便假期开展春晖组学活动。春晖行动是共青团贵州省委自创的公益品牌，多年来已经形成"花开贵州，情动全国，香飘海外，灿若朝霞"的美好局面。春晖行动以"弘扬中华文明，反哺故土亲人"为宗旨，以"乡情、亲情、友情"为情感纽带，感召在外游子关注家乡，反哺故土亲人。蔡教授时任春晖行动发展基金会副理事长，假期春晖社外派了骨干成员杨珊和李露两名同学到共青团贵州省委春晖行动中心交流学习。

接待他们的是春晖宣传部吕琦学长，一位被人们称为大学生慈善家的春晖使者。在大学时曾四两拨千斤，筹集九十多万元资金为家乡修建公路，被全国数十家媒体报道，荣获中华儿女年度人物。他听了天职师大春晖社的故事，觉得很感动，于是联系到我，希望报道春晖社的故事，以感召更多在外的大学生游子加入春晖行动中来。他告诉我，蔡顺华教授3月要到北京演讲，可以顺路来我们大学给师生们做一场报告，宣讲春晖文化理念。我一听激动坏了，立马和陈云宗商量此事。于是，我们决定在大学办一场轰轰烈烈的"春晖名人大讲堂"，从此"春晖名人大讲堂"成为春晖社又一道亮举，特色品牌活动之一。

我一方面着手安排蔡教授这次天津之行，一方面和吕琦学长保持联络。直到快要订机票我才接到蔡教授的电话，所以感到无比激动。3月15日，我和学校老师去机场接蔡教授和吕琦学长，有一个细节让我特别印象深刻，那就是蔡教授的手腕握手很有力，很有温度，但话很少。接机那天他一个人在候机场外广场安静地抽烟，等我们收好行李，一起乘车回学校，已是晚上八点。

在天津南开区有一座蝶式立交桥，是一个在当时资历尚浅，只有中专学历的胡习华设计的。这座形状似蝴蝶的"蝶式"立交桥乃全国首创，这座特别的立交桥也改变了一个中专生胡习华的一生，因为设计了这座桥，胡习华得到了邓小平的接见，也因为这座桥，胡习华破格成为当时全国最年轻的工程师。蔡教授有位乡友，也就是我们的社团指导老师李刚。来天津讲学，他赶在报告会之前，在李刚老师的陪同下，专程去看了一下当年胡习华设计的立交桥，并合影。

到什么山唱什么歌，在报告会当天蔡教授激情演讲了胡习华人生"蝶变"的故事，鼓励同学们勇于打破常规，学会自信，并跟大家展示他实地考察的照片，极具说服力。因为名人效应，报告会那天，会场人满为患，有相当一部分同学是站着听完那场报告的，蔡教授演讲也很精彩，没有一个同学中途"逃跑"。蔡教授演讲善于就地取材，幽默的风格深得同学们的喜欢。结合天职师大春晖社的故事现场解读春晖行动理念，并且邀请春晖使者吕琦学长现身说法。那是我在大学听得最过瘾的一场报告，三个小时的时间，感觉像三分钟。

演讲完毕，我和学校老师还有春晖社骨干陪蔡教授吃饭，末了我掏出一个笔记本请蔡教授为我写句赠言，他拿着笔记本上下打量了我一眼思索片刻，在上面挥笔写下"养浩然正气，成栋梁之材"十个大字。浩然正气，我名其浩，是对我的寄语，成栋梁之材则是对我的厚望。回来我便把它用作我的 QQ 签名，一直到工作好几年都未更改，这十个字总是在我懈怠的时候带给我力量。

因为蔡教授的演讲，在学校社团之间再一次掀起一股春晖热。

"我们走出了母亲的视线，走不出母亲的牵挂，为了母亲的微笑，我们参与春晖行动……"2012 年 9 月 28 日春晖社迎来一周岁生日，这是在社团周年庆那天蔡教授发来的道贺。后来因为春晖行动，我们的交际越来越多，因为蔡教授的影响，我深深地爱上了演讲，也感恩于他的指点，带我走入演讲的世界，真正地领略演讲的魅力，同时不忘聆听他的教诲，不断修炼自己知行合一养"浩然正气"。虽无大志成"栋梁"却有小志做"英才"！

被需要是一种幸福

春眠不觉晓，处处闻啼鸟。
夜来风雨声，花落知多少。

　　她叫李阳，一个地地道道的东北女孩，她慢步走上讲台有条不紊地在黑板上写下《春晓》这首诗，自己朗诵一遍，然后开始讲课，这是春晖社暑期支教的面试现场，我和陈云宗等春晖社骨干成员在下面当评委。她的课讲得很有趣，和其他面试同学不一样的是她还精心准备了才艺表演—折纸扇《青花瓷》。这点让我和云宗眼前一亮，当即决定留下这位同学，后来了解到，她为了这次支教，自己备课写教案准备了好久，她是一个铁心要去支教一次的人。

　　有人说大学生不去支教一次大学会留下遗憾，尤其是师范大学的学生，支教是否成了大学生绕不开的一个话题。春晖支教是春晖社最有特色的活动之一。每年暑假通过选拔培训一批志愿者自费去山区支教。从策划到执行，仅仅两个月就收到了五十多位同学的报名。由于是第一次支教没有经验，我们只要十五位小伙伴同行，又因为支教目的地是偏远山区，云贵交界处——威宁县严家小学。而报名的人又很多，于是只能逐一面试进行筛选。在面试过程中我们发现很多同学都很优秀，课讲得也很好，于是我困惑不知道该如何取舍，就去请教社团指导老师李刚，他给我提了几个问题："你们支教的目的是什么？你们是希望历练自己还是帮助山区的孩子？"叫我们去把这两个问题想清楚自然就有答案了。

在我们还在支教工作宣传期就有人在群里转发一篇网络上很火的文章《叔叔阿姨，请不要来我们这里支教》。文章以第一人称的方式讲述那些曾经的支教者去支教时那些不好表现对山区孩子的心理影响，文笔犀利，观点令人深思。但大家还是热情高涨积极地为支教活动准备着，仍然有很多同学报名，这就涉及一个问题，如何筛选出真正懂得配合，有战斗力的队员，从山区教师发来的图片看支教地点环境恶劣，交通欠发达。这些都是对人极大的考验。幸好李刚老师点醒了我，在面试的过程中，我们首先是听对方课上得怎么样，然后听对方谈谈对支教的一些想法，有一个必问的问题就是你为什么要去支教？在面试的过程中，有很多同学课讲得很好，也很有才，但却被刷了下来，很多同学不解。其实这里面蕴含着一个重要的问题那就是支教的目的是什么？是去帮助山区孩子还是去历练自己，还是当作旅行只是去看看风景？

很多同学一开口就是"我想锻炼自己"。你想锻炼自己没错，但没有必要去打扰山里的孩子，把他们当成你的锻炼"试验品"，支教的主角应该是山区的孩子，而不是志愿者，孩子们没有必要去做别人生命中某一段旅程的配角。有的同学则是希望到南方去看看，更有甚者，有的情侣希望通过支教的方式为自己的爱情来一段难忘的经历，还有的学生开口就问支教工资是多少。有太多的支教队伍，通过走形式，组织几个志愿者往讲台上一站，然后集体拍照，回来领奖。敢问是谁在帮助谁？

把这些问题想清楚之后，我们就更有底气，也不畏人言。决定来一次真正意义的支教，那就是真诚地帮助山区孩子，告诉他们外面的世界是什么样子。

有一个河北女孩，叫刘梦楠，身材小巧，冰雪聪明从未到过南方。已经面试了三次，还自己准备了手语舞蹈，每一次她都认真准备。但我和陈云宗一致觉得她不能去，原因是担心她太小吃不了苦。可是她告诉我，她想去看看山区的留守儿童，哪怕为他们做一点点有益的事情，我一下子就被感动了，我们的队伍选的就是那些真心想帮助山区孩子做点事，献一点爱心的人，这不就是我们的初衷吗？事实证明我们的选择是正确的，选出来的队员极具战斗力。

我们进行为期两个月的训练，从备课到讲课，再到才艺表演。希望通过各种方式带给山区孩子惊喜。通过在校园募捐，我们给严家小学的孩子准备了文具用品、鞋服、体育器材一千多件。这次支教完全自费，听严家小学老师打来电话，那里条件艰苦，叫大家要有心理准备。说来可笑，我们的队员还给自己买了人身意外保险，颇有破釜沉舟之意。

在出发前，李刚老师给我们讲了他曾经带队支教的故事，他说，支教是一种爱心活动，我们帮助了别人同时也温暖自己，被需要是一种价值，也是一种幸福。

感动从出发开始

好几个队员是在出发那一刻眼睛就开始湿润的，不知道是因为两个多月来艰苦的训练终于要出发了感动，还是因为第一次支教就要见到照片上的那帮小屁孩儿激动，或许二者兼有。

7月14日，我们在天津站集合，乘车去往北京西站搭乘T87次火车去往贵州贵阳。出发前我们将一部分物资通过邮政已经寄往严家小学。但每个人仍然还是不够轻松，拎着大包小包的忙着进站验票。箱子里装满了队员自带生活用品和给山里孩子带的玩具、零食，还有书刊杂志。在北京西站的时候大家还笑瘦猴罗顺丹扛着一袋杂志步伐蹒跚的样子，每一个女生都变成了女汉子，扛着行李还很欢乐，像回娘家一样，满脸笑容，我心想这帮娃儿，好日子还在后头呢。

当火车穿过长长的隧道，窗外青山相对出，雨过天晴，山顶云雾尚未退去，简直美极了。有的队友按捺不住内心的狂喜，指着山开始惊叫。因为他们从小在北方长大，很少见到这样险秀的山峦。因为有了这一群逗比的队友，旅途变得不再枯燥，看书、玩扑克，经过两个月的训练大家早已经变得彼此熟悉。队员王飞传硬是在火车上拿起吉他弹奏筷子兄弟的《父亲》，惹得同车乘客都来围观，以为我们是一帮卖艺的小伙子，还有人准备掏钱打赏。

坐了将近 30 个小时的火车，两千多公里，第二天晚上，终于到达贵阳。队伍要第二天才能乘坐火车赶往威宁。队友李露是贵阳人，于是邀大家在她家留宿一晚，来接我们的是她老爸，还有一个是她的一个亲戚。印象最深的是她家的泡椒羊肉粉，看起来清淡吃起来辣味十足。作为贵州人，自然最好这口，因为贪吃，多吃了两碗，结果是一宿未眠。第二天一大早睡眼惺忪，我早早起床，带领队友们继续赶火车前往威宁草海，这一程需要乘车将近 6 个小时。

威宁县素有"鸟的王国，高原明珠"的美誉。在出发前，我们还议论等支教完一定去美丽的草海看看百鸟聚集的壮观景象。从天津到威宁，连续经历三天的折腾，大家已经是饥饿疲惫不堪，由于搭档陈云宗临时有事需回家一趟，在这里就只有我一个人负责，我已经顾不了疲惫，强迫自己打起精神。快到目的地时，还未下火车之前就对大家进行安全教育，生怕队友走散失联。

来接我们的是严家小学管彦彰校长，古铜色的肌肤略显黝黑，一看便是经过日晒雨淋的人。校长体格微胖，身着一身深蓝考究的西服，整个人看起来很朴素。他自己开了个皮卡车，还叫了个熟人开了一辆长安车一起来接我们。校长请我们在县城一家小饭馆简单就餐，然后大伙儿匆忙收拾行囊赶往严家小学，这时候已是晚上十点多。

我从小在农村长大，对山路崎岖倒也习以为常，可是那晚去往严家小学的路危险得让我们每一个队友刻骨铭心，事后大家提起那段路程仍心有余悸。车子颠簸得异常厉害，尽管我的手已经紧紧地握住扶手，头上还是留下几个包。天色已晚，天又下着蒙蒙细雨，一群队友像熊猫一样坐在这里，都互不说话，伴随着发动机的轰鸣仿佛可以听到每一个人的心跳。我知道大家都在心里默默祈祷不要出事儿。

车突然停住了，我将头伸出窗外，顺着车子前照灯望去，透过蒙蒙细雨可以看到前方是一个沟壑，一个很陡的坡。我问管校长干嘛把车开到这里，他说过了这个沟前方的路就好走了，不然要绕很远弯路。我心里咯噔一下，没其他路可以走了吗？这时车身已经慢慢地向前移动，车头逐渐下沉，像刚出滑轨就要俯冲的过山车一样。接着是后车身慢慢地往上翘，我隐约感觉得到，只要刮一阵风，整个车子立马就会翻转。所有队友和我一样提心吊胆，要是出事儿我们这次支教就真的是"一举成名"准上头条。

慢慢地车子开始平稳，突然车后一声巨响，貌似车轴刮着路上石头。校长安慰没事，车子压倒石头，就快过去了。就这样有惊无险越过这段危险的路程，事后才知道路程并没有校长说的那样平稳，好在大家心里已经有准备。到达严家小学的时候，已是晚上十点半。

因为路途的奔波，队友们早已是疲惫不堪，不再像出发时那样兴奋和激动，还没来得及看看校舍，校长就带我们去住宿的地方，那是严家小学的教师宿舍。假期他们回家了，然后把宿舍留给我们住。"朋友你好，我们这里条件很差，很简陋，希望你们住得习惯。"这是房间的主人留下来的纸条，几乎每一个房间都留有一张便条，让来这里住的队友们感觉无比温馨和感动。

威宁海拔较高，地处云贵交界，纵然是七月，仍带有几丝寒意，一阵风刮来，牙齿不停地颤抖，我简单洗漱，一头钻进被窝，期待着明天与孩子的见面。

严家小学老师留下的纸条让队友们分外感动

抱着鸡蛋跳舞

"我建议你们买一箱鸡蛋回去。"快回去时，一向沉默寡言的管校长在旁边说道。

他见我们买的都是蔬菜，没有肉类。我手里还拎了一袋豆角，一瓶酱油，我犹豫片刻，转身将东西交递给随行的张玉建，去粮油店抱了一箱鸡蛋，往皮卡车上一搁，合上车门，从威宁县城慢慢地向严家小学出发，此时已经是傍晚，夜色渐渐地降临，天刚下过蒙蒙细雨，路面湿滑，车子开得很慢、很慢。

这一次支教是完全自费的，路费和生活费都要志愿者自掏腰包，并且队员还得轮番自己做饭。管校长曾问我要不要雇个当地村民给咱们志愿者队伍煮饭，我给拒了，原因一是担心大家生活费紧张，二来让大家好好体验一下乡村生活。

我们先是去团县委报到，然后才去菜市场采购蔬菜，准备志愿者队伍接下来这段时间的伙食。在来的路上我就担心车子打滑不安全，管校长很淡定地说："没事，我经常在这条路上走，熟悉着呢。"

车子在泥泞的山路上慢慢爬行，偶尔左右侧滑，一开始担心，次数多了也就无所谓。陈荣雪不时将头探出窗外，担心车子滑下坡，其实我明白她的担心是没有用的，因为我们不可能在半路停车等待，无论如何都得赶路回去。至于安全问题，就交给上天吧，我有种感觉，整日来回于这种山路的农村人似乎早已习以为常，所谓的安全意识就是没出事儿就好。我和张玉建则要替换抱着这箱鸡蛋，因为担心被撞破，虽然有防碎加固，但还是无济于事，已经陆续破了好几个，给裤子涂了一层黄色颜料，我担心的是如何向大伙儿交差。随着车子的颠簸，盛放着鸡蛋的纸箱在膝盖上晃动得越发厉害。突然想起有位哲人说"戴着脚镣跳舞的人生更美丽"，而此刻的我们则是抱着鸡蛋在跳舞，苦中作乐，我们几个人忍俊不禁，忽然扑哧地笑起来，这些天来紧绷的神经一下子得到放松。开车的管校长扭头回看，不解，没说一句话，继续开车。

然而车子还是那么颠簸，忽然车子停止不前，任凭发动机怎么轰鸣，管校长说，可能轮胎受损，我们三个面面相觑，不知道该怎么办。他下车检查一圈，上车继续加油，车子只是左右摆动。

"不行，你们几个得去推车。"管校长说。

我和张玉建赶紧下车，使尽浑身力气在后面推车，车轮冒烟，如电风扇一般飞转，不停地将泥巴拍打在我们的衣服上，整个人瞬间就成了"泥人"。我们彼此看着对方，傻傻发笑。感觉自己是一名奋不顾身的抗洪"战士"。后来因为女汉子陈荣雪的帮忙，车子才缓缓向前，越过那段滑坡。

快到支教的小学的时候，我在想这样的经历对于一个支教者的意义，我无法了解每一个人去支教的初衷，但我始终认为支教的意义不在于体验乡村艰难的生活，或者感受农村人的朴实。如果是这样，对于农村出来的孩子完全没有必要。我始终认为，那些孩子才是主角，短暂的支教无法带给他们太多的知识，也不可能改变他们贫困的现状，但有一点是可以肯定的，那就是打开孩子心灵的另一扇窗户，告诉他们一点关于外面的世界，播种一点希望，诚如此，无憾。

　　车子一路颠簸，到达学校的时候已是晚上八点。我们没有跟大家吐槽路上推车的遭遇，而是卸了东西换上衣服，径自休百去。

　　带回的鸡蛋，碰碎了一半。

陈荣雪、罗顺丹在做饭

谁在曲解留守儿童？

在中国，一提起"留守儿童"往往让人心情沉重，它是中国城镇化发展特有的"产品"，迫于生计，外出务工农民不得不将自己的子女交给年迈的父母抚养，或者寄养在亲戚那里，这样一群被父母暂时"抛弃"的农村娃被称之为"留守儿童"。

在出发前，严家小学赵成胜老师告诉我们，这次留下来的一百六十多名孩子基本上是留守儿童，暑期父母不在家，大多数是跟着爷爷奶奶生活，听说有志愿者来支教（他们理解为给孩子补课）正好有人帮忙看孩子，于是大家都踊跃报名。近年来，听了太多留守儿童的报道，大致是留守儿童性格孤僻、自闭、不开朗等一系列印象。我们的队友格外小心，出发前我们在网上有针对性地收集了很多关于留守儿童的信息，还咨询过相关心理学老师。

我曾经无数次想象与他们见面的场景，我这个从小在农村长大的放牛娃，对于乡村小学倒也不那么稀奇，相反有种回到童年的感觉，只不过这一次我是以老师的身份和他们见面，是去支教。

我要求队伍六点起床，队员每天坚持晨练，以保持充沛体力。让我惊奇的是那些孩子来得比我们还早，一大早就陆续看到孩子们的身影在操场上晃动，经过了解得知，他们有的天未亮就拿着手电筒出发，一开始我觉得过意不去，叫他们不用来得这么早，学校老师告诉我们，他们早就习惯了，因为有的孩子离校远，山路崎岖，所以只能早起。

按照常规，开学第一天进行大扫除，我们的志愿者带领孩子们对校园环境卫生进行打扫。我还记得那些孩子冲出教室的那一瞬间，欢呼雀跃，像一群刚出笼的小鸡。学校条件有限，连扫帚也没有多余的，很多孩子都徒手去捡散落在校园间的白色垃圾，由于没有除草工具，孩子们就毫不犹豫地用手去扯拔墙角的杂草，像在劳动比赛。农村孩子大都喜好劳动，不像城里孩子那样天生就觉得自己娇贵。相比家里繁重的农活，在学校他们轻松得多。在孩子们的欢声笑语之中你能感受到他们是多么淳朴、可爱。精神贫瘠的向来不是生活在贫困地区的人，而是那些整日忙碌于繁华都市穿梭在水泥森林的人群，隔着朦胧的雾霾，你都能够感受到人与人之间的陌生及那一副副焦虑的神情。

2011年国家对农村义务教育学生启动营养午餐计划，严家小学也在内。校长告诉我们，由于支教期间没法提供营养午餐，孩子们只能自带伙食，中午不能回家，因为孩子们离家很远，有的得走一个多小时的山路。那意味着我们要整天看管着这些孩子，一下子就加大了我们的工作量，我们不得不牺牲午休时间，陪孩子们玩耍。

我们有的志愿者从小在城市里长大，没有吃过多少苦，队伍自己做饭，每顿饭都是素菜，工作量大难免有些支撑不住，还有的是北方人吃惯了面食。渐渐地有人开始抱怨起来，吵着要自掏腰包给自己加餐。一开始我觉得这是别人的权利，默许他们到村头小卖部买一些零食，偶尔还会分给来厨房玩耍的孩子，不知不觉我发现来厨房转悠的孩子越来越多。我想既然是一个集体，大家就应该同甘共苦，于是果断制止，一开始大家还以难接受。直到发生一件事儿，好几个志愿者陆续跑来告诉我中午学生吃的几乎都是从家里自带蒸熟的土豆、红薯，偶尔还有学生将自己的红薯给老师。大家一下子沉默了，原来这就是孩子们的午餐！从此，再也没有人提加餐的事儿。

渐渐地，我们发现在厨房门口偶尔会有一小袋一小袋的土豆、豆角、辣椒。后来打听才知道是学生早上从家里带来的，我赶紧叫志愿者们询问是谁带来的，予以退回。我还就这事儿问过校长，他告诉我："这是学生的一点心意就收下吧，我们这里盛产土豆。"

后来我跟一个孩子聊天，他笑嘻嘻地告诉我："我家啥也没有就土豆很多，堆满了整个屋子。"我又问他："那是你爸爸妈妈叫你拿来的还是你自己？""我自己呀。"他注视着我，笑了笑回答道。我只是摸了摸他的头，凝望着天空，什么也没说。

我从小在农村长大，除了读书就是放牛，大部分时间都在山上度过的，身上保留了一股土气。那时候我天真地以为脚下的山丘、童年的玩伴，还有生活的村子加起来就是整个世界。后来父亲外出打工，接下来是哥哥姐姐外出打工，陪我最多的就是爷爷。那时候还没有"留守儿童"这种流行的叫法，整个人一天快乐得跟孙子一样，无忧无虑。

不知道世人什么时候发明了"留守儿童"这顶帽子，它或多或少带有歧视和一点偏见。不知是因为物资贫瘠，还是孤独的缘由，这里的孩子天生具有一颗感恩的心。从来不会把别人的给予当成理所当然。

再后来我教了书，渐渐地意识到，我们正在培养的大批高学历精致的利己主义者，他们只懂得索取，他们把别人的帮助看成是理所当然，也包括最亲的人。感恩正在成为这个时代最稀缺的品质。

内心强大才能够道歉？

我有一种预感，这支队伍在今晚就要不欢而散，明早就有人会收拾行李回家。

作为领队，如果我想不出好的法子扭转局面，对于这次暑期支教活动来说将是毁灭性的打击。如果队伍解散，意味着这次支教活动将戛然而止，我们两个月来的艰苦训练将功亏一篑，重要的是我如何向校方解释，留下来的孩子怎么办？这是我带队支教以来遇到的最大挑战，它像一块儿巨大的石头压在心底，足以让人窒息。

在会议上，大家明显分成两拨，剑拔弩张。一边是以李阳、杨珊为代表的女生队员，他们声讨我对于此事处理方式不当。一边是以杨卓、张玉建为代表的男生队员，声援我对此事的做法合情合理。但是不管结果如何，已经有人为此事伤心。女生一旦较起真来跟打了死结的绳子一样很难解开，不像那些孩子一样，哄哄就可以。这似乎是一场感性与理性的斗争，而这一切的渊源得从一个特别的留守儿童说起。

她叫永仙，一个十来岁的小女孩儿，1.6 米的个子，坐在小学二年级的班级格外显眼，略带干枯的头发稀疏地散落在饥黄的额头面前，像是被太阳烘烤过的玉米须一样。她总是紧闭嘴唇，目光呆滞，眼神里透露着对世界的一种怨恨。她总是独来独往，性格怪异，班上没有一个同学敢惹她。

一天早晨，学生告诉我，二年级有学生在打架，我赶紧跑到教室门口，原来是永仙跟班上一个小男生扭在一起，她双手紧紧抓住对方肩角衣服，低着头，不停地用脚踢对方，旁边围观的同学没有一个敢上去拉，我们的志愿者老师好不容易吃力地把两位同学拉开，她又迅速地扑过去继续追打那个小男孩儿，不知什么仇恨，非要置对方于死地而后快。一开始小男孩还还手，后来干脆任凭对方踢打，老师将其拉开，趁其不备，她又冲上去，就这样来回折腾两三个回合。我见势不妙，于是大声呵斥了她，才得以休止。她感到十分委屈，掩面哭泣，冲出学校操场，之后几天都没来上课。

她这一跑出事儿了！

她们当时的班主任李阳认为我不应该这样对待学生，开始有些微词，紧接着是这种情绪被无限放大，还有几位队员加入其中，像烈日夏天着了火的森林一样迅速蔓延开来，愈演愈烈。她们把这段时间以来工作上的不满全都发泄了出来，而这一切的矛头就是针对着我！

我把心思放在了解这个孩子身上，一开始无暇顾及队员之间情感的变化。我向学校老师还有同学了解这个孩子家庭情况及整个事情的始末。学校老师告诉我，这个孩子情绪不是很稳定，她平常上课就经常会这样，自己会回来，叫我不用担心，我还是派同学去把她接了回来，安抚两个孩子的情绪，确保他们不会再闹事儿。

支教队友每天都有一个总结会议，讨论当天的工作情况，然后是我布置任务，在讨论环节，因为永仙同学的事情，大家情绪异常激动，我只是默默地听着，不知道是天凉还是因为紧张的原因，双脚有些发抖。顿时心里感到无比委屈，仿佛有千言万语要说，大脑却又一片空白，不知从何说起。

我能够理解这是一个老师对学生的关爱，就像自己的孩子受了委屈一样。

我仍然理智地认为，自己的处理方法没错，虽然不是最好的办法。但现实是任何的解释都是苍白无力的，你不得不接受她们的情绪，那就是要当面道歉。

现实生活中，我们可以随随便便说"对不起"三个字，然后一笑了之。然而有一种道歉，当彼此心灵已经受伤，误会已经产生，"对不起"三个字却重若千金，难以出口。

我心里开始剧烈斗争，要不要道歉，因为在我看来自己是无辜的。然而现实是你不道歉整个事情就没完，就会有人因此退出队伍，意味着所有计划泡汤。

会场已经安静，大家发泄完毕，就等我表态，我双手紧压桌子，颤抖着身子，慢慢地站起来，嘴唇微微颤抖地说道：

"永仙同学的事儿是我没有处理好，让大家难过了，对不起。"

这是我一身中最难忘的一次"对不起"，它深深地触及我的心灵，像一幅画永久刻在我心中，每一次回忆起那个场面都有特别的意义，从委屈到释然。它让我赢得了团队也赢得了友谊。突然想起一句话："最开始说对不起的人不一定是因为有错，而是因为在乎。"然而生活中的很多东西就是因为我们在乎才说"对不起"，因为"对不起"才得以挽回，友情、爱情，也大抵如此。

后来我们成了要好的朋友。多年以后，我和李阳聊起此事，她在QQ里留言"浩哥，你知道吗，那天晚上我们女生为此事哭得稀里哗啦的，然后我们一起声讨了你，还说再也不会原谅你……"然后发了几个搞怪的表情。

我回了几个搞怪的表情，然后回复了三个字"对不起"！

烛光下的会议

  傍晚，学生们纷纷回家，队友李露、刘梦楠、杨卓正在主席台上赶制用于文艺会演的背景布，夜色渐渐降临，操场上没有灯，大家只能赶在天黑以前完成，偶尔会有几个顽皮孩子过来围观，轰走了又来，看到这幕场景，不免让我想起小时候看母亲秋收稻谷，自己还小尚不懂事，偶尔会过去添乱。他们不停地挪动着身子，半蹲着，在上面涂抹、绘画、贴纸，不断地交流着。对于剪纸绘画，我是门外汉，也只有观赏的份儿，到现在我都还记得队友李露因为剪出一只漂亮的燕子脸上洋溢的幸福笑容。

  支教期间，队友们自己买菜，自己挑水，自己做饭洗衣服。由于工作量大，饭菜营养跟不上，大家都一副面黄肌瘦的样子，不过一个个都精气神十足。从天津出发前，我们就计划着来一场文艺会演，结束我们这次支教。每个队员都开足马力，全身心为这次文艺会演准备着，教学生舞蹈、唱歌、诗歌朗诵、跆拳道，同时还不忘准备自己的节目，忙得不亦乐乎。

  "浩哥，停电了，晚上开会、备课怎么办？"队友梦楠问我。我赶紧安排村长（队友张玉建，因为掌管着厨房，负责大家日常生活的料理，被队友们亲切地称为"村长"）去想办法，也不知道他从哪里弄到几根蜡烛，有的还被点了一半，如获至

春晖故事

宝，心里的石头才落下，晚上的会议可以照常进行了。

　　我们有个规定，每天一次会议，进行工作的总结和汇报，并且安排次日工作，同时由管家罗京负责检查每天每个人的工作日记。好几次我因为事儿多，忘了写日记，都在他的严厉督促下完成。我原想那天的会议大家一定会迟到或者缺勤，没想到大家和往常一样，按时到达，没有一个人迟到，杨卓用火机点燃蜡烛，微弱泛黄的烛光在漆黑的屋子里一闪一闪，照耀在每个队友泛黄的肌肤上，显得特别温馨，没有一个人玩手机，而是安静地坐下来，在那一刻，队友心灵是那么的贴近。我们各自摊开工作手册，开始了一场特殊的"烛光会"。

　　讨论完一天的工作要事，散会了，大家纷纷离开，我和陈云宗两个人又得议论一番，确保没有问题才离去。会议室在二楼，走出会议室，外面一片漆黑，分外安静，偶尔从远处传来几声狗吠声，我打开手机屏幕照着楼梯，两个人慢慢下楼，发现房间里的烛光闪烁着，我把头靠近窗户一看，原来是我们的"村长"在备课，一个人在漆黑的房间里，独自沉思，内心一下子无比感动，因为队伍有这样的队友，无比感动和自豪。虽然不是很晚，我没有去打扰他，而是把手机放在窗角偷偷地拍了一张照片，径直回自己的寝室。

停电了张玉建在备课

　　为了支教，我们开了无数次的会，这次会议队友们只字未提停电的事儿，而是专心讨论着工作上的事儿，事后有队员告诉我，那是她觉得最温馨的一次会议，也是最难忘的，没想到大家都那么淡定，给人的感觉是踏实。

　　为了办好文艺会演，我和云宗还多次请教管校长，还有赵成胜老师，支教期间管校长还多次到教室、厨房去关心我们的工作情况，还赠送我们队员每人一条毛巾，大家都很感动。其实在严家小学，停电是再正常不过的事儿，当地村民告诉我们："你们运气不错，这些天天气不错，没有停电。"其实在我们内心只是祈祷，会演那天不要停电就好，因此我和队友们又拟定了一套停电预备方案。

一天，我打电话告诉陈云宗，我要将我们曾经春晖社那些故事整理出来，出版成书。末了问他："你觉得咱们春晖社最让你感动，最难忘的是什么？"他在电话里头呵呵地笑了笑，没有提我们做过的"丰功伟绩"，而是轻描淡写地说道："我觉得我们天天在一起开会的时光太逗了。"其实只有我明白，他口中所言的一起开会的平淡时光是叫人多么的怀恋。正如那晚的烛光，像一股无形的力量，永久温暖我们的心灵。

电影《致我们终将逝去的青春》，里面有一句独白这样讲："青春是一场远行，回不去了。青春是一场相逢，忘不掉了。青春是一场伤痛，来不及了。"有人赞叹青春的美好，是因为年轻什么事情都可以去尝试。我比较同意白岩松的说法，没有哪一代人的青春是容易的，所有的青春都是在回忆的时候才觉得特别美好，我一直觉得有一样东西是青春最为宝贵的，那就是在平淡时光中培养起来的集体友谊，它将温暖你我的一生。正如池田大作所言，撇开友谊，无法谈青春，因为友谊是点缀青春最美丽的花朵。

春晖故事

阿拉丁神灯

——没有讲完的故事

一只狐狸失足掉到了井里，不论它如何挣扎仍没法爬上去，只好待在那里。公山羊觉得口渴极了，来到这井边，看见狐狸在井下，便问它井水好不好喝？狐狸觉得机会来了，心中暗喜，马上镇静下来，极力赞美井水好喝，说这水是天下第一泉，清甜爽口，并劝山羊赶快下来，与它痛饮。一心只想喝水信以为真的山羊，便不假思索地跳了下去……

这是"伊索寓言"《掉在井里的狐狸和公山羊》的故事，在去严家小学之前，我给孩子们精心备了一门课，我将《伊索寓言》里《农夫与蛇》《狐狸和葡萄》《狐狸和樵夫》《狗、公鸡和狐狸》等十几个故事情节巧妙穿插在一起。结合自己一些人生经历，像电视连续剧一样，每天跟孩子们分享其中的精彩，每一节课都意犹未尽，也只有这些单纯善良的孩子才会相信这童话一般的故事。回去那天，我收到十几个孩子写给我的纸条，还有几幅漫画。上面写的是一些听课感想，问得最多的是："符老师，你什么时候再来给我们讲小狐狸的故事？"

安徒生用诙谐而又柔和同时饱含浓重的忧伤笔法来描述生活这出童话一般的悲剧。而我则想带给孩子们最动听最有启发的事故，在《安徒生童话》和《伊索寓言》中我选择了后者。这本世界上最古老的寓言集，浅显易懂的小故事中常常闪耀着智慧的光芒，爆发出幽默机智的火花，蕴含着深深的哲理。我从来没有想过，我让孩子们记得住的竟然是那十几个故事，也不知道会带给每一个孩子怎样的影响。只是希望带给孩子们一些正能量，带给他们一丁点儿鼓励，最重要的是对现实的思考！

　　给小孩子上课，除了讲故事，最有趣的，不是教会他们很多算术题，而是和这些孩子谈谈他们的梦想。在严家小学支教期间，我给孩子们上一门写作课，我曾经很认真的和孩子们聊了聊他们心目中的梦想，他们不再像我们那一代孩子那样，一提起梦想就是当老师还有科学家，而是一种强烈改变命运的渴望，给家里盖房子，自己赚钱赡养父母，去自己向往的大城市读书工作……一个学生在我给他们布置的作文题目《童年与梦想》里写道"每一个人都要有梦想，没有梦想的人就是一个活死人"。

　　"我所走过的每一个城市就是我生命旅程中的一个个驿站，记录着一个个丰富多彩、变化多端的故事。我体验过什么是贫苦与孤独，后来又经历过豪华大厅中的生活。我知道什么叫作被系落与受尊重，我曾在冰冷的暗夜中独自流泪，承受失落爱情的苦痛；也曾在如潮的赞语中体味收获成功的快乐和幸福；也曾与国王驾车流连于阳光和煦的阿尔卑斯山中……"安徒生在其自传里这样写道。他说这是他一生历史的一个个篇章。

　　同样，对于这些孩子，童年只是他们人生中的一个篇章。而没有讲完的故事则需要他们自己去探索。关于孤独，关于贫穷和梦想。

　　回到住所，我整理孩子们写给我的信，一张张细看，沉思

春晖故事

着，然后将其慢慢碾平，夹在自己的笔记本里，我知道在我合上笔记本那一瞬间，我和孩子们故事的结局就已经写好，那就是我再也不可能回来给他们讲没有讲完的故事，或许当有一天我回来的时候他们早已经长大，各奔东西。我知道自己没有那么伟大，毕业后来这里继续支教继续陪伴他们。像我们这种穷山沟走出来的孩子，无论你是否情愿，都肩负着改变自己或者家族命运的使命，由不得你不努力。

安徒生说："人生就是一个童话。我的人生也是一个童话。这个童话充满了流浪的艰辛和执着追求的曲折。"其实我和这些孩子一样都要自己努力寻找自己人生的童话里的阿拉丁神灯！

寸草心·春晖行

　　我来自偶然，像一颗尘土，有谁看出我的脆弱；我来自何方，我情归何处，谁在下一刻呼唤我……

　　欧阳菲菲一曲《感恩的心》唱得如此凄婉动人。在支教完会演那天，节目还未开始，现场单曲循放着这首曲子，看着操场上孩子们来回穿梭的身影，俨然已是离别的前奏，队友们一边整理着行李，一边整理着自己的心情，决定用一场师生配合的文艺会演，让这次支教完美谢幕。就像歌词所描述的那样"我来自偶然，像一颗尘土"。有的相遇是不期而遇，有的离别则是"蓄谋已久"。还未出发，我们就已经把剧本结局写好，美其名曰"寸草心·春晖情"。

　　汇报演出我要求队友们要进行才艺表演，同时每班至少得出一个节目，一开始我担心孩子们太过羞涩懵懂，不够大方。没想到出乎我的意料，他们是那么的活泼开朗，那时候正是百搭神曲《最炫民族风》火爆的时候，队友李阳硬是自编自导带领她班同学自创一个大家从来没有见过的舞蹈，让大伙乐开了花。梦楠的手语表演、庞淳元和学生一起表演的跆拳道、陈云宗指导的学生诗歌朗诵……一个个文艺节目，让大家看到了这段时间以来孩子们的变化，当我看到现场观看的家长脸上泛起的笑容和热烈的鼓掌，内心无比温暖。

　　在天津，我们进行大量募捐，给孩子们带了一批文具、体育用品，为了确保每个参加学习的孩子都有份，不够的，我们就自掏腰包，或者找身边比较宽裕的朋友相助，记得自己当时还找学姐唐正萍捐了几百元钱，有的队员则调皮的跟父母索要，那劲儿比平常要生活费理直气壮得多，好在父母都给予极大支持和理解，总之我们东拼西凑，凑足了将近两百套文具用品。在会演那天，伴随着一首《感恩的心》，校长和我还有陈云宗及当地村民代表将物品一一发放到孩子们手中，学生们排着队，逐一到台前来领取，一开始我是反对这样的，觉得拿到班上发给孩子们即可。后来一个队友跟我讲，我们也是学生，东西都是辛苦募捐来的，有的还是队友们亲手从天津坐火车托运过来的，希望营造一种仪式感，留给孩子们记忆。当天我还进行了感恩演讲，现在回看那时候的视频，仍然是汗毛倒竖，浑身起鸡皮疙瘩，觉得自己讲得不好。

　　作为山里的孩子，农村的放牛娃，我曾经生活的村子，放牛的山坡加起来就是我的整个世界。我深知，这些孩子是多么渴望知道山的那边是什么。在出发前，我曾跟队友们讲，我们此次支教，时间短，任务紧，未必能够带给孩子们很多知识，但是我希望能够带给孩子们见识，给他们介绍介绍外面的世界是什么样子，在他们心目中种下希望的种子，最重要的是播撒一颗感恩的心。

　　这不是一次单纯的汇报演出，它是对我们志愿者们这段时间以来劳动成果的检验，更是对于大学生支教意义的一种审视。时间多长才算合适？支教对于山里的孩子来说究竟是帮助还是打扰？有人说，山里的孩子是纯洁而善良的，太容易被感动，而那些支教的志愿者，只是来这个地方短暂停留，是极不负责的。我就曾经见到不止一个山村小学老师极力反对大学生支教，她说现在有些志愿者，来了之后给予学生百般呵护，像宝一样，给他们零食还有文具，让孩子变得有些娇气了。作为长期与孩子们相处的老师，支教志愿者走了之后，她需要当很长一段时间的"坏人"才能够把他们扭转过来，孩子很长一段时间都停留在这样的美好幻想之中，以为生活本就如此，要是那些志愿者能够把孩子们也带走就好了！

她的感叹不无道理，但是我更愿意站在孩子的角度出发，对于闭塞落后地区的孩子来说，倘若能够有机会听人说说外面的世界，内心幻想一下也是无比美好的事情，要不然当老师问他们的梦想是什么，都只会回答"当老师和科学家"。再者，这些生活在贫困地区的孩子，偶然享受一次被人百般疼爱的感觉就不应该吗？到现在我仍然不否认支教对于大学生还有山区孩子们的意义，而我们真正需要警觉的是那些打着官方旗帜的形式主义者。

我把此次支教活动命名为"寸草心·春晖情"是希望每一个队友都带着一个赤诚之心，认真对待此次支教，去践行此次春晖行动。会演当天，管校长还为我们这帮来自天津的志愿者题词"前程似'津'"，支教期间的他也曾被志愿者们感动，寄语志愿者们一个美好前程。返津时还自掏腰包赠送我们每人一盒当地特产"奢香夫人"饼干。而他给我的题词"为人师表"则让我受用至今，同时也送给每一个想要支教或者即将走上讲台的人，用寸草之心，去为人师表！

祝你一路顺风

长亭外，古道边，芳草碧连天
晚风拂柳笛声残，夕阳山外山
天之涯，地之角，知交半零落
一壶浊酒尽余欢，今宵别梦寒
长亭外，古道边，芳草碧连天
问君此去几时还，来时莫徘徊
天之涯，地之角，知交半零落
人生难得是欢聚，唯有别离多

李叔同一曲友人之间挥手相赠的骊歌《送别》，给人一种顿悟人生、看破红尘的感觉。我们常人似乎很难理解，但最令人疼的向来不是离别，而是离别后的回忆。对于这些孩子，我只愿他们童真无限，而我们，我只愿青春不散场。

没有长亭，也没有古道，只有蜿蜒盘曲的乡间车道，随着车子颠簸，发动机的轰鸣格外入耳，我们十五个队友就分两拨分别挤在长安车和一辆皮卡车里，大家不再谈论山路如何崎岖，路边的风景如何的美，而是各自调整着自己的心情，是的，我们要回去了。

为了不打扰孩子们，队友们六点就起床，准备赶车去往县城，当我正搬运东西上车时，好几个队友跑来跟我讲，孩子们用粉笔在地上写了几个字"老师别走，老师留下吧"。我驻足片刻，看着那些整洁的字迹，心里沉静片刻，不知道孩子们什么时候留下的，我们睡得很晚，起得很早却没有发现。这一次，我没有用手机拍照，继而催促队友们快些收拾行李上车。

当我们到校门口上车时，发现有很多小孩早已经在那里等候，他们看见校门口有两辆车子，知道我们要乘坐这车离开，于是早在那里等候。

队友们一边装载行李，一边跟孩子们拥抱，一边挥手说再见，这幕场景，曾经只在电影里才能够看到，如今就在自己眼前，而志愿者和孩子们便是主角，那一种百感交集，至今无法言表。当车门啪一声合上的一瞬间，有几个孩子瞬间激动起来，眼泪终于没有控制住，他们叫喊着"老师，不要把我忘记哦"。车子慢慢地向前，不知是晨曦的云雾还是眼角的泪水，渐渐地模糊了视线，眼前的这一切仿佛变成一幅绚烂的水彩画，渐渐地模糊直至消失。

原本激动的心情已经慢慢的平息，忽然电话响起，里头传来孩子们的声音，气喘吁吁的："老师，你们到哪里了？我们送你们来啦。"

"不要来，我们坐车，你们追不上的赶快回去。"队友们面面相觑。

"好的，老师再见。"

电话却没有挂，电话响起孩子们合唱的歌声：

　　　　那一天知道你要走

　　　　我们一句话也没有说

　　　　当午夜的钟声敲痛离别的心门

　　　　却打不开你深深的沉默

那一天送你送到最后

我们一句话也没有留

......

我们都没有想到孩子们会用一曲《祝你一路顺风》为我们送别。我猜,那一刻他们一定手拉手,是面带微笑还是眼泪滑落?像电影里深情一幕,永久刻画在我们心中,而背景音乐就是孩子们动人的歌声。

那一刻,我不再像之前那样去伤感离别,而是在心里默默哼唱《祝你一路顺风》。就像歌词所写:"我知道你有千言你有万语却不肯说出口,你知道我好担心我好难过却不敢说出口。"我只能让眼泪留在心底面带着微笑用力地挥手,在心底深深地为他们祝福。

我曾经不懂大人们淡然的离别,后来我也学会了笑着说再见。

一起支教种太阳

植在西山巅的那株太阳
释放了整天的灿烂，终于枯萎
凋谢成漫天的赤霞
眠在深海底的月亮
牵住飞霞的衣袂，终于绽放
晕开夜色的浓墨渲染
守护着没有阳光的大地

清艳的月光
在拥挤的站台上流淌
将黑暗里的眼眸点燃
将志愿者的灵魂染成透亮

志愿者们挤进熙攘的人群
守望火车来临的方向
在那列火车上
承载着志愿者们整个暑假的意义
关于支教，而不是旅行……

春晖故事

终于，光束刺破浓重的黑暗
列车如约而至
平静的人流里，泛起躁动的涟漪
浪花攒动着，划开又聚拢
列车呼啸着
疾驰向地平线以外的世界
突然空旷的站台上
只剩这群志愿者们
恍惚着
眺望列车消失的地平线
手中握紧着
一个月后的火车票

他们的眼眸
闪耀着明亮的光芒
仿佛能穿透无尽的黑暗
一直寻到千里之外，那个美丽的世界

在那美丽世界里
没有高楼矗立，没有污染喧嚣
在那里
群山栖息着白云，鸟儿在云端歌唱
在那青山绿水间
奔跑着一群天真烂漫的孩子
像无数躲在花丛中的星星
我不骗你
他们孱弱的躯体里，真的蕴藏着太阳的光明

有人问：支教的意义是什么？

是为了种下善良的种子开出希望的花

是为了造座灯塔引导那群孩子的路

是为了那些孩子蕴含的光明，能见天日

志愿者们说：就为了这些

我们愿用一腔热血

温暖孩子们潮湿的灵魂

我们愿用无悔的青春

为这群大山里的孩子

铺就一道通往太阳的光明之路

此诗为 2015 届春晖支教团所作。

春晖故事

第二种青春

那年夏天，我们的约定

刘梦楠

有人说，夏天是一个恬静的季节，你看，"接天莲叶无穷碧，映日荷花别样红"；也有人说，夏天是一个热闹的季节，你听，"稻花香里说丰年，听取蛙声一片"；还有人说，夏天是一个惋惜的季节，你叹，"幽人惜时节，对此感流年"；但我想说，夏天是一个怀念的季节，因为那个夏天，我们有约定。

蝴蝶花盛开的那年
我一个人站在海边
望着天空我好像能拥有全世界
直到所有的寓言都时过境迁
那个爱幻想的少年
眨眼间已消失不见
角落泛黄的旧照片
灰尘遮了纯真的脸
我最爱看的童话都被现实搁浅
耳边的蝉鸣叫不回那个夏天
长大后我终于发现
梦离我很远
……

听着任然的《那年初夏》，脑海深处的记忆被唤醒，记得那是 2012 年的 7 月，期末考试结束后，我没有急着回家，而是坐在电脑前仔细地检查着教学课件，一遍又一遍。14 日上午，带着简单收拾好的行李，按照约定好的时间和其他志愿者队员在天津站集合，踏上前往支教的目的地—贵州省威宁县羊街镇严家小学的旅途。

　　我是河北姑娘，地地道道的北方人，从小生活在华北平原，很少出远门，在读大学之前，没有亲身体会过"会当凌绝顶，一览众山小"的豪迈，也没有感受过面朝大海，春暖花开的景象。然而我内心最渴望的、最惦念的是远方那诗情画意般的美景。高中时期，我是班里的语文课代表，那时候十五六岁，正是青春懵懂的年纪。虽不懂何为爱情，但在课堂上听着老师对文中男女主人公爱情故事的描述和讲解，又似懂非懂。总想着，倘若我走在凤凰古城的小巷中，看到翠翠和傩送一定要祝福他们，相爱的人就应该在一起；倘若我踏上了西湖的断桥，一定要静静地倾听白娘子和许仙的情话，即使人妖殊途，但在感情这个特殊的世界尚可同归；倘若我置身百里杜鹃花海之中，我一定要将时间定格，把这里动态的美烙印在心里；倘若……高考前夕，我和自己有个约定，不管将来就读的大学是不是师范学校，不管以后能不能成为一名教师，我都要争取机会参加义务支教活动。

　　有句话叫"精诚所至、金石为开"，我想大概是我在高中就埋下了一颗种子，得到大学校园的灌溉，慢慢地生根发芽，如愿以偿。俗话说，机会总是留给有准备的人，就在大一快要结束的那年，偶然听班上同学说校春晖社要自行组织志愿者到偏远山区义务支教，正在选拔志愿者，我一听心里乐开了花，正巧同班的张同学是春晖社社员，赶忙找他问个清楚，了解了初试的时间、地点和考核形式，在紧张的准备之后参加了有史以来最胆战心惊的校园面试，因为内心的期望远远超乎了我的想象。

轮到我，一上台才发现自己有多紧张，准备得有多不充分，那几分钟都不知道怎么过来的，心想这下完了，机会就在眼前可我却抓不住。内心的迫切期望让我焦急地等了几天，就在我觉得没戏快要放弃的时候，收到了一条短信，仔细看了一遍又一遍，我高兴得叫了起来，是通知我去参加复试的。经过初试，自我反省，决心这次一定要好好准备，这个机会我一定要抓住。在得知此次支教的目的地是贵州省威宁县羊街镇的严家小学，而这所学校的学生大多是留守儿童的时候，我的心被揪了一下，也上网了解了一些关于留守儿童的事迹，我想，这些孩子最渴望的也许不是好吃的零食、新奇的玩具、可口的饭菜、漂亮的衣服，而是家人般的关爱。爱，才是对我们支教活动最好的诠释，而感恩才是我们的主题。于是，我在三天时间里，精心准备了七分钟的教学课程，三分钟的文艺展示——手语舞《感恩的心》《相亲相爱一家人》。在听到台下同学热烈的掌声，看到社长（浩哥）竖起大拇指，得到大家肯定的时候，我知道我离我的愿望又近了一步。就这样，我成为春晖社主办的第一届义务支教活动中的一员，我相信我可以很好地完成这个任务，兑现当日的承诺。

从天津去往贵州的路上，沿途的风景让人沉醉。一路南下，让我更向往更期待的仍是大山深处的严家小学，那里的孩子们是什么样的？他们会不会讲普通话？我所在班级的同学们会不会喜欢我？对我讲述的课程会不会感兴趣呢？如果我们离开了，他们会不会想我？一连串的问题浮现在脑海里，挥之不去。赶了两天的路，16日的晚上终于到了。那晚的月光特别美，星星也很多，眨着眼睛好像在欢迎我们的到来，那一刻，一路的劳累都化为乌有。

经过一天的修整和准备，18 日严家小学开学了，同学们早早地就到了教室，不问不知道，一问吓一跳，这些孩子当中最远的要走两三个小时的山路才能赶到学校上课，顿时我心里咯喳了一下，想想我们小时候上学还要妈妈叫半天才起床，吃完饭是爸爸送去上学，从来没有想过竟有走这么远的山路来上学的学生，更何况还是那么小的孩子！

第一天上课，班里的同学们都很腼腆，也很安静，有的也只是一直挂在嘴角边的微笑，偶尔会有轻轻细语，想来刚见面都不太好意思吧，我和我的搭档杨卓想办法和他们互动做游戏，慢慢地熟悉。后来，这些小天使们终于回到了以前的状态，打闹嬉笑，但是上课时却是比任何人都认真，生怕一不留神这个梦就破碎了一样。课间，我会教他们手语舞《相亲相爱一家人》，他们那认真的眼神，我一辈子都不会忘记，我想这是我们最美好的回忆，也真心地期望我们像一家人一样相亲相爱。

时间过得很快，我们的支教活动也临近尾声，多想这一天不要这么快到来，我和这些小天使们从陌生到熟悉，从相识到相亲相爱，正在慢慢地融合成为一家人。可是，毕竟我们都还是大学生，还有未完成的学业，他们更是祖国的未来，不管是否在一起，不管距离有多远，我相信寸草心、春晖情，它会把我们的心连接在一起，心相连，意相通，永远是一家人。

临走前，这些天使们各自写了对老师最想说的话，画出了他们眼里最美的老师，我想这是我收到的最好的礼物。那天下午，一个同学低着头跟我说："刘老师，我知道你不会留下来，我也不能跟你一起走，但是我会努力长大，等我长大就去找你好不好？"我摸着他的头说："当然好呀，你要健康长大，好好学习，等你长大了，我们一定会再见的！"这时，他旁边的同学也问："老师，那我们怎么找到你啊？可不可以不要换电话号码，我们想你的时候，打电话给你好不好？"我说："好，我一定不换电话号码，一直为你们保留，等你们长大来找我。"

不换电话号码，是我当时唯一可以答应他们的事情，也让我更加清楚一个承诺，一份责任，这是我们共同的约定。我是一个爱笑的女孩儿，相信笑可以传染，我也希望身边的人都能开心快乐。我和小天使们约好等到我们分开的那天，谁都不哭，我们要把最美的笑容留给对方，记在心里，只要彼此安好，就是最大的幸福。

支教文艺会演结束，还是到了说再见的时候，我看到其他班级的同学一个个泪流满面，依依不舍地和老师道别，说着世界上最动听的心里话，我们班的同学安静地坐在教室里，低着头沉默不语。我看着他们，心里别提有多难过，在这十几天的时间里，我们一起上课，一起做游戏，一起学习手语舞，一起谈心嬉笑……就快离开了，谁又可以开心的笑出来呢？我们不是说好要把最美的笑容深深地刻在心里，说好等你们长大要再见面的吗？我们一起伴着音乐，再表演一次《相亲相爱一家人》吧！熟悉的旋律，拨动的是我们依依不舍的心弦，也承载着我们内心最真挚的情感。也许，现在能用钱买到的都有一个保质期，但是这份关爱是永远没有保质期的，烙印在内心深处的笑容也是，不管今后能不能再见，不管今后在哪里扎根，爱，永远都在！

感谢，在最好的年纪遇到你们，让我品尝爱和被爱的味道；感谢，在最恰当的时空出现，让我遇到志同道合的朋友；感谢，在那个陌生的环境中，让我感受到家人般的温暖；感谢，在那个夏天，我们的约定。

那一年

李阳

　　一年一度的中秋佳节又伴随着时光的消逝而到来，在外漂泊的我已记不得这是第几个不回家的中秋节了，看着天空高挂的明月，我仿佛看到了远方的亲人，他们是否也在同我一样望着圆月，是否和我一样在思念。

　　"叮咚、叮咚"微信声此起彼伏，四面八方的祝福纷至沓来，其中一条却让我陷入深深的回忆。

　　"小阳，中秋了，我祝你中秋快乐，你送我一个故事可好？还记得咱们曾经的春晖社吗？还记得严家小学吧？那么，请你挑一则关于春晖，关于支教的故事整理成文发我可好？我最近在撰写春晖那些过去，希望出版关于春晖的故事，谢谢！"

　　春晖社，我怎么会不记得，这是我大学里参加的最富爱心的社团！严家小学，我又怎么会忘记，这是我这辈子一段好温暖的回忆。思绪一下把我拉回到 2012 那一年，没想到时间过得这么快，不知不觉间已经过去五年了，岁月无声，记忆总是那么磨人，它摸不着看不见，但却真实地停留在你的脑海里，从竞选支教队员到支教圆满结束，心里，梦里，即便过往的一切已经不复寻觅，但是春晖的印记，深深地烙印在我的脑海里。这些数不清的片段连起来就像一部老电影，要是让我全部写出来恐怕是一部长篇小说了，我就节选我日记的几个片段吧。

2012 年 7 月 17 日星期二天气阴

现在是 17 日凌晨一点，我们支教的几个女生终于来到了严家小学，宿舍紧挨着校门不远处校长家的旁边，这也是学校在职女教师的宿舍，将女生宿舍安排在这里，是为了安全。我们都是两个人一张床，终于安顿下来了。

从 14 日出发到现在，回想起这三天的旅程，竟如做梦一样，14 日我们从天津出发，为了节省邮递费，我们除了带自己的东西，还带了很多捐赠物品，衣服、书籍、文具，特别是书，分量特别足，男同志多半是手提，肩扛，大包小裹，说得狼狈一点，就像一支逃荒的队伍一样。印象最深刻的是张玉建拎着的一个大皮箱，轮子坏了，只能手提，那么大，还全都是书，你定能想象出一个农民工回家过节拎着大行李箱上下地下通道，出没火车站那种窘态。

火车进入贵州之后的风景特别的美，窗外云雾缭绕，从车窗探望出去是深不见底的悬崖，还有远处怪石嶙峋的峭壁，炊烟袅袅的人家，一切都是那么新奇，但是鉴于我是上车就进入酣睡的人来说，不知道一路上错过多少这样的美景。天黑了又亮，亮了又黑，终于到了中转站——贵阳，李露的家人热情的招待，对我们这次公益活动的鼓励和爱心活动的支持，让我们特别感动。坐上继续南下的火车，终于在 16 日晚上九点半到达了威宁草海站，校长亲自驱车来接我们，但是被暴雨冲坏的山路显得非常崎岖，一路颠簸。黑夜笼罩大地，大雾弥漫，我似乎感觉到了车子有时候颠簸倾斜到 45 度，吓得我不敢大声呼吸，一路惊心动魄，终于在凌晨一点安全到达。

我紧张，我知道我们的领队更紧张，因为他们需要做的不仅仅是一次支教，更是所有的队员能够安全地来，平安地回，颠簸的汽车也一定牵动他们的心吧，我还在车上给领队发短信，给他打气，希望能够给他更多的信心。

2012 年 7 月 23 日星期一天气小雨

今天是支教的第五天了，时间已经过半，离支教结束的日子越来越近了，在这里，时间越长，越是留恋，孩子们那一双双渴望知识的眼睛，还有对大山外世界的向往。他们有的要走两三个小时的山路才能到学校，夏季的露水打湿鞋子，裤子湿到膝盖，但是这些并不影响他们脸上的微笑，因为他们能够学到知识，他们是开心的，他们希望通过自己的努力走出大山，他们是快乐的。

作为一年级的班主任，在我眼里这些孩子似乎还应该懵懵懂懂，但是却给了我很多感动。

2012 年 7 月 24 日星期二天气小雨

还有一小节课就到中午了，课间，老师和小同学们都在教室外嬉戏打闹，突然有一个女同学走到我的面前，手掌打开，是一枚鸡蛋。

"老师，请您收下。"

我突然蒙了，这怎么可以，我连忙拒绝。

"老师，我没有其他东西送给您，请您一定要收下。"

我再三拒绝，当我看到她红通通的小脸及就要夺眶而出的眼泪，我接过了她手中的鸡蛋，把她抱在怀中说着谢谢，告诉她："这是老师吃过最好吃的鸡蛋。"

一枚小小的鸡蛋，似乎微不足道，但是在这里，却是他们的一顿午饭，而且只有家里条件好的才能带，条件差一点的只能带一个熟土豆，更差的就只能饿肚子。我不知道到底该不该收下，但是如果这样让她能够开心，我为什么不这样做呢。

晚上分享的时候，听着大家各自不同的事情，早已感动到泪流满面……

2012 年 7 月 25 日星期三天气晴

汇报演出的日子越来越近了，每一个班级都要出一个节目，所有的孩子都要参加，我们小一班每天中午的午休时间排练舞蹈，大家学得认真，也跳得非常开心。中午，班长跑过来告诉我："老师，张玉红说她不参加了。"同学们都跑到我面前，说她从来不参加班级活动，我很疑惑，她之前跳的特别好，性格也很开朗，为什么就不参加了呢。

我找到她，和她坐在草地上聊起来。

"玉红呀，为什么不想参加了呀？老师感觉你跳得非常好。"

"老师，我不想参加，因为演出要买衣服，每次班级活动都要买衣服，那就要花很多钱，我家只有爷爷奶奶在家，而且他们身体都不好，都需要吃药，我不想再给他们增添任何负担了，我每天放学都想帮奶奶干活，可是奶奶也不让，就让我好好读书。"

听完这话我心里一颤，八岁，只有八岁却承受着这个年龄不该有的担忧。她的懂事让我心疼。

"玉红，我们这次演出不需要花一分钱，也不需要买任何东西，只要好好表演就好了，所以你不用担心。"

"真的吗？"

"当然是真的，老师和你保证。"

看见她在队伍中欢快地跳着，宛如一个欢快的小天使，我希望她每天都能这样开心。一年级，我的小一班，还记得我让他们每个人伸出的双手，无一例外的都有镰刀的划痕，因为他们大多数都是留守儿童，家里是体弱多病的老人，放学后要上山割猪草，帮爷爷奶奶分担家务。

2012 年 7 月 27 日星期五天气阴

今天是我们离开学校的日子，我们没有告诉同学们离开学校的时间，就是怕同学们来送我们，但是也正是因为这样，他们五六点就站在校门外，生怕我们就这样走了，那天阴天，同学们团团围着我们，老师、学生哭作一团，难舍难分，送我们的车开走后，他们还追在车后跑，我们都不敢回头看，有一个高年级的同学打来电话，说他们一定会追上我们的车，求我们留下来。手机那边传来粗重的喘息声，心疼、不舍，交织在一起。苦劝了十多分钟，孩子们终于停止追赶。

最后，电话里传来了歌声，他们在电话的那头唱着一曲《祝你一路顺风》为我们送别，我们在电话的这头跟着唱了起来，歌声夹杂着哭泣声！

内心里深深的祝福他们能够天天开心，愿望成真。

> 那一天知道你要走
> 我们一句话也没有说
> 当午夜的钟声
> 敲痛离别的心门

却打不开你深深的沉默

那一天送你送到最后

我们一句话也没有留

当拥挤的月台

挤痛送别的人们

却挤不掉我深深的离愁

我知道你有千言你有万语

却不肯说出口

你知道我好担心我好难过

却不敢说出口

当你背上行囊卸下那份荣耀

我只能让眼泪留在心底

面带着微微笑用力地挥挥手

祝你一路顺风

离别的诗

有一张火车票，一直放在我钱包里，后来我又将它取出移到我的文件夹里，生怕弄丢、弄坏。三年多过去了，每次整理文件，不经意间翻到这张火车票，我总会将它取出，凝视，像读着远方寄来的信件一样，陷入沉思。这是一张对我有着特别意义的车票，我当时还用中性笔在上面写了两个字"回家"。如今字迹已在岁月的流逝中变得模糊，但关于那段记忆却是如此深刻。

有两个时间点我记得非常清楚：一是 2009 年 9 月 2 日，我只身背着行囊从老家贵州坐了两天的火车到天津上大学；二是 2013 年 6 月 25 日，我一个人拖着行李箱从天津乘车回贵州，大学毕业。

一个是青春的开始，一个是青春散场。

大一时我的生活是白色的，因为象牙塔是白色的，一切从零开始。太多的新鲜生活扑面而来，激动而又紧张，有第一次加入社团的好奇，有第一次与教授面对面交流的激动，第一次担心学分不够、考试挂科……

大二的时候，我的生活渐渐地变成了灰色，刻苦学习成绩仍然赶不上那些可以潇洒玩耍的天之骄子，第一次感受到英语四六级考试带来的紧张和压力。第一次尝试着追求一两个自己喜欢的女生，结局都不是很理想。整个人渐渐地变得有些焦虑和迷茫，甚至是郁闷还有痛苦。

大三时候，生活变成了红色，青春开始绽放，像初春的白杨拔节生长，整个局面开始扭转，我遇到了陈云宗、罗金、令狐昌锦、张玉建、杨卓这样一帮志同道合的朋友，我们一起组织社团活动，一起策划文艺晚会，一起去拉赞助，一起去郊游。一起喝得酩酊大醉，彻夜狂歌，一起争吵得面红耳赤……

大四的时候，生活变成了蓝色，我们渐渐地不再那么冲动，变得理智和冷静起来，开始思考着自己的未来，考研，出国，还是找工作，明白着自己和未来的差距。

大一是呐喊，大二是企惶，大三是沉沦，大四朝花夕拾。

其实，大四这一年是很难用一个词语去形容的，离别，焦虑，疯狂或者兼有之。但是再多的词语也无法掩盖一个事实，关于大四，那便是意味着青春散场。

从接到学校通知，我提前订好回家的车票，只告诉身边几个人，因为我害怕大家互相道别时候那个场景。来时孤身一人，去时形单影只，觉得没什么不好，正如徐志摩的诗歌："悄悄的我走了，正如我悄悄的来；我挥一挥衣袖，不带走一片云彩。"

我和去年毕业的学长学姐毕业时一样，老早就把行李收拾好，打包一点一点往外运，印象中整个宿舍楼就这样在几天之内人去楼空，瞬间变成一个无限伤感的符号。回忆就是从离别那一刻开始的，而那些收藏进我们内心的匣子，是我们曾经的流金岁月，也是我们的宝藏。毕业，就像一个大大的句号，从此，我们告别了一段纯真的岁月，一段年少轻狂的时光，和一个充满幻想的时代。

我曾经跟云宗讲："我要回去了，不要你们送"他说："我们还是送送你吧。"

2016年6月25日早上九点，我最后一次关上曾经待了四年的大学宿舍的门，把钥匙交给楼管大叔的时候我还特地回头看了它一眼，罗金和云宗几个兄弟早在门口等着我，张玉建帮我拉着行李箱，几个兄弟有说有笑去往双林地铁站门口，我要乘坐地铁去往天津站，搭乘天津开往北京的城际，再转火车回贵州。

我买了地铁票，几个哥们互相道别，转身拖着行李箱进站，从此，我们就要散落在天涯，不知何时能聚。

我提着行李，缓步走下楼梯，等着地铁缓缓开过来。双林地铁站是起点站，地铁开过来后会等上好几分钟才走，此刻心里总是百感交集，感觉什么东西没有带走，于是我把行李箱靠墙放着，径步跑到检票口，只想再多看他们一眼。没想到他们还在那里，不知道在聊些什么，我大喊一声："回去吧，我走了"，没有听清楚他们在说些什么，我转身就跑下楼到车厢里坐着，眼睛渐渐地模糊。

没隔多久，地铁刚刚起步，几个小伙出现在车窗外，是那么顽皮可爱，原来他们特地买了一张地铁票，只为了进站多看哥们一眼，他们合手呐喊："浩子，再见。"我独自一人，坐在车厢里跟他们挥手道别。

地铁里播放着轻音乐，起点站只有我一人，一眼望去，车厢空荡荡的，我再也没能控制自己，泪水终于还是涌了出来。

来到天津站，我将车票打印出来，在上面写上两个字"回家"。

春晖故事

匆匆那年

恨不相逢未选时

到现在，我都不能确定那算不算我的爱情！但那确实是我曾经疯狂的岁月。

一天傍晚，我正坐在图书馆阅览室安静地看书，突然收到一个陌生电话号码发来的信息"小浩子，明天有时间吗？我想请你吃饭"。

我一看手机号码，尾号是 8524，立刻知道是她，她是大学唯一一个让我疯狂过的女生，我大学有两次哭得撕心裂肺，一次因为自己带的社团，另一次因为她。她让我明白，不要随便去记一个自己心动女生的电话号码，因为一旦记住，那十一个数字就会像螺丝钉一样深深地扣在你心中，想忘也忘不掉。两年了，我们成了最熟悉的陌生人，她突然要请我吃饭，不知道是什么情况。我怀着忐忑心情，犹豫了片刻，回复两个字"好的"。

那一年，我们大四，也是大学最后一个学期，算是大"四"已去的人。

她在学校后面寻了个刚开业的餐馆，环境温馨而整洁，她挑了一个靠窗的位置，我俩面对着面坐着，她化了淡妆，看起来还是那么清秀、漂亮。她微笑着将餐具递到我面前，给我倒了一杯苦荞茶。

匆匆那年

"浩子，还记得咱们是怎么认识的吗？"

倒完茶，她那嫩白纤细的手指从我面前移开，我明显注意到她中指上戴了一颗银白色的戒指，我只是像一个傻瓜一样，愣坐在那里，半天没有反应过来。

"哦……呵呵……干嘛问这个？"我勉强笑了，吞吞吐吐回答道。

"唉，其实也没什么，就问问而已。"

她握着茶杯小抿一口。

其实我不明白她为什么突然要请我吃饭，难道只是叙旧？

怎么认识的？我不知道该如何回答，如今坐在她面前的已经不是当初那个冲动莽撞而又天真的男孩，他变得成熟、理智、冷静，但偶尔还是会幻想。

（一）

九月，是一个开始，也是一个结束。

我们结束了高考炼狱一般的日子，开启大学一种全新的生活模式，太多的新鲜生活扑面而来，第一次体验几百个学生坐在阶梯教室听公选课，学分的概念第一次进入脑海；第一次用极不标准的普通话跟来自五湖四海的同学交流；第一次参加全班同学聚会时候的激动；第一次加入社团的好奇……

记得刚开始那段时间，我每天都像打了鸡血一样，背着一个中学用过的旧书包，在第一二三四食堂间来回转悠，想要尝遍那些美食，却又觉得太贵，点得最多的还是西红柿炒鸡蛋。整天骑着一个学长给我的二手自行车在图书馆、食堂、教学楼、学生公寓之间来回转悠，自我陶醉，觉得甚是逍遥快活。

听学姐讲，新生要加入一些社团，不然学分不够，于是我跟着舍友稀里糊涂地加入了好多社团，志愿者、红十字、文学社等等，反正不要钱。一天下午，我收到志愿者协会发来短信，晚上七点要在第四教学楼教室开会，说是第一次会员大会，每个人必须到。我吃完晚饭，骑着自行车飞奔而去，发现很多同学很早就到了，我签完到，进教室寻个座位坐下，大家都你看我，我看你，很新鲜的样子，里面还有几个黑色肌肤的志愿者，用半中文半英文的方式跟一个女生交流，虽然我一句也没听懂，还是觉得这个社团有些高大上，那是我第一次近距离接触外国人，盯着对方看了好久，对方以为我要干嘛。

"你好，请问这里有人坐吗？"

我脸涨得通红，耳根有些发烧，觉得不好意思。"坐呗，没事，没人。"

她很爽快地答应道，面带微笑，脸角露出一个浅浅的小酒窝，一个皮肤白皙的女孩，她穿了一件淡雅的连衣裙，留着披肩的长发。五官端正而秀气，给人一种"清水出芙蓉"之感，一看便是南方水软风轻孕育的女孩儿。

"哦，谢谢，嘿嘿。"

我慢慢坐下，手都不知道放哪里合适。

"我是小浩子，来自贵州，经管学院电子商务专业的。"

她捂着嘴，扑哧地笑了，我知道她是笑我普通话不标准，这下感觉自己更加不好意思。

"我叫风铃（化名），也是经管学院的。"

就这样，我们认识了，没有什么动人的故事，只是后来彼此慢慢了解，才越陷越深，那时候的我单纯，稚气未脱，还带着乡里人的几分纯朴。最重要的是分不清自己内心是激动还是心动，像我们这种从农村走出来的娃，经历十多年应试教育的摧残，好不容易考上了大学，走出了农村，对爱情还是充满了幻想和期待的，我又是个理想的浪漫主义者，就越发谋生在大学要谈一场恋爱的念头，慢慢地开始物色自己喜欢的女生。

刚上大学那会儿，我曾暗自窃喜班上男女生比例接近一比三，我想运气再怎么差也能够捞到一个吧，我还没认全女生名字的时候，有人就已经出双入对了，最重要的是，班上大部分女生都来自城市，早就名花有主，这是一个让我感到失望的事实。不过还好的是，没有遇到让我爱得无法自拔的女生，内心也就慢慢地平衡下来。

我来自贵州，在南方我都算是个子较小的那种，到天津上大学，可想而知，很多女生都比我高，我是班上十二个男生中个子最小的那个。读中学时候我最怕的是集合站队，因为我总是被安排站在第一排，离老师和主席台最近，那种感觉很是不爽，后来上了大学，除了军训少有集合，这种自卑感就不复存在。在老家，我还因为考上大学，让家人引以为豪，很长一段时间都很自我得意。

后来，学院有一个大家公认长得极为难看的女生跟我表白，一度颠覆了我的三观，一开始感到很郁闷，她曾让我一度怀疑我自己，我当然不可能答应，但我还是很礼貌地回绝对方："其实你很善良。"那时候还没有学会像女生拒绝男生"你其实很好，我们还是做朋友吧"这样的托词。

虽然自己曾经在老家不能算是天之骄子，但学习也算将就，家人一直引以为荣，有段时间还经常被附近村民夸赞为"别人家的孩子"。后来到了天津上大学，感觉自己优势全无，我想在学习上有所突破，于是开始整天泡图书馆，可是到考试的时候，令我最为郁闷的是，我越努力，成绩反而越靠后。那些整天打游戏，潇洒玩耍的同学，只要考前突击就会远远地把我甩到后面。我的成绩只比那些整天在教室看不到人影儿的混混儿好一点。我开始渐渐地变得紧张焦虑起来，这种心理落差不仅仅是学习、长相，还有家庭经济条件方面带来的压力。

在所有的基础学科中，我的英语是最糟糕的，最怕的是听力，要不是我每节课都老老实实地去上课，给老师留个好印象，把平时成绩拿满分，连及格都是个问题。

记得第一次考英语四级的时候班上一个女同学跑来告诉我"小浩子，我梦见咱们班英语成绩出来了，你的名字排在第一个呢。"

"真的吗，那我多少分？"

我连忙好奇地问。

"360分。"她很失望地说道。

"360分，你干嘛来告诉我呀。"我哭笑不得。

"可人家说的是实话呀。"她很委屈的样子。

"小朋友，拜托这是做梦好不，多担心你自己吧。"

我把她撵走。

后来，英语四级成绩可以网上查询了，我网上一查，真考了360分，我气得吐血。

后来社团的活动越来越少了，不像开始加入那样好奇，只是偶尔有人来讲座的时候会跑去听，要么就是到学校礼堂去看文艺演出。而我跟风铃之间见面的机会却很多，我们一起上选修课，偶尔她会给我补英语，虽然我根本听不进去。还会聊一些学习上的事情。我们之间，就这样不温不火。

而我却慢慢地陷入自卑中。

（二）

通过大一一年的挣扎努力，我感觉学习上我是没有什么太大的希望了，我也不指望拿奖学金，用大学流行的一句话来安慰自己"六十分万岁，六十一分浪费"。最重要的是我意识到老师所讲的不一定是自己所要的东西。到现在我也不明白大学为什么要开电子商务这个专业，感觉像个大杂烩，什么都学一点点，什么都不精通，于是开始寻找自我感兴趣的学习东西。

那时候我基本上保持每周一本课外书的频率，经常会去图书馆借书。曾经因为没钱买书欠下了很多东西，连四大名著也是在大学的时候才完整研读的，因为中小学的时候没有图书馆。我会在课堂上读自己喜欢的课外书，或者翘课泡图书馆，我贪婪地读着书，如同一只饥饿的小羊闯进芳草嫩绿的草地。渐渐地，班上很多同学都认为我是个爱看书的人，偶尔会有爱看书的女同学来跟我交流。我到现在都还记得有个女同学找我帮她推荐图书的事儿。

"小浩子，我发现你挺爱看书的，最近有什么好书，给我推荐两本呗。"

"《红楼梦》。"我回答。

她一脸鄙视和尴尬的表情。

"切，早读过了。"

其实她哪里明白，对于一个曾经没有书可以读的农村娃，在课外读物上已经落下很多需要恶补。

风铃喜欢读书，我们都喜欢文字，每隔一段时间我们都会交流自己读书的想法，每当这时我都会发表一些独特的个人见解，偶尔还会引经据典，这也许是她欣赏我的地方吧。我最喜欢风铃读书的样子，端庄而又文静，尤其是她手托下巴思考问题的样子，令人陶醉。

渐渐地，她偶尔会主动约我出来散步，我们也聊得很投缘，从图书馆到留学生公寓楼，我们的足迹遍布校园每一个角落，当然只是聊天。

大一大二的我有些自暴自弃，像个毛头小子，不懂得打媒自己，她是唯一一个会正眼看我的女生，那眼神一点儿没有嫌弃的样子，带给我不少鼓励。

一天我跟风铃讲，我要去图书馆借一本书，著名财经作家吴晓波写的《激荡三十年》可是我找了好久也找不到。其实我是笨到连书刊索引号也不会用，刚开始那段时间，每次借书都是随机挑选。

她二话没说，拽着我就去图书馆，第一次有种当小弟的感觉，屁颠屁颠地跟在她后面。她先是在图书馆二楼电脑上用电脑检索，然后径直接去借阅室，她在那里找书，我就在旁边看她。我见她踮起脚尖，身子略微倾斜，靠在书柜上，从书柜最顶层抽出一本厚厚的银杏色的书刊，拍了拍灰尘。

"给，这就是你要的书，不是很好找吗？"

"嘿嘿，我不会找。"我在旁边很怂地回答道。

"来，我教你找。"

她用纤细的手指，指着书背上的标号，耐心地解释道。

我翻了翻书说，"谢谢你！"

"不要客气，谁叫咱们是朋友呢。"

她有事儿，转身离开。

班上有个女生问我："你们男生一天在寝室聊些什么呢？"

我说除了聊女生还能聊什么，难不成聊学习啊，她呵呵地笑了。

我又问："那你们女生呢？"

当然是聊男生啊！

她很直接地回答，我瞬间无语。

一天晚上，一个哥们突然跟大家讲，他有女朋友了，是咱

匆匆那年

们系的。他和高中的女朋友分了，看得出来他对眼前这个女朋友很满意。大家攻击他，有好消息怎么不跟大家讲，结果他一句话就把大家给搪了："难道女朋友也要和大家分享啊。"

接下来，几乎每天都是听到同学八卦女生的事情，聊自己的女朋友，是的，他们都有对象了，只有我单身！

一天我跟哥们瘦猴聊起我跟风铃之间的事情，他拍着我的肩膀，笑嘻嘻地说："哟，不错嘛，恭喜你，哥们，你恋爱了。"

我寻思纳闷，这就是传说中的恋爱？

瘦猴自称"情圣"，经常给身边的人出谋划策，怎么样追求女生。经常都会有女生约他出去，也不知道是做些什么，回来就是每天按时跟女朋友煲电话粥。

接下来，他给我诊断了我现在的感情状况，给我制订了一个追求计划。他说，你们之间感情已经到位了，最需要的就是你去挑明，捅破这层纸。

一场脑残的追求行动就此展开。

（三）

"嗨，我发现学校后面有个小餐馆的菜挺不错的，我带你去尝尝吧。"

"我最近读了一本好书，觉得很不错，给你借来了，要不要拿去看看。"

"听说天津水上公园风景不错，咱们周末去走走呗。"

……

我每天都寻思着怎么样正大光明地约她出来见面，晚上就QQ聊天。越是心里有鬼就表现得越不够自然洒脱。好几次都被她识破，总说感觉我最近怪怪的。

每个人身边都有这样一个情圣"瘦猴"，TA 可能是你的好哥们，好闺蜜，在你感情受挫的时候总是挺身而出，做你情感上的导师，当你如愿以偿时，TA 会自动淡出你的生活，你为感情撕心裂肺时，TA 又会及时出现在你身旁，给你安慰。

每隔一段时间，我就会跟瘦猴汇报我的进展情况，瘦猴说："你该出手了，给她一个正式的告白。"

说起跟女生告白，我至今都觉得愧对一个中学时候的好哥们 Y。高三快毕业的时候，他看上隔壁班的一个女同学。Y 比我要大好几岁，较早发育成熟，感情也启蒙较早，一天中午，他递给我一封情书，叫我转给高三（8）班女同学 X，我第一次当信使，而且是给人送情书，感觉有些紧张，最重要的是我根本不知道 X 是哪位女生，Y 带着我到（8）班门口，正好 X 在里面自习，Y 不敢到门口，只能在窗口偷偷地指给我看，我壮着胆子进去，坐在那个女生旁边，她脸涨得通红，我用肘子轻轻地推了她一下，递给她一封情书。

"你是 X 吧，Y 说他喜欢你很久了，有封信让我转交给你。"

然后我飞快溜出教室，没想到出来就被 Y 拽住，狠狠地揍了一顿。

"你个小 B 崽子，给我送错了，不是那个女生。"

Y 咬牙切齿地说道，目光狠狠地瞪着我，恨不得吃了我。

这件事情闹得全班皆知，幸好临近毕业，Y 和 X 才幸运没有被处罚。

"铃，我其实喜欢你很久了，你做我女朋友吧……"

那时候已经不流行写情书，也没有勇气当面告白，于是编了一条长长的短信跟铃告白。

我按下发送的一瞬间，能够明显感觉到自己心跳的节奏。我面目紧张，盯着手机目不转睛，等着她的答复。

约莫等了 15 分钟，仍然不见回复，我把手机放枕边，一个人躺床上焦急地等着，寝室的人，听歌的听歌，打游戏的打游戏，抽烟的抽烟，一点儿也没有察觉床上这个人内心早已汹涌澎湃。

我在上面辗转反侧难以入眠。

终于，在晚上十二点的时候，她回信息了："你其实很好，我们还是做朋友吧。"

看得出来，她是经过慎重考虑后做的决定。我原计划就这样得了，有个好朋友也不错，瘦猴却另有一番高论。

"她一定是喜欢你的，只是你还需要做一件让她特别感动的事情。你需要拿出诚意，不断地坚持，连续表白才能够打动她……"

于是我开始寻思什么事情会让她特别感动，决定再次告白。

临近期中考试，我知道她数学不好，于是我托朋友关系，给她把前几届期中期末考试的试卷都弄来，复印好给她送去。我在数学试卷上写了一首浪漫的小诗：

　　你是一串美丽的风铃

　　我是一阵轻轻的微风

　　我从你身旁静悄悄地过

　　你像一阵声波荡漾在我的心灵

　　你轻轻地一晃

　　发出的是美妙的叮铃

　　叮铃，叮铃，振动的是我的心灵

　　我把风的温柔送给你

　　你把铃的曼妙留给我

　　愿风是铃的故事

　　铃是风的永恒

考试前一周我发信息给她："我给你找了份往年的试卷，据说用这个复习通过率很高，什么时候有空，我给你送来，没有别的意思。"

"好的，谢谢你。"这一次，她很快回复。

我赶紧朝女生公寓飞奔而去，来到她住的那栋楼下，将试卷亲手给她。

回来就不断猜想，她看到试卷上我写的字会是什么样的反应？会不会生气，或者觉得我幼稚呢？

那些天，我发信息她都不回，直到期中考试完，她才肯出来见我。通过前面一个多月的铺垫，我终于有勇气跟她当面告白，我没有像电影里王子单膝下跪告白，而是半开玩笑式地说："以后你就是我女朋友啦。"

她思考片刻，回答道："我们不合适，我真的不想失去你这个好朋友，要不然我不会出来见你的。"

场面一下子就变得尴尬，我借故离开，又一次不欢而散。

回来我就跟瘦猴诉苦，她怎么能够这样，我都已经做到这份儿上啦。瘦猴先是顺着我把她批了一通，"哥我泡了那么多女生也没有见过这么不食人间烟火的。"瘦猴说。

"兄弟，女生说的话，往往是反话，你可要用心体会。"末了，瘦猴说，"要不咱换换目标，天涯何处无芳草，何必单恋一枝花？"

接着瘦猴还有几个哥们又给我出谋划策。

"你应该送给她小东西，让她见到那东西就想起你；你应该送她十二朵玫瑰花，要浪漫一些；你应该制造不经意间的相遇，让她觉得你们之间很有缘分……"

说真的，这是我最后一次听"孙子"们的建议，每次听他

匆匆那年

们的馊主意我都碰一鼻子灰，但那时候自己好像深陷其中，感觉智商下降得厉害，整个人看起来除了疯狂，还有些神经兮兮的样子。

我按照他们的建议，都去试了一遍，一天中午我和几个哥们出去玩回来，带了一个西瓜，我打电话给她寝室一个女生给她送去。没想到她却很生气，发信息给我，说再也不会理我。

原来，她不想让寝室同学知道我们之间的事，这一次，我知道彻底完了。

我给她 QQ 留言，系统提示"对不起你不是对方好友"。

对不起，你不是对方的好友，想起她口中的那句话，"我真的不想失去你这个朋友"，顿觉字字诛心。

（四）

大二是一边颓废一边谈人生和梦想的日子，白天我们迟到、逃课，晚上我们聊人生，抽烟喝酒。

大学有三种特困生：经济特困生、成绩特困生、情感特困生。我属于"经济"特困生，情感"低保户"，极度缺乏爱的人，所以有些愤世嫉俗。我曾经一个人骑着自行车在学校周边到处乱转，属于随时要跟路人发生矛盾冲突的那种人，抽烟喝酒的事儿没少干。胖子是一个典型的网虫，每个月的生活费有三分之一要贡献到网吧里去，有段时间彻底沦为网吧特困生，有时候好几天都不会见到他人影儿，我曾经纳闷地问他，上网有那么贵吗？我们几个人包夜都才几十块钱，他回答"我是团长，每天都要做任务，还要添置装备和道具"，我一脸懵逼。后来看到一个条幅在大学很流行"DOTA 毁一生，网游穷三代，天天上自习，必成高富帅"我才明白胖子讲的是什么。

胖子其实是有梦想的，大一的时候，我们的柜子还没课外书，他的柜子上面已经堆放着红宝书，还有一整套《中日交流标准日本语》虽然只会说些ないでください（不要）、こんにちは（你好）、こんばんは（晚上好）、ありがとうございます（谢谢）等之类的基本用语，他说他的梦想是去日本。

而我沦为情感特困生，则是因为缺少女生的爱，我和风铃之间已经冷战了一个多月，后来社团的一些活动我也很少去，我跟风铃同一个部门，她倒是很积极，那段时间，我都会远远地躲开她，觉得不好意思，她倒是像什么事情也没有发生一样。临近期末，社团要聚餐，部长说每个人必须去，地点选在校门口对面一家小餐馆，穿过天桥，要步行一公里左右才能够到达，部长说这家餐馆性价比高，环境也不错，很少有同学找得到的，适合聊天聚会，像发现了世外桃源一样，自我得意。其实我和瘦猴经常来这里喝酒。

我找了个靠角落的位置坐下，像一只小仓鼠一样，习惯性地把双手交叉紧握撑在下巴下，看他们拼酒，听他们侃大山。我只是偶尔偷偷地看风铃一眼，没想到她主动过来敬酒，和我攀谈起来，让我一时受宠若惊。有人说男人是下半身动物，女人是感性的。青春期的我则是自作多情，我沉静的心再次被她点燃，趁着同学们的吵闹，借着酒，我一股脑地把内心的真实想法告诉了她。

那天晚上，她一共只喝了三杯啤酒，其他都是饮料。感觉却是飘飘欲醉的样子，同学们都散了，她叫我陪她散散步，我们边走边聊，彼此靠得很近，很近，我内心纠结要不要去扶她一下，但伸出去的手最终还是缩了回来。

穿过马路，要走天桥才能达到学生公寓，我陪着她慢慢地一步一步向女生公寓移动，我真希望这是世界上最长的一条道，永远没有终点。

我只是听她诉说她最近的事情，虽然喝了几杯小酒，我却很理智。在天桥上，她忽然拉起我的手，大步向前走，一瞬间我感觉幸福爆棚，那种感觉像女孩子的初吻，叫人难忘。在路口转角处，突然遇到院里一个哥们，他一脸惊讶表情"哟……哟……哟……没有看出嘛，不错啊。"

在行政综合楼后面，有几个小的台阶，在泛黄的路灯照耀之下，我们紧靠着坐在一起聊天，静坐，一同仰望星空。那天晚上，我陪她聊了很久，很久，直到女生寝室楼管大妈关门。

我赶紧飞奔回七号男生公寓，楼管大爷早已关门，无奈，我在窗口哀求半天，被他呵斥一顿，才让我进去。

（五）

一天晚上，我们在食堂吃完饭，风铃送我一份礼物，是一个棕色的纸盒子。我打开一看是一株旺盛的多肉植物，种在一个五彩斑斓的小陶瓷瓶里，她微笑着对我说"多肉植物是种顽强的小生命，只要你每天浇一点点水就可以，它会慢慢生长，不过需要坚持哦"。印象中好像那是大学第一次收到女生赠送的礼物，欣喜若狂，自然小心翼翼地呵护着。

那时候的我，自卑，保守，有些拘束，但心中却充满无限浪漫的遐想。我是不敢牵着女生的手大摇大摆地在食堂还有图书馆间穿梭的。能够跟对方一起散步、谈心我就心满意足，那时候还不会说什么"么么哒，I love you"之类的甜言蜜语。对于我来说好似难以启齿，除非是发短信或者情书。

我们从第三食堂到第四食堂，再到留学生公寓散步、聊天。那时候学校的绿化还不是很完善，学校公园也很简单，你只管在公园大胆散步，不会惊起情侣无数，因为无处可躲，当然自习室除外。倘若能够在 A 楼楼梯处渐渐地欣赏滑冰表演，似乎就是一件很 Romantic 的事儿了。我们最爱去的不是公园，也不是自习室，也不是 A 楼广场，而是留学生公寓后面那个正在建设的小湖边，将书包往屁股下一垫，两人就这样静静地坐着。

时光渐渐地流淌，青春的感情在不断地发酵，慢慢地我无法理解女生为什么会莫名其妙地不理男生，女生为什么会莫名其妙地生气……

争吵过后，是心平气和的交谈。终于有一天，我们约在图书馆前面一片小树林一个亭子里，她告诉我："我想了很久，其实，你很好，只是我们不合适，我们还是做朋友吧。"

我回到寝室，一个人趴在柜子上，不停地哭泣，泪如泉涌，很快湿透了衣袖。

我看着她曾经送我的多肉植物，依然安静摆放在柜子角落里，只是早已经干枯凋亡，而我则独自捧着这个杯子，空杯留伤。

我们做朋友吧！见到就心跳的人要怎么做朋友？

青春期在荷尔蒙的作用下，是很难有纯洁的男女友谊的，跟一个异性保持亲密关系往往都有着不可告人的目的，想要追求对方，或者对对方身体的幻想，以及内心难以言说的冲动，都叫青春。

能够说清楚的从来都不是爱情，永远那么理智，即便是那么年轻，也不曾拥有爱情。大学时的我，虽然自卑，拘束保守，做了许多疯狂犯二的事情。现在回想起来最幸福的日子仍然是跟她一起散步的时光，怀念的是无话不说。

只是，我们成了最熟悉的陌生人！

匆匆那年

（六）

相逢如初见，回首是一生，岁月如流水，只道是青春！

两年的时光里，我们彼此安好，没有打搅对方，我从来没有想过两年后，我们会坐在一起喝茶，眼前这一幕曾是我这个大山里走出来的毛头小子幻想的，只是如今内心早已没了当初那份悸动，我变得成熟、理智，更知道自己想要什么。金庸曾在《天龙八部》写道"红颜弹指老，刹那芳华，与其天涯思君，恋恋不舍，莫若相忘于江湖"世间有两种情感最为美好，一种是相濡以沫，一种是彼此相忘于江湖。"年少轻狂的我们都承担不起给对方海誓山盟，相逢是首歌，离别亦是诗，我们注定要相忘于江湖，那一刻我只能举起酒杯"祝你好运"！

对的时间，遇见对的人，是彼此的幸运；错的时间，遇见对的人，只能彼此微笑祝福，恨不相逢未选时。世人说，人世间最浪漫的事情就是陪着你慢慢变老，我能想到最浪漫的事情只能是陪着你慢慢变好！

2013 年由陈可辛导演的电影《中国合伙人》在大陆上映，我和瘦猴买了电影票到学校附近电影院去观看，电影片尾曲是由黄晓明、佟大为、邓超三人合唱的《光阴的事故》，而我则感激我青春光阴的故事曾经有你，就把它当作我们的青春片的尾曲吧。

> 春天的花开秋天的风以及冬天的落阳
> 忧郁的青春年少的我曾经无知的这么想
> 风车在四季轮回的歌里它天天地流转
> 风花雪月的诗句里我在年年的成长

流水它带走光阴的故事改变了一个人
就在那多愁善感而初次等待的青春
发黄的相片古老的信以及褪色的圣诞卡
年轻时为你写的歌恐怕你早已忘了吧
过去的誓言就像那课本里缤纷的书签
刻画着多少美丽的诗可是终究是一阵烟
流水它带走光阴的故事改变了两个人
就在那多愁善感而初次流泪的青春
遥远的路程昨日的梦以及远去的笑声
再次的见面我们又历经了多少的路程
不再是旧日熟悉的我有着旧日狂热的梦
也不是旧日熟悉的你有着依然的笑容
流水它带走光阴的故事改变了我们
就在那多愁善感而初次回忆的青春
流水它带走光阴的故事改变了我们
就在那多愁善感而初次回忆的青春

匆匆那年

演讲探艺

谁是最幸福的人？

我姓符，我幸福，我们符氏宗亲总是这样自嘲，而我的名字则更逗，"符其浩"听错的还会以为是"福气好"。父亲给我这样一个名字无疑期待我是一个幸福的人。然而对于我这个异乡漂泊的游子，一则劳于事业奔波，二则因为"独在异乡为异客"的孤苦，幸福于我如浮云。伴随着年岁渐长，我们终归要回答自己，我幸福吗，幸福究竟是什么？

2016 年 10 月 16 日，我有幸被邀参加广西玉林第十八届世界符氏联谊大会，并且发表演讲。此次盛会汇聚全球符氏精英六百余人，我深知此事意义非凡，从接到邀请那一刻起，就把此事牢记心头，一有空就开始寻思琢磨，怎么样带给听众一场别开生面的演讲，以至于让大家有所收获和启发。主办方要求我给符氏青年做一场励志演讲，何以励志？首先你自己得是榜样，对于我来说没有成功事实，但还是有一颗比较成功的心态，于是我一度放下手边繁忙的工作，开始收集符氏青年精英的材料，希望带给大家正能量。

我在候场时发现一个令我恐慌的事实，那就是听我演讲的几乎都是中老年人，有不少宗亲已经是两鬓越白，这是我始料

演讲探艺

不及的，而且我是最后一个出场，已经是下午五点，大家明显疲惫，这对于一个经验丰富的演说家都是极具挑战的，何况我一个三十不到的年轻人？好在我内心没有打退堂鼓，而是决心挑战一次，临时变更了自己演讲稿，我深呼一口气，稳步走向讲台，决定来一场即兴演讲。

尊敬的各位符氏宗长，绩熙会长，章志主席，现场的各位宗亲们，你们辛苦了！

今天能够站在这里，内心真是充满了感动和感恩，我感动的是有这么多宗亲为弘扬家族文化无私奉献，我们今天才得以团聚在这里，让我们用掌声向他们致敬。我要特别感谢符孟标秘书长的安排，今天才得以站在这里跟大家交流。我是最后一个上来演讲的，刚刚在台下，我问主办方为什么我是最后一个上台，他们回答："你是主办方今天用来'压轴'的！"我知道这是在鼓励我。那大家就多给眼前的这个年轻人一些鼓励吧，我不会让你们失望的。

一个自信大胆的开场白赢得了大家的掌声。紧接着，我又说道：

在来之前我问秘书长给大家讲什么？他说给青年做励志演讲。我环视了咱们台下听众，傻眼了！台下几乎全是中老"青年"，不过没关系，有句话说得好，在这个世界上有八十岁的青年也有二十岁的老人。如果你年方二十，却消极堕落，对生活充满绝望，那么你已经老啦。如果你年逾古稀，仍然对生命充满期待，仍然怀揣梦想，那么你仍然年轻。季羡林大师曾说："人过八十，我依然能够看到野百合的影子，依然还有梦想。"

所以在我看来，年龄只是一个数字，而你是否年轻则是一种心态。

一下子就活跃了现场气氛。我注意到，有相当一部分宗亲始终是面带微笑听完我的演讲的，不时点头。在演讲过程中，我还引用世界符氏文化研究会绩熙会长为大会会刊作的首卷语，为演讲增色不少。

整个演讲流畅，逻辑性强，没有闲言碎语。完毕，好几个宗亲跑到台前交流，索要联系方式。世界符氏大宗祠常务副主席符芳道宗长，来主席台前找到我，力邀我在2018年海南世界符氏联谊会发表演讲，并叮嘱再三，交办秘书传礼办理，同时不忘在几位宗长面前夸赞，让我感动。在楼梯转角处，一个中年宗亲握住我的手，深情地说道"讲得太好了，我手都拍红了"，并且伸出双手给我看，激动之余，我的脸也红了。其实这次演讲鼓掌次数不多，但每次都很给力，估计是他拍手太过用力，让我这个年轻人受之有愧。

晚宴期间，符标宗亲和一位七十多岁的老宗长举着酒杯到处找我，一句"符老师，总算找到你了"让我备受感动，同时与我合影并不停夸赞下午的演讲。

江苏丹阳国俊宗亲，席间赠送我一本《云阳后臧符氏族谱》并由丹阳市新闻出版局副局长符泽宗亲题词。

席间与马来西亚符永道宗亲深入交流，力邀我到马来西亚旅游，分享了他人生"助人为乐，知足常乐，自得其乐"三种

演讲探艺

境界，听得我拍案叫绝。

对于这些殊荣，并非炫耀，而是发自内心的感激，近年来演讲场次不少，结识各类人群，从机关领导，到企业家，到教师，再到大学生，跨度之大难以想象，每一次对我来说都是一种挑战，我把每一场演讲都当成是第一次演讲，总会全力以赴。时间久了就会发现，演讲与口才终归要务实，不是要嘴皮子，拼的是学问和思想，归结于人格。

在台下听孟标秘书长演讲才知这位宗亲在家族文化研究方面做了不少贡献。近几年醉心家族文化事业，实地走访，可谓知行合一难得的人才。听新加坡南洋理工大学符之玮博士幽默风趣的演讲，让我增长不少知识。此外，还欣赏了符氏青年导演符兴旺《开琼甲第》电视宣传片，让我大饱眼福。

其实在我内心深知，讲坛就是遗憾的艺术，不存在完美，无论登上什么讲坛，都不能忘记自己是谁。在演讲界我尚且稚嫩，要走的路很长，一方面需要虚怀若谷，向长辈学习，一方面拜听众为师，同时不忘自我修行。

在泰国首都曼谷有一条街道，名为"演说街"（泰语：；英语：thanonmangkon），是为纪念革命先贤孙中山而设，毗邻热闹的耀华力路，孙文曾多次在此发表演说。作为演讲者，倘能够一睹其风貌，是为快事。所幸的是，会议期间结识泰国符明宗亲，并力邀我参加明年泰国符氏宗祠60周年庆。好几位泰国宗亲不断找我合影，我们用不太流利的英文交流，一边比划着手势Thailand, seeyounextyear。是的，泰国，明年见！

有人做过调查，谁是最幸福的人，排第一的是给自己孩子洗完澡怀抱婴儿的母亲；第二是给病人治好病后目送病人远去身影的医生；第三是在沙辑上欣赏自己筑的沙堡的小男孩；四是给自己作品画上句号的作家；幸福似乎是一瞬间的感受。

然而这些都与我无关，我也算不上一个演讲家，只是一个演讲爱好者，幸福如鞋，舒服与否，只有你自己知道，作为一个演讲者，走下台那一刻，能听见听众真诚地说"讲得太好了"，此刻我勉强算得上一个最幸福的人吧！

2016 年 10 月 20 日 符其浩于厦门

与世界符氏文化研究会会长符绩熙合影

与世界符氏大宗祠委会副主席符芳道先生合影

演讲探艺

野百合也有春天

——在广西玉林第十八届世界符氏联谊会上的演讲

尊敬的各位符氏宗长，绩熙会长，章志主席，现场的各位宗亲们，你们辛苦了！

今天能够站在这里，内心真是充满了感动和感恩，我感动的是有这么多宗亲为弘扬家族文化无私奉献，我们今天才得以团聚在这里，让我们用掌声向他们致敬。我要特别感谢孟标秘书长的安排，今天才得以站在这里跟大家交流。

我是最后一个上来演讲的，刚刚在台下，我问主办方为什么我是最后一个上台，他们回答："你是主办方今天用来"压轴"的！"我知道这是在鼓励我。那大家就多给眼前的这个年轻人一些鼓励吧，我不会让你们失望的。

在来之前我问秘书长给大家讲什么？他说给青年做励志演讲。我环视了咱们台下听众，傻眼了！台下几乎全是中老"青年"，不过没关系，有句话说得好，在这个世界上有八十岁的青年也有二十岁的老人。如果你年方二十，却消极堕落，对生活充满绝望，那么你已经老啦。如果你年逾古稀，仍然对生命充满期待，仍然怀揣梦想，那么你仍然年轻。季羡林大师曾说："人过八十，我依然能够看到野百合的影子，依然还有梦想。"所以在我看来，年龄只是一个数字，而你是否年轻则是一种心态。

刚刚在台下翻看会议手册，是绩熙会长作的首卷语，里面有段话读来很受感慨，读与大家听："文化研究需要耐得住寂寞，经得住诱惑，守得住底线，撷取更多沉积在水底的文化珍珠。"这何尝不是做人的道理，也符合我今天演讲的主题，感谢会长。

来给青年做励志演讲，何以励志？首先自己得是榜样，对我来说，没有成功的事实，但有一颗比较成功的心态。所以今天跟大家分享的不是什么成功的经验，我只是一个讲故事的人，但是我们漂洋过海来相聚，希望我讲的故事不仅仅是故事。

我做了三年的教师，在我看来一场好的课程或者演讲向来不是句号，你记住了什么，而是问号，你将带着问题出发去思考，希望我今天的演讲能够带给各位启发和思考。

我来自多彩贵州，桃源铜仁，是一个典型农村放牛长大的孩子，算是我们村走出来的第一个大学生吧。坦白来说，我其实是有机会成为富二代的，可惜呀我爸没有抓住机会，小学三年级父亲就去世啦，而且母亲一直没有建立新的婚姻，人们常说，少年不识愁滋味，我是穷人的孩子早当家嘛，小小年纪就是家庭的劳动主力，什么农活都干过了，没准我现在这个瘦小的身段就是那个时候辛勤劳动的结果，不信你看。

张艺谋曾经在陕北拍戏的时候，遇到一个在路上玩泥巴的放牛娃，于是便停下来问："小伙子你在干嘛呢？""我在放牛。""放牛干嘛呢？""挣钱呗。""挣钱干嘛？""娶媳妇。娶媳妇干嘛？""生娃。""生娃干嘛？""放牛。"你看，这就是放牛娃的命运，我便是万千普通放牛娃中的一个。

为了不让我的子子孙孙都是放牛娃，唯一的出路就是读书，可是在我们村读书相当困难，主要是因为没有固定的校舍，只能暂借在农舍里，而且大多是危房。印象中每学期都得换一次校舍，小时候的读书就跟打游击战一样。直到我考上大学，村里仍然这样，当我走出村庄那一刻，我在心里暗暗立愿，我说我此生的梦想就是给他们修一所小学。我曾经跟很多人讲过我的梦想，希望得到他们的帮助，没想到遭到大家的嘲讽。尽管如此我仍然默默地坚持，用尽各种办法，没想到在大学毕业的时候这个梦想实现了，一所希望小学在我们村头拔地而起，其中的故事很多，时间关系，在这里不展开。

去年春节回家，我又组织当地村民自筹资金成立符家村春晖自强奖学金，旨在鼓励本村孩子奋发图强，通过自己努力改变命运将来回报家乡。而我做这一切的想法也很简单，那就是希望村里多一些读书人，少一些放牛娃。

现代社会浮躁，我们经常看到某某一夜成名，一夜暴富的消息，媒体也热衷于炒作这样的雷人消息，但是别人在这一夜之前做什么你知道吗？我觉得在座的各位宗亲，不管你是做生意，还是做学问，或者其他，我们都有必要警觉这样现代版守株待兔的故事。

我看大家都饿了吧，大家一定听过古时候曹操"望梅止渴"的典故，我们今天不望梅止渴，而是"画饼充饥"。我给大家讲一个"半个烧饼"的故事。《百喻经》里有个小故事叫《欲食半饼喻》，有人吃到第六个半烧饼的时候刚好吃饱了，于是他痛悔，早知道就只吃最后的半个烧饼好啦，干嘛白浪费了前面六个？我们在笑这个人愚蠢的同时，殊不知我们也常犯此类错误，五十步笑百步而已，因为我们总是那么急于求成，不再相信常识，敬畏规则，都去投机取巧。

我现在的生活态度很简单，概括起来也就三个词语"接受平凡，拒绝平庸，追求卓越"，用一句话来解释就是带着梦想把平凡的日子过得充实起来。生活的真相是平凡，伟大的前提是

第二种青春

接受平凡，一个人不能够接受平凡注定平庸。但平凡不等于平庸，有句话叫最怕你碌碌无为还安慰自己平凡可贵，说的就是这个道理。追求卓越讲的是人要有梦想，没有梦想的人生是苍白无力的，其实我们人生就是用百分之九十的奋斗去打磨百分之十的精彩。这可能是我今天的演讲最值得大家思索的地方。

人生不是百米赛跑，而是一场马拉松。人的生命其实是一堆琐碎的日子，所不同的是，我们有的人过完琐碎的日子，生命只剩平庸，一事无成。而我们有的人却将琐碎的日子堆砌成为伟大，成就了自己的人生。这其中的分水岭其实就在于你是否拥有梦想，并且充满坚忍不拔的奋斗。

我们人的生命历程就像大自然的轮回，大自然的美在于有春夏秋冬，因为不同的季节造就了不同的风景。春天桃花沁人心脾；夏日荷花别样红；秋天菊花令人赏心悦目；冬天梅花香自苦寒来。如果所有的花都在春天绽放了，那我们接下来的夏天，秋天，冬天是不是特别枯燥无味？人生也是如此，如果在年轻的时候就什么都体验了，什么都有了，那么接下来的中年老年是不特别无趣？

有的人出生比较好，一出生就什么都有了，但是呢这种人后半生往往是过得较悲惨的，因为他的人生再也没有了斗志。有的人因为天资聪慧，加上机缘，和自己努力，年轻时候就取得了成功。

美国作家杰克·伦敦20多岁就写出《马丁·伊登》这样享誉世界的名著，然而自此之后呢他过的是纸醉金迷、歌舞升平的生活。他不仅在加利福尼亚给自己建了豪华别墅，还在大西洋给自己买了游轮，最后因为无法忍受精神空虚开枪自杀。你看，这么一个有潜力的生命这样就没了，多可惜！

每一种花都有自己绽放的季节，就像我们每一个人都有自

演讲探艺

己收获的季节，我们每一个人成功成才的年龄是不一样的。我们大部分人都是平常人，需要漫长的奋斗才能做出一点成就。徐悲鸿在中年才达到艺术高峰，齐白石一生中的重要作品都是在他八九十岁的时候完成的，你敢说老了就不行了吗？

朋友请你善待自己的生命，不管现在的你生命正遭受了什么挫折、艰难和屈辱，你所要做的就是渐渐地成长，敢于忍受现在的一切，度过黑暗，当第二天太阳从东方升起的时候，生活又是新的一天。所以不管你是桃花还是荷花还是梅花，哪怕是草丛荆棘的山脚旮旯的野百合。我们都有属于自己生命绽放光彩的时刻，当我们发现时机还未到的时候，我们就吸收土的营养，积蓄自己的力量，当有一天阳光和雨露来临我们就努力绽放自己，成就自己的生命。

请你相信野百合也有春天！

谢谢大家！

贵州大学演讲随想录

　　《做最好的自己》一书是李开复博士根据自己人生的经历结合事业成功的经验所撰写，指引青年人成才的励志书籍，在大学生中颇受欢迎，读大学时我特地去图书馆找来细读，还做了读书笔记，让人受益的不仅是开复博士分享的人生经验及其人生"同心圆"理论。而是书中一些关于人生成才的发问，我想成为什么样的人？

李开复同心圆

　　我想做什么事？于是我开始思索什么才是做最好的自己？
　　11月4日，我从晋江乘飞机去贵阳参加全国演讲大赛，应贵州大学团委邀请，我顺道为该校人武学院两百多名学子做一场有关大学生就业经验的分享。登机前负责组织策划这场演讲的好友田奎发来信息，报告会要挂一个条幅，问我拟个什么演讲题目，我思索了一下，回复"做最好的自己，找满意的工作"。
　　其实主办方早就定了演讲主题"大学生就业"。而我之所以拟定这样一个题目是源于我读了李开复老师的书《做最好的自己》，于是我结合我对书中一些问题的思考和我自己的求职实战

演讲探艺

经验给大家带来一场就业经验分享交流会。

2013 年大学生毕业首度接近七百万，"史上最难就业季"的概念被媒体炒得沸沸扬扬，引起不少大学生恐慌、焦虑。我也是浩浩荡荡求职大军的一名，比较幸运的是我比其他大学生较早签约广东一家事业单位，算是吃了颗定心丸。但求职之路仍然免不了各种辛酸和坎坷，那种感觉叫人身心疲惫。有成功也有失败，记得自己曾经被一家单位面试六次最终还是被拒，也有从上百人重围中意外胜出的惊喜，我把自己无数次的求职实战经历总结成一套"攻略"与学弟学妹们交流。原定两个小时的交流，最后又多加了一个小时。

第一次走进贵州大学与这些大学生交流，让我触动最深的不是大家对于就业的迷茫，而是作为一名新时代大学生对一些新鲜事物感到陌生，比如微信、微博等。不懂得运用这样的社交工具为自己服务，而是一门心思去钻研《公共基础知识》《行政职业能力测试》这样的书刊，准备国考。本质上还没有摆脱应试思维，而这对于进入社会职场竞争来说是一块儿硬伤，不是他们专业技能不强，而是掉进思维的坑，走不出重围。

求职不是攻克一座山，而是播下一粒种子！

在我看来求职不是攻克一座山，如何打动 HR、如何展示自己才艺技能及其作品、如何在面试中层层胜出，而是播下一粒种子，你平常对目标岗了解和准备有多少，如果你能够说内行话，非常专业的表达，往往让 HR "不可抗拒"并产生非你莫属的想法。而要达到这样效果就需要"平时烧香"而不是"临时抱佛脚"。

找工作并非一蹴而就的事情，它是对大学生四年学习成果的考验和验收。在一张 A4 纸上能够展示的就是你大学四年的"成果"。但请注意，这只是证明你可能具备了岗位需要的能力，而找工作则是另一种能力，这就是很多大学生明明很优秀却找不到工作的原因。

具备了工作能力，最重要的便是清楚自己想要做什么，公务员，教师，还是新闻记者？现场有几个大学生提问，其实都可以归结为不明白自己想要做什么。这个问题实在有些致命，因为这是方向性问题，不知道自己要做什么，适合做什么，就会像无头的苍蝇，自然会到处碰壁，因为你连该如何努力都不知道。

只有弄清楚上面两个问题，才能谈就业求职技巧，我比较幸运，较早就立志要当老师，所以我关注的都是学校，我不断收集关于教师岗位需要具备的能力，然后朝着这个方向去准备，毕业前我会收集用人单位的信息，做到"有的放矢"提前播下了这颗种子，所以我投出去的简历通常都会收到面试邀请，而不是像一些同学那样"海投"结果石沉大海杳无音信。

看得见的能力准备得太多，看不见的能力准备得太少！

在演讲现场有同学提问，在大学应该考些什么样的证书对将来就业有帮助。有媒体报道某大学生大学期间揽下将近 70 个证书，毕业还是找不到工作，这不是笑话，而是真实的例子。有人做过调查，大学最管用的证书是什么，排名前三的分别是毕业证书学位证书、英语等级证书、计算机等级证书。这三者自然无可厚非，是现在大学生的标配，其他则不好说。在我看来，"证多也压身"，因为考证必然会消耗太多精力，而太容易

演讲探艺

获取的证书往往没有多大价值。

　　现在的大学生最大的问题就是看得见的能力准备得太多，看不见的能力准备太少。什么叫看得见的能力？技能、证书、分数、荣誉证书等等，这些当然可以证明你的能力，但进入职场最重要的是看不见的能力，什么叫看不见的能力？独立思考能力、表达沟通能力、情商、抗打击能力等等。

什么是最好的自己，满意的工作？

　　有位哲学家说，有了工作和爱人自己就是世界上最幸福的人，为什么？因为白天他可以做自己喜欢做的事情，而下班了则与爱人相拥。什么才是好工作？我们都渴望事儿少钱多离家近的工作，其实没有哪一份工作是不委屈的，尤其是刚进入职场的自己，感触更深。但我仍然坚信有满意的工作，什么叫满意？就是符合自己价值观，能够施展自己才华，同时还能养活自己的工作。但在"满意"之前我们先要忍受现实的"不满意"。

　　开复博士在书中讲道，追随你的心，做最好的自己。是的，心安才是归处，做最好的自己不是自我得意，而是活得淡定从容，愿你有满意的工作，能做最好的自己！

在北科大讲堂的三个感动

——为自己喝彩

张爱玲一句"出名要趁早"不知道让多少青年沉迷，他们变得急功近利，不再有耐心，人也就免不了焦虑起来。这些年自己因为热衷于演讲和公益事业，得了点虚名，偶尔会有高校或者公司请我去演讲，讲多了就免不了有些赞誉或者批评，像我这种以"嘴"为生的人，也常常活在别人"嘴"里，内心有时候是矛盾的。"不讲了吧，我只是一名普通的教师，我不需要靠演讲来养活自己，我有自己的工作。"所以我从不公开推销自己的课程，我的下一场演讲几乎都是来自我的听众，听众肯邀请你，那是对讲者莫大的肯定，次数多了也就盛情难却，更加无法自拔，到底还是一个俗人。

应北科院的邀请，我给学生们做报告，其实我能够讲的就是自己那些平凡琐碎的小事，有时候还会发表一些违背常规的观点，当人们不再对遥不可及的伟大产生幻想，而是开始关注自我，脚踏实地。这个社会或许就会因为无数个平凡的个体而变得伟大起来。我从厦门出发，乘机去北京，王院长和张老师老早驱车在那里等候，让我这个平凡小生甚为感动，于是只好全力以赴，去准备接下来的报告，也留下了太多的感动。

演讲探艺

感动之一：为自己喝彩

我经常在想，是不是掌声越多的演讲才是好的演讲？答案是 no，梁启超先生曾说演说是传播思想和文明的利器，我认为好的演讲应该是思想的渗透，灵魂的洗涤。在我看来给人心灵震撼的演讲，才算是好的演讲。

在北科大讲堂历时一个半小时的演讲过程中，让我感动的是演讲中场，当我分享完我一些平凡的往事，听众自发鼓掌，据现场一个老师统计，持续时间达二十多秒。这或许是对演讲者最大的肯定与鼓舞，但是我更愿意相信这是听众送给自己的掌声，或许我只是拨动了他们心底的那一根弦，让他们发现内心深处的自己，我只不过是引路人。

听众鼓掌通常有三种情况：一是开场与结束对演讲者的礼貌和感谢；二是中场互动；第三种是最珍贵的，也是演讲者最渴望的，来自心灵的掌声，这种掌声有时候我们不一定看得见听得到。而是要用心灵去感悟，有时甚至只是一个眼神，一个微笑的面孔，一次感动的泪花。在我演讲结束，听众鼓掌时间之持续达二十多秒，这是对演讲者的感谢，但其时间之久却让我这个平凡的演讲者感动！我想此刻我离听众最近，我们真正地融为一体。

感动之二：少一些照片，多一点记忆

北方的气候异常干燥，于是在开讲前崔勇老师早早地为我准备好了润嗓的热茶，即便是这样，我在演讲过程中仍然忙活得像搬运工一样，不断地喝茶润嗓，中途好几次没有茶水，我以为是他们准备的水都被我这个饥渴者喝完，会后主办方老师告诉我，是他们的在场的工作人员因为听演讲忘了续茶啦！演讲结束，我让崔老师把今天的照片挑几张较好的发给我，他告诉我，给我们拍摄的工作人员是几个刚毕业的大学生，因为听你的演讲入迷了，所以拍摄的照片不多，我中途还提醒过他好几次呢！诚然，这应该是比掌声鲜花更珍贵吧，我说没关系，少一些照片，多一些记忆吧！

感动之三：三位院长的支持

在演讲过程中我发现，王院长、靳院长、杨院长三位长者自始至终都在认真倾听，这点让我很感动。我讲完后靳院长还发表了精彩的总结和感悟，现场一位老师告诉我，北科这个讲台不乏成功者，德高望重的人，但是我们要寻找的是平凡中的典型，平凡中的不容易，因为我们台下坐着的大多数是平凡而又伟大的人。

到这里你也许会说，你这不是在夸耀你自己吗？我想说的是，无论多少掌声与鲜花，我都不会忘了自己是谁！我向来不以为站在讲台上讲话的人就是成功的榜样。并不是演讲有多成功，演讲水平有多高，我只不过是与听众来一次心灵的对话罢了！平实而又接地气。

其实人最重要的粉丝是自己，这不是自恋，更不是孤芳自赏，人要懂得肯定自己，为自己喝彩，人生才会精彩！

演讲探艺

2014 年 11 月 4 日于北京首都机场

口才的魅力来自人格的魅力

  《儒林讲坛》为晋兴职校最高级别的文化讲坛，近年来广邀国内知名文化学者、专家做客晋兴职校讲学。而我这个初入教师行业的年轻后生有幸得到校领导的垂爱破例让我登上讲坛，为晋兴职校、晋江五中的全体教师们演讲培训，实为荣幸之至。在演讲前，谢志全副校长曾找我谈话交流，关于讲学的内容，我在想我何德何能给老师们做演讲，以什么名义去讲？讲什么呢？讲教学经验吗？还是讲职业道德，敬业奉献……或许还没有站上去就已经失败了，因为名不符实！为此我也曾惶恐万分，但也不想放弃这次磨炼自己的机会，想起了恩师蔡顺华教授时常鼓励我的一句名言"小狗也要大声叫"，于是我这只自信的"小狗"终于鼓足勇气，决定来《儒林讲坛》为老师们大胆地叫两声。

  由于资历尚浅，思索再三，我决定跟大家分享一些我在学习演讲与口才路上的心得体会。我与演讲结缘大致是三四年前的事儿了，一些机缘巧合让我不得不登上讲台跟大家交流，时间久了，失败次数多了也就慢慢开始总结一些心得，但是学习演讲与口才的这份激情始终没有磨灭，相反却有愈演愈烈之势，我想我是错把对演讲的热情当作演讲的才华了吧！后来有幸得到恩师著名演讲家蔡顺华教授的指点，才让我真正地领略演讲与口才的魅力。

我始终保持着一种信念—学习演讲与口才其实是学如何做人，一个优秀的演讲家首先是先修炼自己的人格魅力。所以不管是学习还是工作我都要求自己"脚踏实地"，尽管如此，错误还是在所难免，但仍然令人欣慰，因为自己始终在前进着。

我认为学习演讲与口才首先得是博学多闻，因为"巧妇难为无米之炊"。一个没有真才实学的人很难有真知灼见，不过是拾人牙慧罢了，其次我觉得要学会交流首先得学会聆听，因为善言者必是善于聆听者。而演讲与口才最终比拼的是思想的维度和深度，所以我强调"审思"做到了以上两点只不过是有"料"，而最重要的便是如何说，什么时候说的问题。所以我更加强调"谨言慎行"修身的问题，我想光这一点就足以让我们用大半生去努力，就像小孩儿只要一两年就学会说话，我们却要用一生学会闭嘴！

2015 年 8 月 27 日晚写于晋江

【后记】

真理需要时间来检验，而实践是检验真理的唯一标准。两年多了还有同事清晰记得我当时演讲的场景，也包括我演讲的内容，偶尔茶余饭后还会提起，让我感觉惭愧，因为我深知讲台就是遗憾的艺术，以至于看自己当时演讲视频总是感觉很别扭，不忍直视。当时的自己意气风发"初生牛犊不怕虎"斗胆一试，但讲的都是一些肺腑之言，才引起大家共鸣。记得演讲完当天很多同事都给我点赞，当然也有来自朋友的中肯建议，才让我在演讲与口才的路上不断修正自己，现在特将文稿整理出来，以飨读者。

演讲探艺

《儒林讲坛》教师魅力口才修炼

（一）

尊敬的各位领导，尊敬的各位同事大家下午好！

感谢学校给我这个机会跟大家交流、分享、学习。我想最应该站在这个讲台跟大家演讲的是庄聪生、吴友苗这样杰出的校友，或者是我们在座的教学名师，学校的骨干教师，怎么也轮不上我这个嘴上无毛，初入教师行业的年轻教师。我站在这里很不般配啊！但是我很喜欢著名作家契诃夫的一句名言，他说在这个世界上，有大狗也有小狗，小狗不应该因为有大狗的存在而慌乱不安，所有的狗都要叫，小狗也要大声叫！那么今天，我——符其浩，这个自信的小狗，就来晋兴职校《儒林讲坛》给大家大胆地叫两声。

我说的大狗指的是那些功成名就的大腕儿，小狗指的是奋斗在基层的无名小卒，像我这样的。但是大狗也是由小狗长大的，谁也不是从娘胎里出来就是大腕儿，但这丝毫不影响小狗的成长。有句歌词是这么写的"是谁抢走了我的麦克风，没关系我还有我的喉咙"，就按照上帝给的嗓门叫好了，只要叫出自己的特色，叫出自己的风格就是好样的，但是想要叫得好、叫得响、叫得亮、叫得呱呱叫，这就需要我们有口才，具有魅力的好口才。教师靠什么吃饭？靠口中之才，手中之术。既需要道，也需要术，惟其如此，学生才会尊其师，信其道，听其言而信其行，所以今天借此机会我来《儒林讲坛》跟晋兴五中的朋友们一起修炼教师魅力口才，希望今天的演讲对你有所启发有所收获，谢谢大家。

（二）口才的价值

我们之所以学习一样东西，那是因为认识到这样东西对我们很重要，所以我今天跟大家谈的第一个层次—口才的价值。

刘勰在《文心雕龙》中有言："一言之辩重于九鼎之宝，三寸之舌强于百万之师。"《论语》有言："一言可兴邦，一言可以误国。"我想对这几句话最好的佐证就是我们小学学的《晏子使楚》的典故。春秋时期齐国大夫晏子出使楚国，楚王为了显示国威三次羞辱晏子，都被晏子巧妙的口才予以驳回。当他到楚国的时候，楚国设了两道门，于大门侧设小门迎接晏子，古文里讲"楚人以晏子短"就是个子矮小，跟我一样，晏子到了发现不对呀？这是狗洞啊，于是他说："出使狗国者从狗门入，今臣使楚，不当从此门入啊。"注意哈，我这里强调一下，我这里说的狗跟我上面说的狗完全是两回事啊。于是迎接他的人改大门迎接他，进去了见到楚王，楚王又说："齐无人耶？"意思就是说，你们国家没人了吗？怎么会派你这个家伙来哦，晏子说："齐之临淄三百闾，张袂成荫，挥汗成雨，比肩继踵而在，何为无人？"楚王又说："那既然这样的话为什么派你来呢？"意思就是晏子不行，不咋地。晏子又说："在我们国家，是混得好的，就去大国，混得不好的就去小国，我晏婴（晏子也叫晏婴）混得最差，所以到这个地方来啦，你自己看着办吧。"

演讲探艺

楚王觉得自己吃了亏，晚上设宴款待，酒酣，就在两人喝酒喝得正开心的时候，特地让下属绑了一个人从他们酒桌面前路过，于是楚王便呵斥住这两个人"干什么，犯了什么罪？"那两个人就说"犯了盗窃罪，是齐国的人"。于是楚王就问晏子："你们国家的人天生就善于偷盗吗？"哎呀晏子这一看不得了，避席对曰，拱手相让："婴闻之，橘生淮南则为橘，生于淮北则为枳，叶徒相似，其实味不同。所以然者何？水土异也。今民生长于齐不盗，入楚则盗，得无楚之水土使民善盗耶？"楚王三次羞辱晏子都没有得逞，晏子以巧妙的口才维护了自己国家的尊严，也维护了自己的尊严。所以楚王最后说了句话"圣人非所与熙也，寡人反取病焉"。意思就是说圣人你是不能开玩笑的，否则会自取其辱啊。其实关于口才制胜的经典数不胜数，古时候有诸葛亮舌战群儒，苏秦、张仪合纵连横，烛之武退秦师，触龙说赵太后等等，数不胜数。你也许会说，那都是古代，跟我们有什么关系呢？那我就给大家举一个例子，而且就跟咱们教师有关，而且就发生在我自己的身上。

（三）

开学初，咱们学校 2015 届的新生刚到校，我给新生（2015电子商务）上第一节课，我走进教室，教室里黑压压的一片，大家知道这两年电商招生很火，第一次见面大家都不认识，上课铃响了，全体学生起立喊"老师好"。我有个习惯喜欢下去转一圈，看看有谁没有站起来，结果这一下去出事儿了。发现学生很多都比我高，而且更恐怖的是我还没有走上讲台，就发现同学们在窃窃私语，同桌之间开始上下打量，比比谁更高。我知道必须给大家一个"交代"。我快步走上讲台，先没有喊"坐下"，而是把自己的姓名大大地写在了黑板上，我给他们做了课前两分钟的演讲，结果全班同学听了兴奋得不得了，自发鼓掌，有的甚至兴奋得用手敲打课桌，各位老师大家想不想知道我是怎么样给他们做演讲的？

我轻轻地用手敲了一下讲桌，讲道："亲爱的各位同学你们好！我是你们电子商务的专业课老师符其浩，我刚刚下来转了一圈，发现一个残酷的现实，那就是在座的同学基本上都比老师要高，谢谢你们，是你们让我认识到生命的残酷，知道了什么叫'差距'啊！什么叫'最萌身高差'。但是老师要告诉大家的是，其实我们每一个人都有两个身高，那就是外在身高和内在身高。你们看到的只是老师的外在身高，那什么才是我们的内在身高呢？就是我们的知识、技能、学识、才华和人格修养。各位同学你们正值青春年少，是长个子的关键时期，我们来晋兴职校除了要记得锻炼身体长高个子外，最重要的便是提升自己的内在身高，那就是努力学好知识，学好技能，学会做人学会做事，我们的外在身高成长有限，但是我们的内在身高成长无限！老师真心的希望你们将来毕了业入了社会，男生个个都是'高富帅'，女生个个都是'白富美'，你们个个都是有魅力的人！最后老师衷心地祝愿咱们班的同学将来毕业的时候都有两个满意的'身高'。谢谢！请坐。"

这就很好地缓解了尴尬的课堂气氛，要不是这样子的话以后估计不好混了，这就是口才的价值。所以我今天在这里公开宣布，无论谁说我长得矮，长得丑我都无所谓，长相这一关我是过了！

口才对我们老师来说尤其重要，口才在太平时期就是我们战斗的武器；口才就是我们老师手中的教鞭；口才就是我们帮助学生成长的催化剂。这就是我今天跟大家讲的第一个层次，口才的价值！

（四）口才的标准

到这个地方我就要提问各位老师，既然口才这么重要，那什么才是好口才呢？也就是口才的标准是什么？这就是我今天要跟大家讲的第二个层次—口才的标准。

在中国，目前关于口才的定义有几十种，但最基本的应当是"言之有理、言之有物、言之有序、言之有用、言之有文、言之有态、言之有礼、言之有情"。不管人们怎么样定义，我觉得这八大要素是必须要有的。第一个言之有理，你说的话得有道理，经得起考验；第二个言之有物，你说的话不能是空洞无物的；第三个言之有序，你说的话不能是杂乱无章的，没有顺序；第四个你讲的话，不能只是华丽的辞藻，对大家没有用，要对人有所帮助让人有所收获；之所以叫口才，你得有文采，叫言有文；口才不等同于文章，躺在书面上的文字，所以我们得言之有态，即态势语言；我们是礼仪之邦，说话得礼貌；口才不是独白，是交流，那就得有感情，这是最基本的八大要素。

我曾经问一个演讲家，什么才是口才，他说口才就是在恰当的时间说了恰当的话，但是我觉得还可以完善一下，口才之所以叫"才"应当是在恰当的时间说了有水平的话。在我们中国，形容口才好有很多词语，滔滔不绝、口若悬河、能言善辩、巧舌如簧等等太多了，但是在我看来都是贬义词，并不是我们一个人滔滔不绝口才就好，而我最认可的只有一个成语"出口成章"，这个可能是对大家今天有启发的地方，我之所以认可这个成语，是因为最后面的那个字"章"，文章的章。老师们，口才绝对不是巧言令色，更不是搬弄是非，绝对不是耍嘴皮子，我以前也对那些讲者有所偏见，但是自从我认识到什么是真正的口才之后，我十分敬重对方，假如今天我们还有人认为口才是耍嘴皮子的话，那么我们这个社会就还有待进步，大家想想看美国英国德国都有几百年的演讲历史，为什么我们要说口才是耍嘴皮子呢？

刚刚讲到好口才出口成章，并不是说我们要长篇大论，恰巧相反要注意简洁，简而有力，我给大家举个例子：

明朝初年，有个刑部主事叫茹太素，这个人很奇葩，朱元璋刚刚建国，要标榜自己的开明，他的臣子跟他上奏，结果就遇到这个刺头，每一次大事小事去奏对的时候都是上万字。有一次朱元璋听着他的奏对到六千多字的时候还没有切入正题，讲到一万六千多字的时候才大概知道他要讲些什么，朱元璋实在是受不了了，一拍龙椅："虚词失实，巧文乱真，肤甚厌之，自今日有以繁文出入朝廷者，罪之。"于是就把茹太素拉出去痛打一顿，我讲这个例子是说口才要主要简洁。刚刚讲了好口才出口成章，想要达到这种状态，前提应当是"出手成章"。我请各位老师思考，我们的口才难道就是光这样子讲吗？在讲之前我们应该注意些什么呢？写作，能言者必须是能写者，文笔要好，今天我特别强调一个我的观点，否定口才就是否定写作。讲完第二个层次口才的标准，那我要问各位老师，我们应该怎么样提升我们的口才呢？我来谈谈我的理解。

（五）口才的修炼

我觉得学习口才最重要的就是这"博学"两个字。大家不要觉得是扯淡，真的是这个样子，你一定听说过中国有句老话叫"巧妇难为无米之炊"，假如说我们一个人没有真才实学，肚子里没有料子，他讲出来的话顶多是人云亦云，拾人牙慧罢了，他很难有真知灼见。所以要有口才我们应该怎么办呢，第一步博学，我这里特别跟大家强调一个观点，避免学习口才走火入魔，很多人学习口才都去学习那些雕虫小技，专门去学习那些技巧，到时候定会得不偿失，我非常荣幸，在学习演讲与口才的路上得到很多名师的指点和教诲。我有幸现场听到中国演讲界的泰斗李燕杰先生的演讲，特别震撼，所以我说了句话，这个世界上有八十岁的青年也有二十岁的老人。我问他如何研习口才，他给我题了一句赠言"口能言之，身能行之，国宝也"。后来我去查了一下，这句话是两千五百多年前圣人荀子所说。

讲了这些年，我明白了什么才是真正的大师，什么叫作秀，什么叫耍嘴皮子，现在我们社会上动不动就出现一些"大师"，而且都来头不小，有些"大师"讲话如排山倒海，看似恢宏其实苍白无力，过后什么也没有给人留下，所以我觉得学口才也要脚踏实地呀！这是我今天跟大家讲的学习口才的第一个前提，博学多闻，后面两个字非常关键，善言者必是善于聆听者。

口才修炼的第二个关键"审思"。中国有个词语叫"睹物审思"，我们有很多人会以为口才就是华丽的辞藻，高大上。其实不然，所谓的口才，其实是来自我们对日常生活点点滴滴的感悟，还有思考，其实演讲与口才最终比拼的是思想。

修炼口才的第三个层次是"慎行"。中国有个成语叫"谨言慎行"，你一定听说过有个成语叫"言多必失"，当然并不是因为会言多必失我们就不敢讲了，我们学习口才除了要考虑"说什么，怎么说"，也就是说的内容，最重要的便是"什么时候

第
二
种
青
春

"说"的问题，说得好，不如说得巧，只有掐准时机讲有水平的话，口才才能发挥它的价值。君不闻有的人一辈子都不会说话，我想这就是其中的道理。就这一点足以需要我们用大半生的时间去感悟，我也一直在努力学习之中。

做到以上三点，我们才有正语、正见、正行。大家都知道法西斯领袖希特勒吧？这个人口才了得，能够把关在监狱里的犯人讲疯，能够鼓舞成千上万的人为他赴汤蹈火，但是他讲的都是些蛊惑人心、种族优势论的谬论，骗得了一时骗不了一世。

任何一个人学习口才都会经历四个阶段：第一个想讲；第二个敢讲，不怕讲错；第三个是能讲；第四个会讲，讲得好。出口成章的前提是"出手成章"，学会写作。在学习演讲与口才的路上我与各位同人共努力，吾将上下而求索，在遥远的地方有一个美丽的女神，她的名字叫作耶利亚，有人传说看了她的眼睛使你变得更年轻，耶利亚，耶利亚让我们一起去寻找她吧！谢谢大家，我的演讲结束。

注：演讲文稿根据视频整理，因为篇幅有限，文章有删减，开场白《小狗也要大声叫》为演讲家蔡顺华代表作。

演讲探艺

相遇演讲大师李燕杰，感悟智慧的光芒

网上有一篇文章《那时候，李燕杰比李连杰火》，讲了一个有趣的段子，20 世纪 80 年代，外地偶有李连杰的粉丝给他写信，不知偶像地址，于是信封上著名"北京李连杰收"寄往首都。邮局的同志看到"李连杰"仁字：不认识！敢情是李燕杰吧？啪啪啪，转寄北京师范学院李燕杰教授。在网络信息时代，一些国宝级大师逐渐淡出人们视线，退出舆论焦点，而他们的学术思想，智慧的结晶，在网络碎片化学习时代，却更加弥足珍贵。

李燕杰，一个 20 世纪 80 年代家喻户晓的名字，一个集演讲、国学、诗词、书法、创作于一身的鸿儒，演讲界的泰斗，他的足迹遍布世界 800 多个城市，在世界各地演讲 6000 余场，直接听众达 500 多万人次，专题演讲高达 380 个，破演说界记录。著有《生命在高处》《走向智慧》《人生九级浪》等 60 余种著作。他的名字被《世界名人大辞典》《剑桥名人辞典》等 160 余种名人辞典收录。在他身上有一百多个头衔，首都师范大学教授，第五届中共北京市委委员，第六、七届全国政协委员，国际易经科学研究院院长、院士，美国内生大学名誉校长及博士生导师……他被誉为真善美的传道士，铸魂之师，共和国四大演讲家之一。

而我更愿意亲切地称他为人民教育艺术家。2013 年 11 月，在贵阳参加全国电视演讲大赛期间，我有幸见到李燕杰大师本人，那时 85 岁高龄的他仍担任大赛监审长，专程从北京乘机亲临贵阳指导。中午组委会及赛员在贵州大饭店吃自助餐，李老带着夫人，拄着拐杖，身着黑色礼服，戴着一副黑色胶框眼镜，慢步向大厅走来，精神矍铄，很难想象眼前这位老人已是耄耋之年。二老先是驻足片刻，然后寻了个靠边的位置静坐下来，没有前呼后拥，也没有跟拍合影，人们各自忙着就餐，似乎已经忽略掉这位智慧老人的存在。在全民追星的时代，人们不会对大师前呼后拥，而是对娱乐明星如痴如醉，当然这个时代也缺少真正的大师。

有一个细节让我记忆深刻，先生不要旁人的帮助，自己起身去餐台夹菜盛汤，然后在那里安静用餐，席间偶有人会跟先生问好打招呼。用餐完毕，趁休息期间我寻机跟先生进行了短暂交流，先生问起我的职业，我说是一名教师，他略微点了一下头表示肯定，显现一副温和慈祥的面容。那时的我年少轻狂，竟然在先生面前妄言我对于演讲的一些愚见，我认为演讲之道不在术，而在于思想精华，学术观点的精进。而先生则推本溯源，强调演讲之根本，做人的品格。先生是从道与术辩证看待演讲这门艺术的，他强调演讲要悟道，博学，懂得拜听众为师。几句简单的话语，醍醐灌顶，令我豁然开朗。完毕，先生欣然为我提笔赠言："身能行之，口能言之，国宝也。"

任他年华如流水，依旧豪情似大江。当天下午，有幸现场聆听大师的报告，激情、幽默同时充满智慧。他笑称自己才是真正的 80 后，不免令人惊叹，跟台下温和的老人，判若两人。

一个人没见过高山，就不晓得此地是平原；没见过大海，不知道此地是小河；没见过几位真正有学问的名士，就不知道自己多么平凡渺小。这是先生演讲时强调的几句话。对于演讲，我才刚刚踏入这个门槛，还有很长的路要走，先生已取得非凡成就仍在前行，他是我们心目中的高山、大海、名士。"为天地立心，为生民立命，为往圣继绝学，为万世开太平"，作为读书人，先生无疑是榜样。

眼睛是心灵的窗户，嘴巴是智慧的窗口。先生善于言谈，也善于观察，看出了我的志向。话毕，先生说，"你将来会是一名演讲家！"当时听得我心花怒放，虽然知道那是在鼓励自己。而今时隔多年，我仍然"自作多情"铭记先生的鼓励，不断前行，期望能够"立言、立功、立德"为社会做一点点事情，倘若真有那一天，我想那时我也勉强算得上先生笔下所指的"国宝"了。

"木"型人才断想

蔡顺华

"木"型人才：未来世界倡导多元化，对人才的要求越来越多元。"木"由一横一竖一撇一捺组成。一横代表综合素质，一竖代表大学专业，一撇和一捺可以代表毕业后自己拓展的两种能力，比如计算机和英语。这样的人，集中了前面几种人才的优点，是真正的复合型人才。

这段话，出自武汉出版社《毕业5年决定你的一生》的第152页。这本书，是一个演讲忘年交网购赠送的，我收到此书的时间，是2014年9月10日，中国第30个教师节——多有意义的节日礼物。

这位演讲忘年交，叫符其浩，福建省晋江市晋兴职业中专学校青年教师，我们因春晖和演讲结缘。

符其浩是天津职业技术师范大学春晖社首任理事长，2012年寒假，他投来一篇稿子，生动鲜活，对全国大学生很有借鉴意义，这就是刊登在《春晖》2012年第1期上的《天津职业技术师范大学春晖社的故事》，从此我们成为博友。

此后惊喜不断。先是有几位洋小伙加盟天津职业技术师范大学春晖社，再是符其浩通过微博筹资40多万元，在自己的家乡捐建了一所春晖小学。这两项创举，使他成为《春晖》杂志

演讲探艺

— 185 —

封面人物之一。2013 年 5 月,符其浩发了一条微博—"贵州省沿河县晏家地小学撤销后,山区孩子每天要来回步行 10 多公里山路去上学……"几天内阅读量达 30 多万次,评论 1500 多条,主流媒体多次报道,引起社会各界高度关注,也得到许多爱心人士的支持。他利用微博平台为家乡募集资金修建的春晖小学,已于 2013 年 10 月建成并投入使用。2013 年第 8 期《春晖》封面人物,是五位全国大学生春晖社领头羊—谭清、姜小丽、符其浩、李学章、田慧雯。从此我们成为春晖盟友。

2012 年 3 月 16 日,应天津职业技术师范大学团委之邀,我在该校春晖名人大讲堂发表春晖感恩励志演讲,他组织本校春晖社全体社员甚至天津其他高校春晖社代表来听,搞得报告厅人满为患。2013 年 6 月,他大学毕业求职顺利,在福建省晋江市教书,11 月,到贵阳参加了首届"寸草报春晖·共圆中国梦"全国电视演讲大赛,以一篇《母爱就是唯一》的感人演讲获得二等奖,并被礼聘为春晖宣传使者和春晖演讲团首批演讲员。从此我们成为演讲忘年交。

知道我多次演讲《木字人生智慧》,他掐好日子,在教师节这天让我收到《毕业 5 年决定你的一生》这本书,还不忘发来一条赞美的短信:"您在 10 年前就研究和倡导'木'型人才,可谓有先见之明!也许这本书的相关内容,对您演讲《木字人生智慧》有所助益。"

符其浩,贵州省铜仁市沿河县人,是从贵州灵山—凳净山走出去的游子,他把凳净山的灵气带到了天津,带到了福建,又带到了贵阳,从他的读书,从他的求职,从他的演讲,从他的做事,都可以显出逼人的灵气,这份教师节的礼物也是明证。

想起习近平主席 2013 年 10 月 3 日在雅加达的一段演讲辞:说到这里,我想起了苏西洛总统创作的一首歌,名字叫《宁静》。"快乐的日子，在生命中不断循环，我与伙伴，共同度过那美好时光。"

为了庆祝春晖行动十岁生日，在这个教师节之夜，所有春晖人都在加班赶一部书稿，我却能忙里偷闲，翻一翻灵气的符其浩千里之外赠送的一部充满灵气的礼物，内心无比宁静，也无比快乐，时光也分外美好。而且，这样快乐的日子，会在我生命中不断循环……

也琢磨《毕业5年决定你的一生》这本书里关于"木"型人才的界定。我大学学的是汉语言文学专业，毕业后在许多贵人的帮助下拓展了演讲和编辑两种能力，也一直做着"演讲中国·春晖天下"的美梦。我算"木"型人才吗？勉强算一个吧。

一个行业面临变革的时候，也往往是最能触动反思的时候。如果不自我革新，就可能被推向边缘。我们不敢跨界，就有人敢跨过来"打劫"。互联网时代，一切变化都有可能——琢磨"木"型人才，心中无限感慨。

我一直演讲《小狗也要大声叫》。曾读大文豪贾平凹先生博文《谈读书》，最后一句是——"大人物都是从小人物到大人物的，我们的目的在于，希望同我们一样的小人物也慢慢长大。"

在中国演讲界，符其浩还是一只小狗，但充满灵气，也一直有着想叫的冲动和敢叫的勇气，我愿和他一起慢慢长大！

蔡顺华：中国演讲协会副会长。

放牛娃的"木字人生"

——在蔡顺华教授《木字人生教育智慧》专题报告上的即兴演讲

【编者按】2016 年 5 月 28 日上午九点，中国著名演讲家、中国演讲协会副会长蔡顺华教授应邀为国家级重点职校晋江市华侨职业中专学校做《木字人生教育智慧》专题报告。蔡教授以"禾、本、末、术、札、未"六个字为框架结合生动鲜活的案例妙解人生。当讲到"札"字时候，蔡教授邀符其浩老师现身说法，以下是符其浩老师的即兴演讲（有删减）。

尊敬的蔡顺华教授，尊敬的陈惠群校长，尊敬的华侨职校的同人们大家上午好！

很荣幸被邀请上来分享，本来我是跑腿的，在下面拍照，大家都有看到（观众笑）。说实话，我是慕名而来听蔡教授演讲的，有个细节不知道大家发现没有，蔡教授五十多岁了，一直站着给大家做报告，我想这便是一名教师的可贵之处，同为教师让我们以热烈的掌声向蔡教授致敬，向这名演讲者致敬！（观众热烈鼓掌）

刚刚蔡教授讲了，吉林传播学院许以海"以身相许"经典一分钟的自我介绍求职成功的故事，我想告诉大家中国不仅有个成语叫"以身相许",还有个成语叫"名符其实",我的名字跟这个成语有关,去掉首尾两个字"名"和"实",剩下的便是我的名字三分之二,再加上一个字"浩",浩荡的"浩",便是我的全名"符其浩"。

我来自多彩贵州,毕业于中国职教师资的摇篮—天津职业技术师范大学。现在晋江市晋兴职业中专学校从事电子商务专业教学工作。咱们是不仅是同行,还是邻居。坦白来讲,我其实是有机会成为富二代的,那是因为我父亲没有抓住机会。(观众大笑)很小时候我父亲便去世了。我是一个农村长大的孩子,不!准确来说是一个放牛长大的孩子,当我的同龄人坐着公交地铁去上学的时候,我正赶着我的牛儿上坡;当我的同龄人坐在宽敞明亮的教室里听课的时候,我正在太阳底下割草;当我的同龄人在恋爱的时候,我还在解一元一次方程。我的人生总是比别人慢半拍。正因为童年这样的经历,使我从小便有一个梦想,为家乡建一所希望小学。我是我们村走出来的第一个大学生,人生的第一次远行便是去天津上大学。当我走出家乡那一刻便在心中立愿,一定要为家乡修一所学校。于是在大学期间除了学习,我所有精力都花在筹建学校之上,历时四年,终于在我大学毕业的时候,一所希望小学在我们村头拔地而起。(观众热烈鼓掌)我想这便是蔡教授讲的感恩,做人的"本"!

农村的生活使我养成了朴实、做事脚踏实地的性格,绝不天马行空。我有一个理念,叫以时间的长度来换取别人生命的高度。在这个世界上有两种动物能够到达金字塔的顶端,一种是雄鹰,雄鹰凭借自己的天赋很容易地就飞到金字塔的顶端;还有一种是蜗牛,所谓天资条件极差的人,需要日积月累,历尽风吹雨打才能够到达金字塔的顶端,我便是这样的一只"蜗牛"。但是请大家相信,蜗牛和雄鹰看到的风景是一样的美丽。

演讲探艺

蔡教授的《木字人生教育智慧》报告以"禾、本、末、术、札、未"秒解人生，我的理解是"做人不能忘本，人都是由小'禾'逐渐长大，欲成参天大树，不仅仅要练好人生之'术'剪掉人生之'末'，最重要的便是脚踏实地写好人生之'札'"。谢谢！

我是"演说家"

在中国这个强调"实干兴邦，空谈误国"的国度，人们向来不够重视表达能力的培养，甚至对演讲与口才爱好者都存有少许偏见，稍不注意就会落得"耍嘴皮子"的下场。但事实是我们领导讲话念稿子，员工开会念稿子，专家做报告念稿子，甚至连一些教师、学者也是"茶壶里下饺子—有嘴倒不出"。整堂课下来，不知所云，讲课效果自然大打折扣。演讲与口才到底有多重要？毋庸置疑，它影响到人们生活的方方面面，各行各业都需要用到口才。倒不必用"三寸不烂之舌，强于百万之师"这样的词汇来形容，但毋庸置疑现实生活中能说会道者，往往是人生的赢家。

随着安徽卫视《超级演说家》、北京卫视《我是演说家》两档电视节目的走红，社会对演讲与口才这门学问关注程度才有所提升。网络自制辩论节目《奇葩说》的蹿红则将人们对于口才的关注推向一个更高节点。当人们被节目选手头头是道的辩论与演讲才华折服时，才会感叹，这个人口才真好，于是开始反思自己。

在全民娱乐的时代，一些选秀节目因为要考虑收视率往往要兼顾娱乐性，所以对于专业性不可能达到很高，而北京卫视、安徽卫视这两档节目都冠以"演说家"的称号，作为一个演讲与口才从业与爱好者，笔者就和大家谈谈我心目中的"演说家"（演讲家）。

Speaker 在牛津字典的解释是："善于向听众发表自己意见、观点，并获得支持者"。它不像作家、画家那样是一个纯粹的职业，在历史上也没有职业演说家，而是基于某种职业或者工作，把演讲当工具去宣传自己政见或者观点，从而达到某种目的。林肯、丘吉尔、孙中山、毛泽东、奥巴马等是政治家也是演说家；马克·吐温、胡适、李敖是作家也是演说家；马云、俞敏洪是企业家也是演说家。所以有人说演讲是门技术，口才是沟通工具而不是一门学科，很有道理。

古话说"术业有专攻"。当一门学问或者技艺精湛到一定程度的时候，就可以是这方面的专家、行家，甚至是大家。但是这样的"家"行业门槛却是很高的，除了专业水准，行业成就外更重要的便是社会认可度。所以从这个层面上看，演说家除了应该具有高超的演讲技艺，还应当有公认的演讲成就，高度的社会责任感。邵守义、李燕杰、蔡朝东、蔡顺华这些都是当之无愧的演说家。好的演讲应该是思想的启迪，灵魂的震撼，绝非虚与委蛇者的"黑白颠倒"，更不是小人的"巧言令色，搬弄是非"。

要达到演说家的水平，就必须要勤于苦练，不断修行顿悟，最重要的是不断学习，充实自我。演说家也是布道者，俗话说要给人一滴水，先要自己有一桶水。某些自封的"演说家"其实不学无术，又好为人师，没有代表作，或者粗制滥造一些劣作，打着各种社会头衔去糊弄人，使些雕虫小技以把听众洗脑，或者弄哭为成功。媒体就曾经报道那些"感人"的演讲，上千人下跪，哭泣，宣誓，可谓场面盛大，还是那句老话"出来混总归是要还的"。听众迟早会觉醒，找他们算账。

我们经常会见到一些所谓的"大师"，他们往往来头不小，具有很大的头衔，都冠以"国"字号，这个是会长，那个是秘书长，更有甚者，冠以中国十大、八大名师的称号，戴上亚洲、世界之类的头衔，目的只有一个，忽悠听众。而他们口中道出的东西往往是干瘪、生硬的，乍一听如排山倒海之势，实则假、大、空，苍白无力，毫无实用价值，有的甚至低级庸俗，这种情况在培训界较为普遍。我就遇到一位"演说家"经常在朋友圈、微信群夸赞自己演讲如何厉害，取得多么雷人效果，实乃贻笑大方。

　　中国是范艺术文化，诗词歌赋、绘画是艺术，弹跳说唱也是艺术，烹饪也可以是艺术，行行出状元，能工巧匠也能成"家"，演说也是如此。

　　当然没有哪一位演说家是天生的，往往都是后天修炼，历史境遇造就的结果，电影《国王的演讲》就是一个很好的例子。演讲最终比拼的是思想、智慧。技巧往往容易掌握，而思想、智慧则需要时间去沉淀和自我顿悟。想说、敢说、多说、会说是演说家成长必经的几个阶段，有人嘲讽那些整天在公众面前高谈阔论，侃侃而谈者，说他们沽名钓誉，好为人师。我认为这种看法不妥，听众应该理智判断，擦亮自己的眼睛。再者，也并不是演说家讲的就是金玉良言，实践才是检验真理的唯一标准。

　　民国一位政治家曾说过政治家没了舞台戏子都不如，我想演说家也是如此。没有哪一位演说家是闭门造车，闭关修炼出来的，都要经过无数次的演说，历练。群众的眼睛是雪亮的，那些"大师"、江湖骗子，迟早会原形毕露。而对于那些有思想，有想法的践行者，则需要大众的宽容和鼓励，这个社会才会多一些真正的演说家。

演讲探艺

相信奋斗的力量

——在财经部迎新会上的演讲词

亲爱的同学们，大家下午好，我是你们的老师符其浩，大家可以叫我小浩子老师。我首先代表学校欢迎各位新同学的到来，我知道在座的同学有一部分是因为中考失利，抑或是家庭原因才来到职校读书的，大家心目中难免或多或少有点自卑和失落感对吧？认为到职校就是没有前途了，恰恰相反！大家进学校的时候有看到咱们科学楼上的十个大字吧？"就业凭本事，上岗靠技能。"老师要告诉大家，我们来这里就是来学技能，长本事的。

我们在座的同学大部分都是福建的，我就给大家讲一个福建中专生逆袭创造的奇迹，中专生挤走洋专家的故事。

《中国青年报》有篇《中专生挤走"洋专家"》的报道，文章讲的是33岁的中专毕业生鲍光耀刻苦钻研进口设备的维修技术，每年为所在企业节约成本400万元左右，并被评为"全国劳动模范，全国优秀农民工"。鲍光耀出生在福建莆田一个农民家庭，毕业于福建省建材工业学校机械专业，毕业后到福州市马尾开发区华映光电股份有限公司当技术员。这是一家生产电脑与电视显示器的台资企业，主要设备从日本、英国等国进口，一旦出现故障，只能等国外厂商派人来修。公司这样来回折腾不仅仅会延迟交货日期，最要命的是请"洋专家"费用极高，企业成本大大的增加。鲍光耀对这种受制于人的维修办法早就憋了一肚子气，于是决定自己钻研这些设备的维修办法。

由于公司设备大多进口，而且很多零件都是英文或者日文，只有中专文凭的鲍光耀，为了搞懂这些洋机器的奥秘，他就不断地查资料等，翻字典解决问题，他常常围着机器通宵达旦地钻研，搞得满身机油。有一次外国专家来公司维修，对方为了技术保密将鲍光耀等去围观的人赶走，这样一来鲍光耀就更加铁了心要钻研解决维修问题。

"不懂可以学，别人能做到的事我也能做到，别人做不到的事，我也要想办法做到。"鲍光耀自小就有着这样一股韧劲，"越是困难的事情就越要去搞懂它，越是不轻易放弃。"

2005年的一天，公司的设备又坏了，得知洋专家要半个多月才能够赶到福州，公司上上下下都没辙，于是鲍光耀主动请战"让我来试试"。经过一个多星期的努力，机器奇迹般地工作了，于是一台、两台、三台……他不断地为公司维修设备，一台台排除故障。鲍光耀的事迹得到了各大媒体的关注，很快他在公司成了"香饽饽"，被破格升为工程师。公司不再花重金聘请洋专家，也算是为国人扬眉吐气。

看到鲍光耀的事迹，我顿时想到咱们学校科学楼上的十个大字"就业凭本事，上岗靠技能"。我想告诉大家，职校就是你们学习练就真本领的地方，只要你是一个"身怀绝技"的人，社会就会为你开绿灯。也许鲍光耀的故事让你觉得离你有些遥远，但是接下来这位90后中专生破格当上大学教师的故事足以让你佩服得五体投地，他也许就是你身边一个平凡的同学，但他却做了不平凡的事情。

刘辉，一个职校中专生，曾经创造了两项世界吉尼斯纪录：

演讲探艺

用 25 公斤面粉甩出 1918 米长的"一根面",另一项是用 4 公斤面粉吹出直径 1.5 米的"面气球"。凭借这些绝技,他成了很多学生的偶像。

其实刘辉同学就是一个地地道道的中专生,曾经因为家庭贫困的缘故,学习成绩较好的他选择了就读中专,为的是快些挣钱,当他决定读中专而且是烹任专业时他的叔父曾戏言"看吧,这小子考不上大学读中专去了,还报的是烹任,估计就是因为贪吃才选这个专业的"。然而刘辉到中专学校后没有"贪吃"而是专心学习技术,他在国赛中屡屡取得佳绩,被学校留校任教。一次他带学生到天津参加国赛,被天津某高校校长"盯上",决定邀请他到大学教书,但因为他只是中专生,颇费周折,几个月后他成功晋升为一个大学教师啦!他的同学感慨,我们上高中,你去学技能了;我们考大学,你去大学当老师了!

同为中专生,我不知道你们听了是什么感受?但是有一点我相信我们的感受是相同的,这个孩子是一个"身怀绝技"的能人,而他的绝技(本事)不是一朝一夕练就的,而是经过日复一日的修炼而成。大家知道揉面是一个绝活儿,如果手艺不够精揉出的面是经不起拉伸和挤压的,他之所以能够把面拉伸到 1918 米,是因为他揉面的功夫到家了,如果我们把"面粉"比作我们人的内心,而揉面就是我们练就强大内心的过程,只有我们揉面的功夫到家,我们揉出的面才能够经得起拉伸、挤压,我们才能够塑造出各种形状的,美丽的"面食",塑造强大而又美丽的心灵。

我必须诚实地告诉你们,并不是所有努力的人都会成功,但是不努力就一定不会成功。因为并不是所有的中专生都是那么"幸运"!

一次外出演讲,有幸结识了优秀春晖使者—深圳拜特科技公司董事长胡德芳先生，读到他的文章《我的三个梦想》。原来他也是一个地道的"中专生"。他是大山里走出来的孩子，因为家庭原因上了中专学校读计算机专业。胡在工作中是一个非常勤奋的人，因为科研突出 25 岁时被破格评为工程师，当时与他竞争的一个清华大学的毕业生不满去找评委理论，评委只问了一句话这位同事便无话可说："你的科研成果有胡德芳多吗？"即便是这样上帝没有继续青睐这位勤奋的中专生，公司暂停营业，他还是光荣下岗了。后来他自己创业历经风雨，公司获得 IGD 的认可，成为行业的巨擘，而他自己也成为行业的专家……

也许每一个读书人都有一个大学梦，由于很多因素不一定能够梦想成真，虽然胡德芳先生的大学梦未能实现，但他却通过刻苦努力实现了自己的第二个梦想——成为行业专家，梦想是随着我们一起成长的。他说"一个人最难的不是没机会，而是你愿不愿意为你的梦想而做出改变"，也送给你们。据说他现在已经念完 MBA 啦！

从挤走洋专家的中专生鲍光耀，到破格当上大学教师的 90 后刘辉，再到创业成功的胡德芳，我只想告诉你们，只要你勤奋踏实努力地学习，一切皆有可能。就像你们进入校门口时看到的八个大字"勤奋、诚毅、严谨、求是"，希望你们牢记心头。希望同学们个个争做"高富帅""白富美"，不过老师指的"高富帅"是高于品格、富在思想、帅在行动，"白富美"是白于品性、富在思想、美在心灵。

也许你是因为功课不好到职校来读书；

也许你是因为家庭贫困来职校读书；

也许你正羡慕你身边那些上高中读大学的同学；

……

但我要告诉你们只要你相信奋斗的力量，脚踏实地、相信

演讲探艺

未来就会一切皆有可能！最后让我们来一起朗诵著名诗人食指的诗《相信未来》以共勉吧。

当蜘蛛网无情地查封了我的炉台，
当灰烬的余烟叹息着贫困的悲哀，
我依然固执地铺平失望的灰烬，
用美丽的雪花写下：相信未来。
当我的紫葡萄化为深秋的露水，
当我的鲜花依偎在别人的情怀，
我依然固执地用凝霜的枯藤，
在凄凉的大地上写下：相信未来。
我要用手指那涌向天边的排浪，
我要用手撑那托住太阳的大海，
摇曳着曙光那枝温暖漂亮的笔杆，
用孩子的笔体写下：相信未来。
我之所以坚定地相信未来，
是我相信未来人们的眼睛，
她有拨开历史风尘的睫毛，
她有看透岁月篇章的瞳孔，
不管人们对于我们腐烂的皮肉，
那些迷途的惆怅、失败的苦痛，
是寄予感动的热泪、深切的同情，
还是给以轻蔑的微笑、辛辣的嘲讽，
我坚信人们对于我们的脊骨，
那无数次的探索、迷途、失败和成功，
一定会给予热情、客观、公正的评定，
是的，我焦急地等待着他们的评定，

第二种青春

朋友，坚定地相信未来吧，
相信不屈不挠的努力，
相信战胜死亡的年轻，
相信未来，热爱生命！

最后一节课上的演讲

——不要以你的现状判断你的将来

亲爱的同学们，今天也许是你们人生中最后一节课，为什么这么说，因为我知道在座的同学都是毕业了马上就要参加工作的。请好好珍惜作为一名学生的机会吧。你们的最后一堂课轮到我来上，这说明我和大家很有缘。

我想问大家，有多少同学还记得你们刚来学校时候我给你们做的那一场演讲《启迪智慧心灵·励志照亮人生》？（2014年受校方委托，我给财经部200名新生做了一场专场演讲，毕业了，有同学居然还记得我跟他们分享中专生胡德芳的奋斗故事）居然还有这么多同学记得，作为老师真的很感动。后来据我了解咱们很多同学当时准备转学，因为听了那场演讲又留了下来，不论你是否记得我当时讲了些什么，都已不重要，你坚持下来了，就不容易，正所谓坚持就是胜利。

马上毕业了，我们有的同学收获满满，但有的同学感觉没有学到东西，这都很正常，因为我们每个同学的基础、领悟、努力程度不一样，你付出多少就收获多少。两年来，尽管老师很努力地为大家上好每一堂课，但还是存在很多不足。有位教育家说"教育就是你忘掉学校所学东西后剩下的"，到了工作岗位才是你学习的开始。

知识会折旧

我要告诉大家这个世界上从来就没有一劳永逸的事情，知识会折旧，需要不断更新。我曾说过，你一星期不学跟别的同学没什么差别，一个月不学就会产生一点差距，半年不学你们就是两个不同层次的人。书是读不完的，但是人不能不读书。

技能会淘汰

现代社会信息更新很快，不像古时候会一门绝技就可以走遍天涯，要求大家要一专多能。学电子商务的同学最清楚，今天可能你对淘宝、京东平台很熟悉，过段时间不用就会感觉很生疏，为什么？因为规则在更新，平台在升级，因而我们的技能也需要升级。所以我们要不断学习提升自己技能才不会被淘汰。咱们在座的同学都是技术型人才，更要注意这一点。

请珍惜你身边的同学

最后要跟大家说的是，一定要珍惜身边的同学。尽管咱们同学之间平常会有很多磕磕碰碰，但是都过去了，我想告诉大家，你们生命中重要的朋友基本上都来自你现在身边的同学，不信，等你们出去工作了马上就会被印证。同学最有可能成为你的合作伙伴，同学最有可能给你带来工作机会，同学还会帮助你渡过困难……朋友多了路好走，相信大家都明白这个道理。

不要以你的现状判断你的将来

尽管现在的你很卑微，但是如果你不够自信，你就会慢慢堕落意志消沉，变成你当初所讨厌的那个人。大家还记得我给你们讲的中专生破格教大学的故事吗？只要你身怀绝技定能找到属于自己的天空，你要知道现在很多著名的企业家都是中专毕业的，所以不要以你的现状判断你的未来。最后希望大家记住我校科学楼上挂的十个大字"就业凭本事，上岗靠技能"，祝你们有一个灿烂的前程。

演讲探艺

【感言】奥斯特洛夫斯基曾在《钢铁是怎样炼成的》中写道"：人最宝贵的是生命。生命属于每个人只有一次。人的一生应当这样度过，当我们回首往事，不会因为虚度年华而悔恨，也不会因为卑鄙庸俗而羞愧；临终之际，我就能够说：'我的整个生命和全部精力，都献给了世界上最壮丽的事业—为解放全人类而斗争。'"作为教师我想说，我们遇到的每一个学生都是独特的，也是唯一的，教育应当竭尽全力。退休了，当我们回首往事时不会因为平凡而悔恨，更不会因为误人子弟而羞愧。这样当我们离开讲台的时候就可以说，我是一名教师，我把整个生命和全部精力都献给了最光荣的事业—教育！

印象胡德芳：温文尔雅德远流芳

以前未做老师，每遇到我敬赏之人，便会亲切地称呼对方为"老师"。等后来自己真正的做了老师，便不会轻易称呼别人为老师，倒不是我变得傲慢了，而是对教师这份职业更加敬畏，对"老师"有着别样的情怀。

有这样一个人，我却亲切地称之为"老师"。1.8 米的个子，一身穿着打扮朴素，一脸憨态可掬，乍看可能是邻家大叔，抑或是一个农民。聊起天来很是谦虚，但却很有"料"。他就是深圳拜特科技股份公司董事长胡德芳先生，被誉为"中国资金管理第一人"。拜特科技享有"中国资金管理的黄埔军校"的美誉。如果你觉得这还不够牛，美的、格力、TCL、华强、七匹狼……这样大的集团都是他的客户，每年为企业创造利润 100 多亿元，登上人民大会堂做报告……然而打动我的不仅是他的成功，而是他成功之后仍然保留的那份朴素和善良，温文尔雅。

我与胡德芳老师相识是在 2013 年春晖全国电视演讲大赛，

事毕在赛场巧遇老友中华儿女年度人物获得者吕琦先生，激动之余欣然来一张合影留念。恰遇一个穿着朴素，手持单反的大叔在场。

"您好！麻烦你帮我俩拍个照可以吗？"

"好的！"

"喀嚓"几下，拍好了。

"谢谢您，我叫符其浩，现在福建教书，不好意思得麻烦您将照片发我邮箱。"顺手递过去一张我的名片。

"好的，我是胡德芳，这是我的名片。"他双手将名片递给我。

接过名片一看，原来他就是大名鼎鼎的资金管理专家，著名春晖使者胡德芳先生，惊讶之余，我们开始攀谈起来。

"我带我公司一个员工过来参赛，顺便拍拍照，我在下面听你演讲，你讲得很好。"

"哦，是吗？谢谢。"我回答道，他的低调谦和给我留下很深的印象。

回到晋江，他发信息给我：照片已发邮箱，请查收。我打开邮件，凝视着他发来的照片，满是感动，回了邮件，我开始了解拜特科技，了解胡德芳的故事，就这样我们保持着联系。

有一点特别引起我注意，胡德芳出身贫寒，只有中专学历，被"逼"创业，才有了今天的成就。我决定深挖背后的故事，激励我的学生，因为我的学生大部分是中专生。

2014年6月，我应学校邀请，为晋江市华侨职业中专学校2014级财经部新生做《启迪智慧心灵·励志照亮人生》专题报告。图文并茂介绍了胡德芳先生的事迹。后来有学生告诉我他就是因为听了这个故事才留下来继续读书的。

在给2014级某毕业班上最后一节课时，我提问学生是否还

演讲探艺

记得刚入学的时候我给他们做的报告，有一半的学生回答记得，再问记得我讲的什么时，有学生回答"深圳拜特科技那个胡德芳"，可见对学生的影响之深。

不是老师，却对家乡孩子有着特别的感情，一生的梦想就是让农村孩子读得起书，每年资助近三十位大学生，闲暇之余还会给学生做报告。为家乡捐资兴学，成立大头菜农村合作社，带领父老乡亲发财致富……

他是一个毅力极强的人，一生都专注于资金管理，喜欢徒步、探险、挑战极限。我们有个共同点，都对成功学保持极强的免疫力，相信脚踏实地的力量，交流最多的便是助学问题，暑假回家路过深圳，专程拜访了他，仍旧是那般朴素，抱病之余仍陪我小酌几杯。我问他在他心里是不是有一个教师梦，他点头傻笑。聊天时偶尔会爆两句粗口，我反倒觉得更加真实可爱，有企业家的气魄。

我曾经问一名著名企业家：老板和企业家的区别是什么？他的回答很简单，"责任"。有的人哪怕挣再多的钱，只知道显摆，挥霍享受，终究是地痞流氓，顶多算个老板。而真正的企业家除了经历大风大浪外还有社会责任感，胸怀和素养。

完毕，他送我一本书《影响力》。介绍的是深圳腾讯马化腾、拜特科技胡德芳等在内的深圳70位成功人士的创业故事。

翻开书，一篇报道胡德芳事迹的文章—《沧海横流方显英雄本色》映入眼帘。已然，胡德芳不仅是位商海横流中的创业英雄，堪称一位真正的企业家！

传承创新，敬业有道

——在财经部道德讲堂上的主持词

传承创新，敬业有道，大家好，欢迎来到财经部道德讲堂之敬业奉献，我是本期道德讲堂的主持人符其浩。

一说到道德，人们往往会变得严肃起来，认为道德太过高大上，认为道德是圣人所为，君子所作，其实道德无处不在，道德就在我们身边，国无德不兴，人无德不立。道德可以很大，或肩负重大使命，或做出重大突出贡献；或存孤恤寡，帮老扶贫；或热心公益，捐资兴学；或爱岗敬业，明礼诚信；这些都是中华民族的传统美德。道德也可以很小，小到我们在公交车上给别人让一次座，小到我们捡起路边的白色垃圾，小到我们对学生的一句小小的关怀。有着这些平凡人的善举的道德，路上的先行者往往就是我们身边人，身边事，是我们的邻居，是我们的同事，是我们的同学，甚至是我们的学生，是他们凭借一己之力为我们树立榜样，为这个社会带来温暖，带来感动。

有这样一位平凡而又伟大的女教师，从事残疾人艺术教学工作 23 年，先后成为 420 名聋哑孩子的代理家长，辅导了 580 多名聋哑孩子考上了大学。她培养和训练的残疾人艺术生在残奥会上表演的舞蹈《千手观音》大放光彩，在家长眼里她是改变孩子命运的良师，在学生心目中她是知心的益友。孩子们在

演讲探艺

心里亲切地称她为"鼓舞妈妈"。我们一起走近全国教书育人楷模，第四届道德模范，敬业奉献模范教师杨小玲，请看视频。

【观一部道德宣传片】播放全国敬业奉献模范教师杨小玲的事迹

平凡的面容，平凡的岗位，展现的是不平凡的坚持，不平凡的勇毅让人动容。几年，几十年，恪尽职守，在自己平凡的岗位上默默地无私奉献，她将爱心、耐心、责任心化作使命感，铸就的是无私奉献的丰碑，镌刻的是自己大写的人生。同为教师，向她致敬，向她学习。

看了鼓舞妈妈的事迹，着实令人动容，突然想到一个教育的小故事，圣人孔子有一个特别的学生叫"宰予"，字子我，也叫宰我，这个学生聪明能言善辩，但是他上课总是迟到，而且爱打瞌睡，孔子曾主张我们人在父母亲去世后，作为子女理应为父母披麻戴孝守孝三年，而且期间不能吃白米饭，不能穿绸子衣服。他的学生宰予公然反对，要知道在那样一个"一日为师终身为父"的年代，敢公然挑战老师是需要很大勇气的，于是宰予问孔子，为什么要守孝三年呢？三年人都跟社会脱节了，我觉得一年就够了。孔子："来我给你讲个道理，我们人刚出生的时候，父母要在怀里抱我们三年，喂我们吃饭喂我们吃奶，古人叫"三年乃免于父母之怀"。再说了，父母亲去世还不到三年你就吃起白米饭来了，穿起绸子衣服了，你吃得安心吗？你穿得舒服吗？"宰予说："我吃得很安心啊，穿得很舒服呀。"把孔子给气得不行了，说了一句话"安则汝为之"，意思就是说你爱怎么样就怎么样吧。我还告诉大家，"朽木不可雕也"，这句话也是孔子说的，而且是专门说他的学生宰予的，但是谁也没有想到，这个被孔子定位为"朽木"的学生后来却长成了参天大树，成为孔子的得意门生，孔子到处带着他去周游讲学，成为孔子七十二贤之一，排名在子贡之前。

反过来想我们职校的孩子，他们叛逆，他们调皮，在社会人眼里他们是"差生"，我们职校的教师需要付出比一般学生几倍的心血才可以让他们在教室里安静地听一会儿课，但谁又能够说他们将来会低人一等，不会成气候呢？而杨小玲老师从事的是残疾人艺术教学工作，别的不说，在沟通上就比我们想象的难得多，这得需要多大的耐心、爱心、责任心才可以胜任的工作，而她却坚守了23年，而且硕果累累，向她致敬。我想说这是品格，这是操守，这是人生的境界，这是立德树人，这是一首美妙的公民道德之歌，接下来请欣赏公民道德之歌。

【学道德模范】全体教师观赏公益宣传片《公民道德之歌》

道德重如山，道德贵似金，就像歌词里所唱的，人生路上有德才能行，总有那么一些经典让我们铭记，经典激发正能量，接下来进入"诵经典"环节，请领颂老师上台，请全体老师跟着一起诵读《弟子规》经典摘录。

【颂经典】全体老师朗诵《弟子规》片段

还记得第一次新教师大会上，谢志全副校长给新教师的两条建议："新教师刚进来不要好高骛远，先'站稳'讲台，然后'站好'讲台。"工作这么久才明白"站稳讲台"要"敬业"，"站好讲台"要"奉献"啊！意味深长啊，正好是今天道德讲堂的主题"敬业奉献"。下面大家热烈掌声欢迎谢副校长上来为今天的道德讲堂做总结。

【发善心，感悟道德的温度】谢副校长为本期道德讲堂做总结

感谢谢志全副校长刚才精彩的总结，听完谢副校长的总结，我只能用一句话来形容"不散热的火焰"。娓娓道来，谢副校长用生动鲜活的例子给我们诠释了什么是职业道德，什么才是敬

业奉献。在我们财经年段走廊有一句话让我印象深刻，而且我特地用手机将它拍摄下来，那就是我们财经部主任蔡厚军老师的教育格言"多给学生一点关爱，少给自己一点遗憾"。我觉得这是对职业道德最好的诠释，接下来我们欢迎财经部主任蔡厚军老师谈谈自己的感悟。

　　注：文字根据视频整理，有删减

离家乡越远，对故土的思念越浓
——在春晖自强奖学金颁发仪式上的即兴演讲

尊敬的各位来宾，亲爱的父老乡亲，在座的各位小朋友们：

大家新年好！

一方水土养一方人，我就是从符家村走出去的放牛娃，作为做客他乡的游子，这些年离家乡越远，对这片故土的思念就越浓。

多年前，我这个从咱们村走出去的放牛娃，发誓要为家乡建一所春晖小学，这种情怀和毅力，感动了万千网友，引起省市领导的关心，在当地教育部门、符家村委、村民以及社会各界爱心人士的关心和帮助下，终于在村头建起这所春晖小学。当地教育部门还特地为这所特别的学校分配两名公办教师，从此符家村晏家地小学由"民转公"，结束了二十多年的民办历史。

乡亲们，望子成龙是我们每一个家长的愿望，金榜题名是我们每一个读书人的梦想，为了鼓舞咱们村孩子勤奋求学，将来回报家乡，回报社会，经过本人的提议和大众的参与、讨论、表决，去年春节期间，我们村成立了春晖自强奖学基金会，这又使得咱们村教育事业更进一步。

在春晖奖学基金筹备过程中，有很多人为此默默地无私奉

演讲探艺

献：符能、符宁军、符治军、符治亮、陈世明、晏洲、晏冲冲、符江帆、符宁基、符利……让我们用掌声向他们表示由衷的感谢！

同时，符治永、晏前海、符安刚、晏宗跃、晏宗伟、晏宏贵等在外务工人员和企业老板，也给予了大力的支持，还要特别感谢的是，咱们的村支书符勇强、村主任陈秋对本基金会的支持，让我们用热烈掌声向为春晖自强基金会付出的每一个人表示感谢。

我们成立奖学金基金会目的是鼓励学生读书，可谓取之于民用之于民，最大限度地保证奖学金评选的公开、公平、公正。基金会刚刚起步，但麻雀虽小五脏俱全，募捐对象面向整个社会，在成立过程中得到了贵州武陵山药用植物白芨开发公司、白石建材经营部、莲花畜牧养殖公司等爱心企业的支持。不仅如此，新加坡、马来西亚一些爱国华侨也对本基金会给予了大力支持，所以对未来我们充满信心。

刚才，我们为 2016 年考上大学和重点高中的学生分别发放了奖学金 1.5 万元。其中考上一本、二本和重点高中的学生，奖金分别为 2000 元、1000 元和 800 元。为在初中、小学成绩优秀的学生分别发放了奖学金 300 元、200 元、100 元等。让我们用掌声向获奖的同学表示祝贺。

"谁言寸草心，报得三春晖。""春晖"寓意感恩反哺，希望获得奖学金的同学懂得感恩，懂得回报。"自强"旨在勉励孩子们懂得自立自强。

谢谢大家！

春晖大讲堂演讲录

> 故事里总有浪漫的色彩，
> 牵挂里总有甜蜜的成分。
> 春天里总有温暖的力量，
> 祝福你总有真诚的情怀。
> 祝愿"符老大"，
> 事业春意盎然，生活锦上添花。
>
> ——天职师大春晖社欢迎你再次回家！ 2014 年 11 月 1 日

2014 年 11 月，我应邀做客北科大讲堂，来到北京，怎么也得回到母校天津职业技术师范大学看望学弟学妹们，听说我要回母校，于是又临时加了一场演讲，演讲完毕，学弟学妹们送我三样礼物，一支毕加索钢笔，一本《TUTE 春晖筑梦助学团》宣传小册子，还有这几句温馨的小诗。

"浪漫、甜蜜、温暖、真诚"似乎是对我和春晖社这段情缘最好的诠释。谁说只有恋人之间才可以浪漫和甜蜜？酒杯里洒过的酒，流过的泪，从伙伴碗里夹过来的菜，还有一起疯狂犯二的青春，放荡不羁的友谊都可以叫浪漫，正如英国诗人奥斯卡·王尔德所说：The very essence of romance is uncertainty.（浪漫的精髓就在于它充满种种可能）年轻的我们，激情、任性，

演讲探艺

也活得尽兴。我曾经跟朋友开玩笑，大学我把所有的爱都给了春晖社，所以至今单身。

大学毕业以来令我自豪的事情就是回母校还有一两桌子人陪我吃饭，无关应酬，无关客套，有的是彼此互相真诚的眼神，说不完的往事，和肆无忌惮的侃大山，你说怎能不温暖，怎能不甜蜜？

听闻我要回学校，张玉建和杨卓兄弟老早就去车站等我，世间最好的友谊不是我们经常联络，有说不完的话，而是久不联系再次见到彼此仍然不会感觉陌生，一切都是那么自然。就这样，我们几个搭乘天津站开往双林站的地铁，回到母校。

"看见没，中间穿黑色衣服的那个就是学长符其浩，快给他送水过去吧。"春晖社社长孙开冻跟旁边一个同学介绍道。

"学长好，请喝水，我叫张燕红，现在春晖社助学部的。"

一个略带羞涩和激动的小伙子，非常礼貌地递给我一瓶矿泉水。

"哦，谢谢。"我客气地接过他手中的矿泉水，拧开瓶盖喝了一口水。

"小伙子贵州的吧？"

"你怎么知道？"

"哈哈，因为你说的是标准的贵普啊。"

大家都笑了，我们几个一同快步走进教室，等待我的是早就在那里等候的将近两百个学弟学妹，还有来自天津理工大、城市建设学院的同学。

"各位学弟学妹你们好！大家久等了，我今天来不是做客天职师大春晖讲堂，我是回家，为什么这么说？因为一年前我和你们一样也是春晖社的一员。不过学长要说的是，不管过去和现在，我永远都是你们其中的一员。"

一个亲切简单的开场白赢得学弟学妹们雷鸣般的掌声。

结合自己经历我跟学弟学妹们讲了自己春晖的故事，没有豪言壮语，没有丰功伟绩，台下却是一双双听得入神的眼神，像是听老朋友聊天。

整个演讲持续一个半小时，我陆续回答学弟学妹们提出的一些问题，我向来注重大学生的独立思考，所以无论是演讲还是问答，我都要强调我的回答仅供参考。

谁的青春不迷茫？大家问的大多都是有关就业和职业生涯规划之类的问题，也有关过去春晖的。最让我记忆深刻的是学妹王雪梅的问题"学长你下一次什么时候回家？"简单一句话，一下子就问到了我心坎儿上，大家都把目光注视着我，这大概是大家最在乎的问题，我没有犹豫："我想大约在冬季，春晖社什么时候需要我，我就什么时候回来。"台下再次响起热烈的掌声，这是对我和大家之间友情的赞赏还有欣慰。

从大学毕业以来，演讲的场次不少，自己也是一边实践一边思考，这场演讲带给我最为温馨的感受，演讲多了难免要问自己什么样的演讲才是好的演讲？掌声最多的吗？带给观众启发和思考才是最重要的。我曾经说过，一场好的演讲绝对不是一个句号，而是一个问号，不是让大家记住什么而是开始思考什么。

在我们这个以成败论英雄的社会，失败者往往没有发言权，其实很多"金玉良言"往往都是出自平凡人和失败者之口。而说话的分量是有个积累过程的，人格的修炼，事业的拼搏都是说话的筹码，但这也仅仅是"筹码"。

世界最高效的沟通方式不是巧舌如簧，能言善辩，更不是甜言蜜语，而是简单三个字"我懂你"。因为沟通是双向的，不是一个人的事情，我回母校演讲，能够取得不错的效果，我想

演讲探艺

原因也是如此。因为台下坐着那帮春晖社的学弟学妹懂我，我们彼此"心照不宣"，所以那天的演讲才有了"心有灵犀一点通"的奇效。

还是来听听学弟学妹们的听后感吧。

（因为篇幅有限，只选择部分）

有史以来听得最认真的一次讲座

2014年11月1日13：30，我就坐在教室里等待着春晖传奇人物——符其浩学长的到来，心情格外激动。之前与学长在贵州有过一面之缘，那是刚到凯里西江千户苗寨，有幸与学长交流，感觉他特别友善、亲切，而今天，当学长站在讲台上，畅谈着自己青春岁月，从容不迫又不乏幽默的演讲，令我崇敬的同时自愧不如。

你说你的大学时光大部分献给了图书馆，你说你拼命学习英语成绩却一塌糊涂，你说你的身高和家境给了你"压力"。然而上帝关上了一扇门，却为你打开另一扇窗，如今的成绩便是很好的证明。而今年大二的我，回首过去的一年，自己到底做了什么？经历无数次的面试，加入春晖，加入学生会，竞选班委……每天让自己忙碌着，看似无收却有获。在春晖社，我收获了友谊，收获了成长；在学生会，我更加明白大学这个小社会里的人情世故，勤工部的工作也磨炼了我的意志；班委更是一个默默付出的职位。我会享受这个过程，虽然有时候很累，但回头想想，那点累算不了什么……我多么希望可以像你一样，站在台上可以挥洒自如地表达自己，哪怕一点点。有史以来最认真听的一次讲座，也是最有收获的一次，听了你和春晖的故事，一路的坎坷，一路的成长，让我觉得大学是可以过得更有意义的，同时也更加珍惜出现在我生命中的小伙伴们。

——陈建芳 2014 年 11 月 1 日

无法用笔写出来的感受

大一时常听别人说符其浩学长多么厉害，创办春晖社有多么的不易，今天总算见识到了。之前在贵州只是以朋友的形式接触了一下，觉得学长人蛮亲切，很稳重的一个人。但今天以这样的形式再次见面，突然觉得学长好高大上，好有差距啊！

听符其浩学长跟我们分享他的经历，感触很深。尽管讲了一个半小时，但觉得还没听够就结束了。听学长说自己时，自己也在反思自己。同样是农村出来的孩子，这也让我更相信，只要我们努力，敢想、敢做，一定也能有所成绩。不要在乎别人的眼光，不必担心自己的外在，尽管身形瘦小，但内心可以很强大的！

与符其浩学长当初大二的状况相比，觉得自己的起跑线要高些。但想想我再过三年，能做到学长的一半就很满足了。也可以说自己是缺乏信心，但我在尽自己的能力，不断强大自己，丰富自己！对于我的未来，我不敢想，但我在努力的路上。

听说符其浩学长要来，感觉蛮亲切的，记得去年大一，总是被学院叫去开各种会，听各种讲座。但这一次真的很不一样，学长就像家人一样，给我们尽可能地传送各种经验和正能量。听完这样的讲座，真的受益匪浅。聆听这次讲座，领悟到的远远不止所写的这些，因为还有很多内在的感受是无法用笔写出来的。

——刘璐 2014 年 11 月 2 日

演讲探艺

一次心灵的洗涤

开学已经两个月，这其中在春晖的每一天，都是充实的。

上周六，得知我们学校春晖社的创始人符其浩学长要来学校演讲，我带着好奇和些许期待来到了大讲堂。会场的筹备工作井然有序，这得益于我们之前精细的组织与分工。在演讲过程中，虽然也出现了一点小状况，但由于符其浩学长出色的个人魅力，使得这些小意外仿佛成了他演讲的点缀。

其实我已经不是第一次见到符其浩学长了，上次见他是在暑假支教结束后去的贵州凯里苗寨，当时他给我的印象是为人谦和，举止谈吐很有修养。而这次再见到他，一种亲切感油然而生。演讲过程中，我被符其浩学长出色的口才和幽默感所吸引，一个多小时的讲座感觉一会儿就过去了。学长讲述了他创立春晖社的历程，从中我体会到了他当初的执着与坚持，以及作为领导者卓越的见识与能力，这都是我要学习的。

在演讲快接近尾声时，主持人以及几个同学问了符其浩学长几个问题，学长都能机智地回答上来，这不得不让人佩服他出色的口才。在整个演讲过程中，学长说的让我印象最深刻的话是"什么时候需要我，我就什么时候回来"。听到这，在场的同学无不为他的奉献、反哺精神而喝彩。确实，我们是做公益事业的，哪儿需要我们，我们就应该去哪儿。三个月前，我们结束了贵州的助学活动，虽然很苦，但我们不觉累，因为那片土地需要我们。想到这点点滴滴，内心又再次掀起波澜，久久不能平静。

这次大讲堂的举办，挺成功的，这体现了我们春晖人团结一心办大事的精神。最后我想说，这不仅是一次演讲，更是一次心灵的洗涤，希望这样的活动越来越多，也希望我们春晖社能涌现更多像符其浩这样优秀的人。

——唐会东 2014 年 11 月 1 日

梦想天空分外蓝

前几天，我很荣幸地参加了春晖社主办的春晖讲堂，本期讲堂的嘉宾是我们春晖社的首任社长符其浩学长。因久闻其名终于有机会亲睹学长的风采，我按捺不住内心的激动。兼职一回来，我便马不停蹄地赶往讲堂地点，看着小伙伴们在忙碌地布置会场，我对此次讲堂充满了欣喜、自豪、感动和期待。

随着教室里的人越来越多，我的心情也越来越激动。一切准备就绪后，我们迎来了春晖励志传奇人物—符其浩学长，随同而来的还有北科院的一名学长、天理工的几名学长学姐，加上春晖社的前几任理事团成员和观众小伙伴们共一百多号人。看着眼前这个穿着黑色西服、戴着一副眼镜、个头不高的学长，我的心里充满了太多想要去了解的东西。

春晖社，一个与"感恩、反哺"相连的公益社团，一个改变符其浩生命轨迹的青春驿站。为了成立春晖社，符其浩学长和他的好友陈云宗不懈奔波于贵州乡、镇、县、市等多个官方机构，为了举办"我与家乡共发展"大型文艺晚会，他们废寝忘食，当筹备晚会频频出现意外时，仍然能够咬紧牙关，镇定自若，想方设法，寻找生机！这就是符其浩，一个阳光善良、有骨气、有担当的公益青年！

"我的人生无规划"，这是符其浩学长对职业生涯规划的回答，这恰恰也是他对自己人生道路的最好规划。其实，我们不必给自己的人生定得太死板，因为社会瞬息万变，我们无法预测下一秒会发生什么，我们能做的只有把握当下，了解自己，

演讲探艺

自信乐观，不断进取！

也许说梦想太过高大上，但是说下小小的心愿却很实际，上帝给你关了一扇门，不一定会给你打开另一扇窗，因为这扇窗需要有志者付出代价去追寻。不要总是怨天尤人，也不要总是郁郁寡欢，生活不会太糟糕，曲折皆是经历，好坏都有风景。符其浩学长用他的经历向我们讲述了无悔的青春，也向我们揭开了梦想和现实的清晰对照，更向我们传递了"伟大但人人可为"的公益正能量！

梦想天空分外蓝，只要你敢想、敢为，你的梦想天空必定灿烂在下一站！

——程娅琳 2014 年 11 月 5 日

实现自己的人生价值

我庆幸自己加入了春晖社，如果不是这个社团，我可能就不会听到符其浩学长的演讲。当学长自我介绍时有点出乎我的意料，他说话时声音不大，却能震撼我的心灵，他通过讲述自己的故事拉近了我们之间的距离，就像是朋友间聊天那样的轻松，但是却能让我明白一些道理。他个子不高，也不是第一眼就让人觉得惊艳的相貌，但通过他的演讲我发现他的身体里仿佛蕴藏着无穷的正能量，让本来没去支教打算的我也想去带给山区的孩子们温暖，就像学长所说："没有过支教体验的大学生活是遗憾的，尤其是师范大学毕业生。"我知道支教不是一件容易的事，支教是一种美德，也是一种能力。如果有一天我能有支教的机会我一定会好好珍惜，尽可能地将我所学到的知识教给贫困山区的小朋友们。

学长就像封藏多年的美酒，越是接近越能知道他的价值，越想去挖掘更深层次的东西，他让我重新定义了"教师，支教"

这两个词，也知道了其背后所包含的重要的意义，需要我们用心去对待，教师是个神圣的职业，支教是件神圣的事情，这两个词让我明白我们肩上所担的责任，我们现在多学一点知识、多充实自己的精神世界，将来或许就可以多帮助一个小朋友走出大山。我们需要走出那个禁锢自己的大山去外面看看别人的生活，才明白我们的差距在哪，从而树立目标，不断努力。我希望能像学长一样做一个能真正实现自己人生价值的人。

—张蕾 2014 年 11 月 6 日

一切皆有可能

举办春晖大讲堂的过程中虽有不小波折，但在大家齐心协力的配合下，在符其浩学长精彩的演讲下，春晖大讲堂圆满落幕。

通过符其浩学长的演讲，我多角度地了解认识了符其浩学长。从中学会了很多，也颇受感慨。年轻就是满怀激情和冲劲儿，凭着一腔热血，符其浩和自己的好友陈云宗、罗金创办了校级公益社团春晖社。刚开始时，学校不批准，但是经过他们的努力奋斗，终于获得学校认可。其实很多时候，很多事情就像这样。正如今年申请两支队伍（36 人）前往贵州支教时，学校刚开始时考虑到春晖支教尚未成熟等种种因素，所以只批准一支队伍（18 人）。当大家知道这个消息时，并没有选择放弃，而是想方设法去解决这个问题。经过大家的努力与坚持，学校老师被我们的诚心打动，并批准了我们两个队伍都去支教。所以很多事看似困难重重，似乎绝无可能，但是只要一直努力坚持下去，所有不可能都会成为可能！

当听到符其浩学长说："当城里孩子坐着公交，地铁去上学时，而我却正赶着牛儿上坡；当城里孩子在宽敞明亮的教室里读

演讲探艺

书时，而我却在太阳底下割草；当城里孩子在谈恋爱时，而我还在解一元一次方程。"心里感慨万分，其实很多成功人士的背后都是充满挫折与辛酸的。一个优秀的人之所以变得优秀，往往是因为生活种种不如意还有心中执着的追求，努力地成长蜕变的结果。对于符其浩学长来说，也许正因为生活的艰苦和对公益事业的热爱，学长比同龄人更加的勤奋，更加专注与坚持。也最终成为中国梦全国电视演讲大赛二等奖得主、春晖演讲团演讲员。并且通过公益演讲，网络平台为山区募捐筹建一所希望小学。我想无论遇到什么困难挫折，不害怕，不气馁，坚信自己，定会迎来胜利的曙光！

——梁秋霞 2014 年 11 月 6 日

永不言弃的精神

阔别学校已久的其浩学长，在近日来母校为我们进行了一场别开生面的演讲，使在座的同学都受益匪浅。其浩学长是农家的孩子，对大山的生活有特别深的感受，他跟我们讲述创立春晖时的艰难历程，本来是很心酸的过往，但学长却用幽默的话语告诉我们他对那份记忆的珍惜和对那段经历的感谢，他用自己的切身感受来告诉我们，什么是春晖，什么是感恩。我想，春晖将会永远铭记他为春晖所做的一切，并也会为他的所作所为而感到骄傲自豪。

说到其浩学长的大学经历，其中最令人感动的是他对所做之事的坚持。当时的春晖社一切都是从零开始的，什么都没有，连最初的社员也只有七人。在历届春晖人的努力下，如今的春晖已经发展成为学校数一数二的大型社团。这其中离不开每个春晖人的奉献和努力，更离不开春晖创始人的呕心沥血。我想，只有对自己所做事业报以极大的热情，那么你才会爱上你所做的，并且为之投入所有可能的努力，从而坚持到底永不放弃，如此，你的事业真的会成为你的所爱，成为你生命华章里不可或缺的一部分。

　　然而，整个演讲最令我动容的是其浩学长永不言弃的精神。在大学里，初来乍到的他突然发现一切都跟自己所预想的不同，所有美好的憧憬基本都破灭了，此时的他彷徨而犹豫不决，并感到前途一片渺茫，大学生活已经茫然不可想象。如果换作是我，自暴自弃肯定是无疑的，但是其浩学长并不是如此。他将所有的时间都倾注在图书馆里，在那里他丰富了知识开阔了眼界，这也是他在后来能够建立春晖社并且成功的重要因素。长期驻守图书馆不仅使其浩学长收获大量知识，更难能可贵的是，他找到了适合自己今后发展的重要道路。人这一生会遇到许多挫折与困难，很多人会因为旅途的艰难而拒绝前行，甚至放弃，于是他们大都碌碌无为，潦倒一生。真正的勇士是敢于直面人生道路上的各种艰险，披荆斩棘，勇往直前，永不颓败。即使一时的困顿，也会用毅力在恍然大悟的时候守得云开见日出。我想，其浩学长也应是如此，对面临的挫折不言退缩，以勇士之姿乘风破浪，直面困境，用破釜沉舟之决心，化茧成蝶，取得成功。

　　长期的困难境遇，最能磨炼一个人的意志。有很多人遇到困难，只能怨天尤人，得过且过。而有一些人虽然也不得不在困难面前低头，但他们的心从未屈服，他们不断地努力，相信一定能取得最后的成功。我认为只有像传说中的凤凰一样，历经苦难，投入火中，经过千锤百炼，才能涅槃重生，成为光芒万丈的神鸟。

——高婷婷 2014 年 11 月 5 日

　　感谢 2011 年 9 月 23 日由天职师大春晖七剑客创立的天津市第一个春晖社。为我们搭建了这个平台，给我们留下的丰富的社团文化底蕴。在春晖的大家庭中走出了一届又一届的优秀春晖人。我也正以澎湃的心情，矫健的身姿向优秀的春晖人看齐。希望有一天回到母校也能像浩哥一样，有一个永远的家在天职师大，有这样一群家人等我。我爱我家，我爱春晖。

——张燕红 2014 年 11 月 4 日

学长说他今天是回家而不是做客天职师大，真的，细细地品味这句话，也能够感受到他对这个家的爱，慢慢地我也爱上了春晖这个大家庭，仔细回味自己的大学生活，春晖就占据了我的大部分生活，因为春晖，所以有了支教，因为支教，所以成长，因为成长，所以我会一直感恩春晖。让有春晖的生活成为我生活的一种习惯。

——刘宇宇 2014 年 11 月 5 日

常怀感恩之心，乐于运动，享受生活，这是符其浩学长最后告诉我们的一句话，一直会铭记心中。

——王雪梅 2014 年 11 月 5 日

从始至终，符其浩学长都以其幽默的风格赢得台下一阵一阵的掌声和欢笑声，人格魅力真的是特别重要，承载起自信，为人所尊重。这次演讲切切实实让我们感受到了春晖创始人的艰辛与坎坷。最成功的演讲就是讲述自己亲身经历过的事情，不用刻意精心的准备，而能够自然的娓娓道来被众人所接收。

——徐涛 2014 年 11 月 5 日

学长的一番讲话使我受益良多，我当时观察了四周看大家听得都很认真，我想不光是因为学长长得帅吧，更多的则是他的经历让我们听得入神，同时也让我们明白大学生活到底应该怎样去过，怎样去坚持自己的梦想。

——袁建江 2014 年 11 月 5 日

学长的这句"避开得不到和钟情之苦"让我记忆最深，命运有时不公，与其抱怨，不如看开。

——支成立 2014 年 11 月 5 日

我想到这样的一句话，"只有两种动物能够爬到金字塔顶端，一种是雄鹰，而另一种是蜗牛。"雄鹰天资聪慧，学什么都快，做什么都轻松；而蜗牛爬一次摔下一次，再爬再摔，但却也能爬到顶端。学长，他告诉我，他是那只蜗牛，没有天赐的聪慧，但却有坚定的心。同时，也告诉了我，要做一个尽孝、反哺、感恩、回报的人。

——祝晓霞 2014 年 11 月 4 日

讲述自己创立春晖社的点点滴滴，他的每一句话都深入我心，一个人如果没有坚持，你又何来的成功；一个集体，如果没有很多人的支持与努力又怎么能强大；一个信念，如果没有人支持又怎能延续。春晖社能有今天的荣誉，都离不开每一代春晖人的坚持，我很荣幸自己是春晖社的一员，同时我也相信，春晖社的未来会更加的强大。学长的字里行间无不在透露着他对于春晖的热爱，从他的话语中我更能体会到自己内心的感觉的真实性，同时也更加的确信自己的信念。因为支教我有缘与春晖结识，同时我也爱上了这个集体。

——谭海丝 2014 年 11 月 6 日

演讲探艺

　　我觉得我是幸运的，我选择对了社团，春晖社，没有浮华，一直在做实事，做有意义的事，同时它又像一个大家庭，让我在天津这一座陌生的城市有了一种归属感。比起支教的同学，我所做的根本算不上付出，但是当听到贫困山区的小朋友收到我们的物资的时候，我还是由衷的高兴，因为我们是一个集体，我们在做有意义的事。可能在前行的路上，我们会遇到各种困难，但是我认为，成长是一个过程，伴随着痛苦，哪怕它是我们久久的渴望，都携带着深深的哀伤。但如果我们拒绝了成长，就拒绝了新的美丽。所以无论前方有多少痛苦，既然我们选择了远方，便只顾风雨兼程，相信我们会越做越好。

　　　　　　　　　　　　　　　——刘骑 2014 年 11 月 3 日

　　这次演讲让我深深地感觉到，春晖是一个温暖的家，虽然我们一代又一代的人离开了天职师大，但是我们不会离开春晖社这个家，我们都是春晖人，春晖行动不只是说说而已，我们都在努力付诸行动，在学校的我们有队伍有组织，离开学校的春晖人也在一直坚持，春晖的每一位小伙伴都做到了一日春晖行，一生春晖情！

　　　　　　　　　　　　　　——骆林媛 2014 年 11 月 6 日

　　真心地感谢学长能回来为所有人做这一次颇有意义的演讲，祝愿学长工作顺利，同时希望我们这一代春晖人可以把春晖社办得出色出彩，让所有春晖的元老们看到春晖灿烂的明天和精彩的未来。

　　　　　　　　　　　　　　——关红艳 2014 年 11 月 8 日

教育理想

我的教育理想

　　易中天教授曾旗帜鲜明地提出他的教育主张，反对励志，反对培优，反对成功学，反对望子成龙，而应该提倡"望子成人"。在他看来什么才是真正的人呢？有四点，第一真实，第二善良，第三健康，第四快乐。对于易中天教授所提观点，我大多认同，各位看官切勿以为我是在附和易教授，当了将近二十年的学生，做了四年的教师，才敢谈谈自己对当下教育的理解。

　　我曾经在我上课的班上做过小调查，问我的学生对成功学的态度，他们大多认同，而且有超过四分之一的学生承认自己偶尔在网上看某些成功学"大师"的课程，并当作一些处事信条去奉行，看到这个结果我是担忧的，时下一些成功学大师，以成功之名，兜售成功秘籍，给听众洗脑，赚取门票费，不仅蛊惑人的心智，而且给人虚构一些不切实际的梦境，让人疯狂。最重要的是成功学破坏了多元化社会价值体系，让人不再脚踏实地，相信规则和常识。所以有人说"消费主义、性自由、成功学"是现代社会的三剂毒药。而相关部门也暂时拿它没有办法，因为没有立法不让兜售成功学。而可笑的是这类人还给自己附上了高度的社会责任感，赞赏自己为人类做贡献。

　　成功学的泛滥与我们的社会价值体系过分强调结果导向有关，也就是成王败寇，长久以来我们总是见到这样的国民是非观，非黑即白，不是好人就是坏人，不是成功就是失败，也就是简单的二元价值观，中国人在看电影、电视剧的时候，总是要给里面的人分类，贴标签，这个是好人，那个是坏人，所以导演总是用千篇一律的电视结局模式去迎合观众的内心的期望，那就是大团圆，好人坏人结局各安其所。如果一旦结局反常，人们就会出现心里不适，甚至对这个电视剧、电影差评。

而学校、家长对孩子往往也这样，孩子听话，好孩子；孩子不听话，坏孩子。成功了便是伟大的，不成功便一切归零。这样一来，就会出现很多"一刀切"的尴尬局面，比方说我们一些民生政策规定往往也是一刀切，弄得怨声载道，这根源都出在我们的价值观。因而多元化价值观，独立自主思考判断能力，才是教育应当推行的理念。

而对于励志与培优，我向来提倡是启发教育，适当励志，因为人总归是要鼓励的。我们总是强调学问，但现实是我们的教育大多有学无问，这绝不单指我们的应试教育。缺乏提问的能力，这恐怕是当下教育最应该重视的问题。教育应该是互动，而不是教师一个人的独角戏，所以我认为一堂好的课程绝不是学生记住了什么，而是你学会思考了什么问题，因为只有问题才能带领我们走得更远。

教育的目的是为社会培育人才，提高国民素质，以便人尽其才，而不是塑造异类，更不是将人千篇一律机械化。所以我们强调"以人为本"固然是正确的，但问题是我们这个"本"抓好了吗？那些变态的培训班，花样百出的兴趣班让学生摸不着头脑。望子成龙，何为龙？龙即怪兽；望子成器，何为器？器就是东西，我们离人越来越远，离器越来越近。

所以易中天教授说真正以人为本的教育应该是培养"真实、善良、健康、快乐"的人，我极为赞同。但同时也要明白，我们中国是有着几千年封建历史主义的国度，自古以来我们就不缺少"真实、善良、健康、快乐"的"奴才"，何谓奴才？缺乏独立之人格，自由之精神的人。既是奴才，就免不了具有"奴性"，它是国民劣根性，也是思想长期被禁锢扭曲的产物。

所以在我看来真正的教育除了培养"真实、善良、健康、快乐"的人，最重要的便是要培养人的独立之人格，自由之精神。我们常常见到的水军、网络喷子，谣言四起都是缺乏主见的表现，其根源在于人格教育的缺失。

其实早在 1929 年，陈寅恪先生在王国维纪念碑铭中首先提出了"独立之精神，自由之思想"，从那时候起就已成为中国知识分子共同追求的学术精神与价值取向。在我看来，今天仍然不过时，不过这不应该只是知识分子的追求，更应该是每一个读书人的追求。只有拥有独立人格，自由精神的人才能够找到自己的人生方向，实现自己的人生价值，诚如此，这个社会还需要励志、培优、成功学吗？

人该怎样了解自己

——符其浩答大学生问

大家好，关于职业生涯规划，我自己也不是这方面的专家，所以我的发言也不是标准答案，我只能结合自己的人生经历跟大家谈谈，仅供参考。大学毕业这么多年来，虽然没有太大的成就，但有一点值得庆幸的是，我现在过的生活就是我四年前规划的，也就是我是按照自己的意愿去活。四年前我给自己做了分析，结论是我特别适合做老师，所以大学毕业的时候，虽然有更好的就业机会，我还是选择做教师。四年下来，感觉良好，事实证明教师这个职业很适合我。我听了大家对自己的职业生涯报告书的汇报、陈述。整体上有两点感悟：一是大家不知道怎么样对自己做一个清晰的定位，而这恰恰也是做好职业生涯规划的前提；二是大家的规划有点脱离实际，职业生涯规划讲究的是"可行性、前瞻性、实践性"，不能天马行空，因为时间关系，接下来我们通过问答的形式进行交流，欢迎大家踊跃提问。

Q：符老师，您好，现在让我们感到迷茫困惑的是不知道自己想要什么，适合做什么，请问人该怎样了解自己？谢谢。

我是谁？—五个朋友法则

任何一个人想要在事业上有较好的发展，前提是要充分了解自己，中国有句古话讲得好"人贵有自知之明"。其实这其中包含两句话：知人者智，自知者明。有的人一辈子都没有弄明白这个问题，而是脚踩香蕉皮，滑到哪里算哪里，人生自然不会有较好的发展。关于如何了解自己，我通过多年的研究，以及对身边人的观察，我总结出三个心得，分享予大家。

①五个朋友法则。什么意思？人要了解自己我认为最好的办法就是从身边人开始，你在身边找 5 个最好的朋友，让他们对你做出真实的评价，提提建议，看看你是什么样的人，适合做什么工作，然后你再综合大家的意见，这个评价准确率通常高达 70%，也就是最真实的你。

②最有成就感的事情。如果想要发掘自己的兴趣、特长、天赋，你不妨认真回忆一下，列举一件至三件你认为最有成就感的事情，也就是你最得意的事情，这可能就是你的兴趣和特长所在。

③最想成为的那个人。你能不能绘声绘色地描绘一下你心目中最想成为的那个人？这是一个很关键的问题，无形中就给自己设立了一个方向，做了一个定位。这个人可能是你的榜样或者偶像，一般在现实生活中都是可以找到的，如果没有，你就要发挥自己的想象力大胆地设想。

以上三个方法是我独创的，实践证明是很有用的。当然我们现在也有很多第三方平台、工具、问卷去测试，找到自己的兴趣点，大家可以去尝试。

教育理想

Q：符老师，您好，请问怎么样对自己做一个评估？我今后的目标是自己创业开一家情侣店，您看了我的计划书，有什么好的建议，谢谢。

我从哪里来？——自用之才，备用之才

①准确评估自己。人一旦弄清楚自己想要什么就不会感觉那么困惑、迷茫。接下来便是搞清楚自己从哪里来，也就是要对自己做一个客观真实的评估。做人切不可妄自尊大，好高骛远，但也不宜妄自菲薄，贬低自己，而是要对自己有一个较为客观真实的评价，也就是"自知之明"。实践是检验真理的唯一标准，因为职业生涯规划最终还是要靠实践来验证，最终强调的还是可行性、前瞻性。

②两种人才。在评估自己的时候，还有一个重要的观点，跟大家分享，人才其实分为两种，一种是自用之才，另一种是被用之才。社会说到底就是一个买方市场和一个卖方市场，我们大多数人都需要借助别人的舞台唱戏，实现自己的人生价值，而只有一部分人能够"自用"为自己搭建人生舞台，通过创业成功来实现自己的人生价值，而这类人往往是凤毛麟角。

Q：老师您好，我想知道人该怎么样去定位，规划自己的未来，找到自己人生发展方向。

我要去何方？一生涯规划倒推法

俗话说得好，性格决定命运。你是斧头却要当锯子使用，效果自然不理想。人也是这样，适合自己才是最重要的，庸才

是站错位置的人才。弄清楚了我是谁，我从哪里来，接下来就是要解决我要去何方的问题。其实这三个问题是环环相扣，相互递进的。思路决定出路，关于职业生涯规划，我有个观点叫作"生涯规划倒推法"，什么意思？我们很多生涯规划师是从当下出发，规划未来，这固然没错。我的意思，你不妨设定一个5年，或者10年长远目标，然后再来倒推当下，虽然未来有诸多变素，但这样做有个好处就是人不会那么功利，不会朝三暮四，做起事情来也会更加洒脱，也就是人们常说的不忘初心。

我曾经讲过一句话，我的人生无规划，并不是反对生涯规划，而是反对那些脱离实际的教条主义。最后我想说的是，这个世界上从来就没有放之四海皆准的生涯规划理论，每个人的状况，人生境遇都是不一样的。但是那些被无数人证实的实践经验对大家一定有用。中国有句古话"男怕入错行、女怕嫁错郎"，我想讲的是，有职业的人不一定有事业，有事业的人一定有自己的职业。三百六十行，行行出状元，前提入对行，而人生是否规划得当则决定了你的事业的高度。我是谁？我从哪里来？我要去何方？把这三个问题搞清楚，人生就会精彩，人人都可以出彩，谢谢大家。

注：本文为符其浩老师在闽南理工学院指导大学生职业生涯规划大赛时与学生的对话，有删减。

教育理想

陈惠群：要懂得讲好晋兴故事

2016 年 12 月新任教育部长陈宝生曾在《人民日报》撰文，畅谈自己的教育理想和教育方针，同时为教师群体发声"让教师成为让人羡慕的职业"。他结合习近平总书记在北京八一学校讲话精神："要让广大教师安心从教、热心从教、舒心从教、静心从教"，就如何提升教师幸福感、成就感、荣誉感发表了自己的看法。当前国家大力倡导大国工匠精神，陈宝生部长就如何办好职业教育，提出了"香、亮、忙、强、活、特"六字箴言，从办学思想、办学质量、市场需求、成长发展、政策改革、工作特色六个方面畅谈了自己关于职业教育的理想。

2017 年新学期伊始，在期初教师工作大会上，陈惠群校长就如何做好新学期工作，迎接"福建省示范性现代职业工程院校"项目工程，结合学校实情，从教育部长"香、亮、忙、强、活、特"职业教育六字箴言，谈了自己的想法，做了期初教学工作布置，以下是陈惠群校长的发言（有删减）。

老师们，新年好，短暂的新春佳节很快结束，我们又要调整心态，准备迎接新学期工作。近几年国家很重视职业教育，我也参加了很多关于职教发展改革发展交流会，在我看来职业教育改革也是供给侧改革，由于教育部门的重视，职业教育真正地"香"起来了，但是香不香，其实要看我们思想的进步，观念的转变，归根结底要看我们自己做得怎么样，现在很多地方都在开展纪念中国近现代职业教育发轫 150 周年活动，"发轫"是一个很重要的词汇，既开端之意，其实我们福建职业教育思想源远流长，早在晚清洋务运动期间成立的"福州马尾船政局"，算是近现代中国职业教育的雏形，在西方船坚炮利逼迫下，出现了"师夷长技以制夷"的思潮，向西方学习先进技术，某种程度上好比我们现代职业教育提倡的"现代学徒制"，一路带一路，有助于推动校企合作。

晋江是品牌之都，如何汇聚优质教学资源，结合地理环境，服务本土产业，实现品牌的再提升、再聚力、再发力。我们把质量做上去了，自然就"亮"起来了；立足市场办专业，紧跟市场育人才，这样我们培育的学生自然就会受欢迎，学校就会门庭若市，也就真正地"忙"起来了；强不强，看成长，要跳起来才能够得着，去挑战新的目标，才会变"强"；我们现在强调精细化管理，政策要灵活，要把职业教育打造成"名优土特产品"，培养一批骨干教师，教学名师，服务区域经济，实现专业、技能、教学各具特色，推行产教融合，把职业教育打造成晋江闪光的品牌。

要让教师成为让人羡慕的职业，就要我们自己努力，教师的自我成长尤为重要，大家要"近朱者赤"不要"近墨者黑"，要善于向那些走在我们前面的优秀教师学习，不要向后看齐，要发挥好自己的特长，主动融入学校这个大家庭，互相探讨相互改进，我们每个人都有自己的不足，包括我自己，大家可多提意见，我们要营造和谐的工作氛围，强师德，正教风。

刚才几位校领导都已对各个领域工作做了详细布置，今年我们的工作主要有三个重心：新校区、示范校、文明学校，我们每个老师要在心目中树立责任和态度两个意识，要有担当有责

教育理想

任感，把思想摆正，把态度端正，学会把平凡的小事做好，就是不平凡。每年的《感动中国》我几乎都会看，那些行业标兵、劳模工匠、技术能手，将大国工匠精神展现得淋漓尽致，而我们的职业教育正是需要培养这样的工匠精神。它需要我们恒心、恒力、恒效做好我们的工作。作为职校教师，我们务必要求真，务实，做好自己本职工作，懂得讲好晋兴故事。

老师们，新学期的帷幕已经拉开，新的钟声已经敲响，让我们闻鸡起舞，鼓足干劲儿，撸起袖子加油干，合心、合力、合拍共同迎接新的挑战，不忘初心，携手同行。最后祝大家元宵节快乐，谢谢！

陈惠群：晋江华侨职校、晋江晋兴职校、晋江五中校长；高级讲师、福建省优秀教师、泉州市优秀校长、泉州市优秀共产党员。

晋江最著名的品牌是什么?

朋友，如果你未曾听过晋江这座小城"中国品牌之都"的赞誉，那么你一定知道安踏、特步、乔丹、361。、匹克、鸿星尔克等著名的体育品牌；朋友，如果你未曾听过晋江这座小城"世界夹克之都"的盛名，那么你一定知道七匹狼、九牧王、利郎、劲霸、柒牌等著名品牌男装；朋友，如果你未曾听过晋江"中国食品工业强市"的美誉，那么你一定品尝过蜡笔小新、亲亲、盼盼、福马、雅客等著名美食的味道。晋江，一座拥有众多著名民族品牌的城市，综合实力十多年连续稳居全国百强县市前十列，是福建省综合实力最强的县市，拥有四十多家上市公司，数量稳居全国县域首位，总市值超 1800 亿元。

世界夹克之都、中国品牌之都、中国鞋都、中国伞都、中国陶瓷重镇、中国食品工业强市、全国体育先进市……一个个殊荣背后是晋江一个个著名品牌的打响，"晋江品牌"正在为"中国制造"代言。"晋江经验"闻名遐迩，以纺织、制鞋、食品、建陶、纸业闻名全国的晋江特色产业已经赶超国际同业水平。从吃、穿、住、行，我们都离不开晋江这座品牌之都带给我们极致的生活体验。人们不禁会问，晋江缘何会诞生这么多著名品牌？晋江最著名的品牌又是什么？

要弄清楚这些问题，就不得不从晋江这片充满创新和活力

教育理想

的热土说起，最重要的便是了解晋江这些品牌基因的传承，那便是"晋江人"。

晋江钟灵毓秀，人文荟萃，素有"声华文物""泉南佛国""海滨邹鲁"的美誉。宋元时期，晋江"刺桐古港"号称"东方第一大港"，是古代"海上丝绸之路"重要起点之一。晋江是一座历史名城，出过11位文武状元、16位宰相，曾公亮、欧阳詹、梁克家、俞大猷、施琅等均出自晋江，可谓是人杰地灵。俞大猷将军一生戎马，东征西讨，战功显赫，他所率领的"俞家军"与戚继光的"戚家军"并称"俞龙戚虎"，令倭寇闻风丧胆。战将施琅，领军攻澎湖，收台湾，"因剿寓抚"可谓智勇双全。闽南人素有"输人不输阵，输阵歹看面"的民俗，无论是驰骋江海，还是奋勇杀敌，俞大猷、施琅两位将军无疑是晋江人最典型的代表，在他们身上晋江人敢拼、敢闯的精神被展现得淋漓尽致。

三分天注定，七分靠打拼。而今的晋江人敢拼、敢闯是出了名的，被世人赞为"闽商教父"的晋江人许连捷，中学未毕业，筚路蓝缕，创办了恒安集团，跻身中国民营企业500强，被福布斯赞为"50家亚洲最佳企业"。安踏集团创始人丁世忠，16岁只身北漂，艰苦创业，喊出"不做中国的耐克，要做世界的安踏"的宏愿。安踏，成为中国体育品牌领导者。美亚娱乐李国兴，漂洋过海去香港打拼，终成香港娱乐大亨……

每一个晋江品牌的背后都蕴藏着一个晋江人"爱拼才会赢"的故事。

旧时晋江"人稠山谷瘠"，自古有"造舟通异域"的创业史，晋江人逐渐流向海外，磨砺出"木材大王"李清泉、"烟草大王"陈永栽。扶桑·黎刹，被菲律宾人尊为"国父"。"十户人家九户侨"晋江成为全国著名侨乡，在这里，慈善成为一种生活态度，无论是在外打拼的爱国华侨，还是本土事业有成的企业家，他们心系故土，捐资兴学，帮老扶贫，集体行善，涌现出许连捷、洪肇明、丁和木、苏振佳等一批"慈善世家"，许健康、李国兴等在外企业家身作表率，以乡贤力量助推晋江慈善事业，为此"慈善之都"成为晋江这座城市最具温度的一张名片。

　　很多外地人听不懂闽南语，但有一首闽南语歌曲却传遍大江南北，那便是《爱拼才会赢》，歌中传诵的就是闽南人爱拼、敢拼的精神，而这种精神在晋江人身上更是表现得尤为突出，一个个小作坊，一条条流水线，一村一品牌，一镇一产业，晋江品牌云集……恒安集团许连捷、安踏集团丁世忠、特步集团丁水波、七匹狼集团周少雄、九牧王林聪颖、劲霸洪肇明、柒牌洪肇设、盼盼食品蔡金垵等等，他们均为晋江人，同时也是著名企业家，有的还是慈善家，最大的共性便是敢闯、敢拼，"爱拼才会赢"的精气神在这些晋江人身上被展现得淋漓尽致。笔者在晋江待了四年，耳濡目染，每天都感受着身边晋江人拼搏的气息，他们刚毅、坚韧、顽强。他们是引领市场的大企业家、生产线上的工人、讲台上的教工，也有到处流窜的小商人，因为他们的拼搏、奋斗，才铸就了晋江这座滨海城市"品牌之都"的美誉，熠熠生辉。

　　由此看，"爱拼才会赢"才是晋江最著名的品牌，也是闽南人最著名的品牌。

我给学生鞠了四年躬

　　当我提笔撰写该文时，我的执教生涯正好四周年，按照严格意义上讲，我应该还算一名新教师，或者说教学经验不算丰富的年轻教师。刚走出象牙塔那会儿，我对教师这份职业有着无尽的向往，因此在大学毕业的时候虽有更好的就业机会，我还是选择当一名教师。倒不是怀揣很大的教育理想，而是单纯的喜欢，所以每当面临很多诱惑的时候，我都能站稳讲台。我把这份"喜欢"带进课堂，以为用爱可以感化所有学生，忘了教育要"严慈相济"，结果刚给学生上课没多久便遭遇学生"踢台"。

　　当时我上课班级的学生大多比较调皮，学会了"欺软怕硬"。他们很会察言观色，会根据每个老师不同的习性做出不同反映，如果这位老师严厉，他们就会乖乖听话，如果老师温和，他们便会"娱乐"课堂，比如讲话、扔纸团、玩手机……我属于性格比较开朗，喜欢跟学生愉快相处，只要学生认真听课，不违反课堂纪律，我并不会锱铢必较，相反偶尔讲讲话、顶顶嘴，我反倒认为活跃了课堂气氛，劳逸结合，他们也都很喜欢这位性格活泼的年轻教师。但事实是没过多久，我便发现，班上学生集体"失踪"。他们总是成双成对地请假要去洗手间，人有三急，作为老师虽是无奈，但又不能不批准，当时学校教学楼距离洗手间有一定的距离，他们一个来回就要用去十多分钟，所以等他们方便完回教室，整堂课已经接近尾声，最重要的是，那些中途开溜的同学惹得下面坐着的老实人也蠢蠢欲动，争相效仿，教学效果自然大打折扣，可是当时学校条件有限，自己也想不出什么好的法子来制止，更担心错怪老实人，于是整个人陷入困惑和不解中。

后来，经过一位老教师指点，我调整自己的教学风格，努力把自己变成"严师"，不管是去洗手间还是迟到，都跟学生明确约法三章，并且严格执行。本来一切挺顺利的，直到有一天发生一件怪事儿，从此改变了我的教育观，那就是课前学生起立敬礼完毕，我一定要给学生鞠躬，以示尊重，这个习惯一直持续到现在。

上课铃声敲响，我如往常一样，夹着课本走进教室给学生上课。

"上课。"

"老师好。"

"同学们好，请坐。"

这原本再正常不过的上课礼仪，不知怎地，那天行完上课礼时，全班同学都已经坐下，当时的班长鸿宇却站着，他个子很高站在班上显得很突兀，全班同学都注视着这位特别的同学，他脸色不是很好，似乎有话要说。

"班长，请问有什么事情要说吗？"

"老师，我觉得你应该尊重我们。"

"哦，怎么了，你说说看。"我和全班同学都表示很惊讶。

"老师，上课前怎么只是我们全班同学起立喊老师好，跟老师敬礼？我觉得老师也应该还学生一个礼。"

他说话带着明显的情绪，应该是憋了很久。还未上课，整个课堂就已经弥漫着紧张气氛，这时候全班同学都把目光转移到讲台上来，都注视着我，看老师怎么样回应他们。

"老师站着，请问你觉得该怎么样回礼？是不是我也得弄一条凳子坐下重新来过？"

下面有同学尴尬地笑了，其实对于这个问题，我从来没有想过，而他突兀的课堂表现，让我这个新教师有些措手不及。思考片刻，紧接着我又说道：

"同学们，你们觉得老师站着给你们讲完一堂课算不算最好的回敬，难不成也要全班同学站着听完一节课呀。"

我先请这位同学坐下，然后就这个问题与班上同学交谈了自己看法。

"我不管你有没有跟其他老师提过这个要求，但是我思考了一下，觉得这位同学说的也不无道理，也许我得改改这几百年来留下来的规矩，老师现在就给大家做个承诺，从下一节课起，你们起立叫一声老师好，老师还你们一个礼，那就是给你们鞠一个躬，这叫互相尊重。"

于是整个课堂气氛才变得轻松起来，有同学以为我只是随便说说。

也就是从那天起，几乎每给一个班上一堂课，学生起立完毕，我都会鞠躬示意，以表对学生的尊重。我想当学生集体起立跟老师敬礼，作为老师鞠躬回礼，应该不为过吧！

几年下来，我早已经养成课前给学生鞠躬的习惯，但凡上过我课的学生都知道，他们早已经习以为常，带了好几届学生，每当毕业的时候，我都会问我的学生，老师最让你难忘的是什么？台下便会有学生回答，"老师，你每节课都鞠躬"。一个简单的举动，老师尊重学生，也赢得学生尊重。

一次去某中学参观，看着他们校园墙壁上挂着一排标语：

"用尊重的眼光看老师，用欣赏的眼光带学生。"现在我们都提倡赏识教育，而欣赏的前提是尊重，就像很多学校都张贴着《孟子·离娄下》里的名言："爱人者，人恒爱之；敬人者，人恒敬之。"互相尊重往往是一个简单的举动，而贵在一个"恒"字。

三种教师

北大知名老教授钱理群曾经指出，当下的大学，包括北大在内，正在培养一批"精致的利己主义者"，他们高智商、世俗、老到、善于表演、懂得配合，更善于利用体制达到自己的目的。老教授的提醒振聋发聩，引起世人的深思。这些精致的利己主义者往往是我们这个社会的精英，被人们追捧的人生赢家。而那些未入列者，正前仆后继在路上向这群"精英"靠拢。试想，一个国家如果这样的"精英"太多，那才是对这个民族最大的危害，正如钱老所指的，这类精英一旦掌握权力，比一般的贪官污吏危害更大，他们是有毒的罂粟花。

当今时代泥沙俱下、万马奔腾，我们很多的社会"精英"正是被世人称赞的园丁修剪出来的。一个学校通常有三种教师，第一种是心中只有自我，这类教师只关心评职称，自己的工资，福利保障，他们极善于研究当下教育考评制度，并利用其达成自己；第二种教师是心目中只有领导，他们做事就是为了给领导看，然后会千方百计谋一个行政职务；第三种教师是心中装有学校，装有学生，具有社会责任感，这类人群往往怀揣教育理想，期望桃李满天下，属于在平凡岗位上默默奉献的人群。

然而遗憾的是当今社会，第一种类型的教师越来越多，他们往往头顶各种光环，拿下很多大奖，通常是某个行业的骨干教师，某个领域的教学名师。他们总是能够对当下制度的微妙变化迅速做出反应，也就成了钱老所指的精致的利己主义者，而我们的学生选专业，报课程往往也过分讲究投资与回报，这一类老师的学生自然就会门庭若市，这样就保障了"精英"的遗传。

不想当将军的士兵不是好士兵，但是没有当好士兵一心谋划当将军的士兵一定不是好士兵。第二种教师是一个少有的群体，却在学校中普遍存在。他们圆滑、世故、懂得表演，配合，对领导百依百顺，甚至投其所好，目的只有一个，谋求晋升。而这类教师对社会危害才是最大，因为他们一旦变成领导，掌握权力，影响的不再是一两个班，而是一群人，一所学校。将来甚至成为主管一方教育的领导，其结果可想而知，只会离实际越来越远。

而第三种教师往往得不到时代的恩宠，在公开、公平、公正教育考评制度下，绩效与评优常常名落孙山，默默地被淘汰出局，而他们往往把毕生心血都倾注在学术和科研上，对现实的"量化"表现得总是很迟钝。所以在教育界经常会出现"劣币驱除良币"的怪象，应该引起世人警惕和反思。

教育的目的是为社会培养人才，提高国民素质。我无意于抨击教育体制，因为从古至今就没有哪一种教育体制是完美的，自古以来教育就是广受诟病，只有慢慢完善。但是"学高为师、身正为范"的浅显道理却是为师者最应该铭记的教条，我更关注的是老师内心的变化。当今社会有一个奇怪的现象，很多娱乐节目，把娱乐明星都互相尊称"老师"，而在某些大中小学，有的老师们不再互相尊称老师，而是冠名什么"总"，张总、王总比比皆是，乍一听还以为是公司领导、总经理，殊不知他们是张老师、王老师，老师们变得不再纯洁了。

有人说教育就是从一个遗憾走向另一个遗憾，在我看来这个遗憾不仅仅是对于学生也是对于教师自己，我们有些教师只是在教书而不是在育人，各位切勿以为我是在危言耸听，举个例子，我就经常见到某些学生在进学校的时候对老师十分尊敬，在学成离校的时候却不知感恩，跟老师见面形同路人，有的甚至视如仇人，这其中自然有很多因素，但有一点是可以明确的，那就是德育工作的缺失。我们某些老师把中小学生当作考试机器，不断为其加油，目的只是提分；职校教师把学生当作工人，目的只是教其技术；大学老师把学生当作产品，目的是尽快包装上市。而忽略了最基本的职业素养，人格的教育。所以在我看来没有培养出孩子一颗感恩的心，才是教育者最大的遗憾。

言传身教，学生对教师的言行往往是耳濡目染，时间久了自然就慢慢被同化，这种同化往往是深入骨髓，如影随形，对学生影响极大，这才是教育的力量。

作为教师，一生都在追求教育的艺术，为社会培育英才，自然人人都渴望桃李满天下。投桃报李，每一位教师自然都希望学生懂得感恩，懂得回报，但倘若教师自己变得过分功利，栽培的桃李自然免不了有瑕疵，有的甚至含有毒素，而我们人类也会因此"自食其果"。

我给出租司机上的文化课

生活不止眼前的苟且，还有诗和远方的田野。让文化成为一种素养，不一定是一种职业，有文化或许不一定让人成功，却一定会让你活得更有味道。文化不等于素质，她是一种精神价值，不敢自称有文化，却要努力做个文化人……

"去哪儿？"

的士师傅的语气有些强硬。

"第五中学。"

过完春节从老家回来，刚一下飞机便拦了辆的士车，行李箱往后备箱一扔，叹了一口气，终于要到了！

"先生做什么工作的？"

的士师傅很健谈，看起来约莫四五十岁，古铜色的脸庞长满了沟壑，略微秃顶，鬓角微长，粗大的手指在烟雾缭绕之中随着方向盘左右移动，一看便是跑了很多年的老师傅。

"我……额，教书的。"我勉强回答了下。

"嗨，我看你年纪也不大吧？教书好啊，工资不错还有寒暑假。"

"呵呵……是啊！"

"我女儿今年福建师范大学研究生毕业，到现在工作还没有着落，你说读那么多书有什么用吗？"

教育理想

"当然有用啊，可以多学点文化知识。"

"文化……文化有个屁用？我这个没文化的不照样挣钱？看看现在的大学生，研究生，读了那么多年的书，花了多少钱？到头来呢，不但找不到工作，就算找到工作，工资非常低不说还跟所学的专业半点关系没有，浪费的不仅仅是金钱，是青春啊！"

"师傅现在很挣钱吧？"我随口问了一下。

"嗨，每个月轻轻松松一万左右吧。"他得意地踩了一下油门。

师傅看起来是一个蛮爱干净的人，车里拾掇得也很整洁，穿着也很得体。

"师傅外套不错哦。"我用余光看了他一眼。

"哦，谢谢，我女儿买的，特喜欢这件儿。"

"师傅穿的衣服显得很有文化哦！"

"哦，是吗？"

"文化就是我们的衣服，比方说，你和你朋友都买了一件非常得体的外套，穿上去大家都觉得很气派，可是你朋友却另外再买了一件非常合身的贴身内衣，配上外套，不穿内衣再得体漂亮的外套也会让人不舒服，而穿了内衣却会让人更加舒适、自在，也更有自信。时间久了，不穿内衣也会慢慢地适应，甚至会嘲笑别人穿内衣是多余的。但他的皮肤会越来越粗糙，没有弹性光泽，只有穿了内衣的人才会感受到它的舒适温暖。

文化这东西就是我们的内衣！"

"哈哈，你真会说。"他笑了。

十五分钟的车程很快就到。

"到了，您慢走。"他很客气地说。

铁肩担道义、妙手著文章

近几年来，时不时有崔永元、郎永淳、张泉灵等这样的名人从央视离职引发社会轩然大波，很多人担忧这是体制的失败，从他们的言辞中似乎也能够听出更多言外之意。央视况且这样，地方传媒就更不用说了。而我觉得这是社会进步的表现，因为人们的选择空间更大了，我们仍有千千万万的优秀媒体从业者在岗位上为社会服务，但我关注的不是离职与否的问题，而是对媒体从业现状的一些思考，或者说是对媒体人的一点期许吧！

从很久以前的普立兹新闻奖获得者凯文·卡特因为拍摄 The Starving Sudan（《饥饿的苏丹》）饱受争议，到某著名晚报记者到太平间偷拍歌手姚贝娜遗体，再到最近引发世界关注的"叙利亚偷渡溺亡小男孩"事件等等，引发的不仅仅是人们对事件本身的关注，更多的是人们对媒体人员从业道德的非议，这就不得不说说媒体的发展历程和现状。

在 1983 年前后，计划经济盛行，那时候是党媒一统天下，但基本上是官办官看，记者往往是被人们奉为"座上宾"，作为记者压力不是很大。再到后来，1992 年左右，晚报悄然起兴，那时候正是改革开放的高潮，涌现了很多像《羊城晚报》《新民晚报》优秀的晚报，深受人们喜爱。最后是以《南方都市报》

教育理想

为首的都市报唱主角，党媒是官方唱主角，晚报是靠市民，都市报就是整个市场唱主导。而现在由于网络媒体的大势所趋，媒体从传统平台为王，到渠道为王，再到内容为王，传统媒体正在被侵蚀，从以前长篇大论的几个版面，减小到一篇公众微信号的文章，甚至是只有140字的微博，其存在的价值正在遭受前所未有的挑战。而记者的地位也随之发生转变。从传统的"座上宾"转变为"平常客"，有的甚至成为"狗仔"。记者在西方被称为"无冕之王"，他们可以深入非常之地，采访非常之事，非常之人。而在中国传统更是有"见官大一级"的奇怪现象。前不久一位记者朋友（某著名媒体时政记者）跟我吐槽，他随领导外出采访，对方不再像以前那样毕恭毕敬，礼遇有嘉，而是把他当成一个普通来客，我说这就对了，这才是回归正常。

一直很好奇为什么国内有些媒体只是昙花一现，能够勉强坚持到现在的大多奄奄一息，坐以待毙。而国外很多媒体诸如美国的《纽约时报》《华尔街日报》，英国的BBC、《泰晤士报》，德国的《明镜周刊》，为什么一办就是几十年上百年？我想主要原因离不开媒体本身的公信力吧，其次便是内容为王。网络时代人人都是记者，人人面前都有麦克风。凤凰卫视董事局主席刘长乐也认为这是一个全媒体时代。正因为这样，媒体转型升级才有了新的发展台阶，所以我觉得打好公信力和内容为王这两张牌就显得尤为重要。现在的网络自制对传统媒体的挑战正好说明了这一点。

我想不管是办报纸还是杂志、电视广播，假如今天的媒体人还认为媒体与写作无关，或者说不足够重视，那我才认为媒体才真的没有希望了，偶尔在报纸杂志网络上看到某些媒体个别错别字还情有可原，但是语句不通、逻辑混乱、扭曲事实就难以理解了，我们很多记者正在成为"标题党、段子手"，这其实是不利社会发展的。越来越难以读到有价值的深度报道，有价值的新闻参稿，社会整体浮躁了。

我始终坚信，有公信力有影响力的媒体需要好记者，需要名记者才能够支撑，名记者何来？我觉得产生名记者的最有效的途径就是"深度调查，深度报道"，而不是做些"边角余料"。就像著名新闻人邹韬奋所说"问题要从群众中来到群众中去"，正因为这样才有范长江的《塞上行》《中国西北角》，邓拓的《燕山夜话》《三家村札记》这样振聋发聩的新闻名篇，影响深远。要写出这样的名篇就需要好的职业素养和气节，在中国记者被称为党和人民的喉舌，需要为公立言、诉民心声。万里江山如画，千秋笔墨惊天。总之一句话，我觉得好的媒体人应当是"铁肩担道义、妙手著文章"吧！

伴子，请勿随便说不过如此

一个女大学生，她很崇拜她的一个学长，几乎就把对方视为自己的"男神"，他们之间是粉丝与偶像的关系。这个学长在他们大学小有名气，堪称职场上的"黑马"，多次获得公司优秀员工表彰，毕业三年做到公司艺术副总监，靠自己打拼给自己买了车，还自己攒够了购房首付，在公司附近买了一套百多平方米的房，没向家里要一分钱。他多次以优秀毕业生的身份被邀请回母校跟学弟学妹们交流分享职场心得，深受学弟学妹崇拜。

这个女生是学艺术设计的，她经常关注这位学长的微博，一次交流会结束之后，她主动去找学长加了微信，表达了对学长的崇敬之意，这位学长也是学艺术设计的，见是一位直系学妹，也就很客气。慢慢地，他们变得熟悉起来，她偶尔会跟学长聊上几句，还会把自己作品发给学长看看，每当这时学长也会在微信里给她回复几个"赞、嗯、不错，加油"之类的简单话语。但不会深入交流，因为这位学长很忙，这位学妹每次跟学长聊天都会盯着手机屏幕看了又看才发送，有时候还会撤回消息，重发，而学长一个简单的回复都会让她欢欣鼓舞。

大学毕业了，这位学妹表示希望去学长所在的公司上班，这个学长也觉得这个学妹挺上进，于是经过学长的介绍，顺利进了这家公司。她被安排在学长同一个部门，不过是给学长一个下属当助手，也就是说他们之间隔了一个等级。她决定要做到学长那样的位置，于是工作异常地拼。工作一年了，一个机缘巧合，学长身边一个下属请了产假，于是学长力排众议，把这位学妹替补上去，是想给她一个锻炼的机会。

虽然是临时替补，不过终于快要到学长的位置，她产生一种成功的幻觉，在新的岗位上她越发努力，经常会跟学长讨论作品，策划方案。渐渐地，她发现，学长并不负责具体的设计，而是在她们的作品、方案上"指指点点"提出些整改意见，并且最后交由总监拍板，很多时候她的方案还会被学长毙掉，根本没有机会给总监看。她开始怀疑，学长是不是不懂设计？她去公司展览室观看学长曾经获奖的作品，一开始挺敬佩，慢慢地觉得也就那么回事儿，后来自己偶尔也会拿个小小的奖，也就更加瞧不上这位自己曾经崇拜的学长。接触久了，越发认为对方不过如此，她想，自己只是不在他那个位置，不然会比他做得更好。跟学长探讨问题时不再是以前崇拜的目光，而是摆出平等的架势。

后来这位学长在公司负责的事务越来越多，她当面跟学长汇报的机会越来越少了，一开始抱怨，后来在心里简直有些藐视这位学长，认为对方虚有其名，不过如此。好几次都是未经过学长，直接把作品和方案投递到总监邮箱。

讲到这里，你也许猜不到这位女学妹的结局，替补时间到了，她原以为凭借出色表现，她已经站稳脚跟，公司会为另一位同事安排岗位，可总监告诉她，她的作品根本没法看，她设计的东西，纯粹是自我陶醉，根本不能投入市场，她这才明白，以前学长给她的赞誉是鼓励，让她到这个岗位也是想让她多历练历练。一个月后，他的学长又升了职，而她被打回原位，之

教育理想

前的上司，学长的下属对她的工作很不满意，她觉得特憋屈，几天后无奈辞职。

突然想起易中天教授和央视名嘴崔永元的一则趣事，一次易中天教授做客央视《小崔说事》栏目，在节目开始现场，易中天教授突然掏出一本书当场请主持人崔永元签名，并且强调，自己要当一回粉丝，崔永元接过书一看，书名《不过如此》是自己的书，并以书是盗版为由，幽默拒绝了签字，讲了一番有意思的话："我觉得我们俩的共同点首先都是男人，你不要看很多人是男的，但他不一定是男人，我没好意思说咱俩都是汉子，我们都是男人，都很有名，都是靠中央台出的名，而不是自己的本事。"崔永元把自己的书命名为《不过如此》，我想里面除了对自己所得成就一种自嘲，还有对培养自己平台的感恩之意，这是一种谦虚的美德。

在我们中国的人情社会里，同事、同学、朋友之间经常会存在毫无理由的轻视，一种凭空而来的自我优越感。有的虽是表面谦美，实则暗暗地居高临下，内心藐视一切。有这种心理，不是自卑就是自负，但更多的是自不量力。

仆人眼里无伟人，这是拿破仑的仆人说的。因为他与伟人离得如此的近，拿破仑所有的生活细节、毛病都逃不过他的眼睛，即便拿破仑的丰功伟绩也掩盖不了这些瑕疵。而事实却是仆人永远是仆人，永远不会成为伟人。

网络社会加强了人与人之间的"黏度"，你与你偶像或者榜样之间距离，也许就是一条微博，一次微信聊天，或者一次网络直播。这种距离就像仆人和伟人之间的距离，它是那么的近，因此他们的成就、平凡和琐碎也会暴露在你眼前，但这并不影响他们的伟大。

现实的人，往往具有"仆人思维"。我们大多数人都有自己的榜样，或者偶像，但当他一旦有幸接触，走近自己曾经的偶像或者取得一点成就时，就会反过来轻视自己曾经所崇拜的东西。这不是你真的进步了，而是你的胸怀和格局变小了，你那点进步和成就依然"不过如此"。

大学生的选择

著名画家陈丹青说"学历是平庸的保证，文凭只是混口饭吃"。虽说有些武断，但也不乏道理，而现实的发展似乎也在不断地证明该论断的正确性，这才令人担忧。我们的社会正在培养大批高学历的"庸才"，教学质量的严重下滑令人触目惊心。而著名的"钱学森之问"已经过去十多年，仍然没有得到解决，至今仍然冒不出拔尖的人才。倒是培育出大批迷茫、焦虑的大学生，他们无奈地走向社会，无奈地选择考研，或者创业。一方面是高投入，一方面是低质量的产出，教育问题似乎是另一种"李约瑟难题"。

"迷茫、焦虑、困惑"似乎是对当下大学生最真实的写照。一个人的迷茫，可能会带来一个家庭的困惑；一代人的迷茫，则是一个国家的灾难。曾经去某几所著名高校演讲，完了大学生提问关于就业和生涯规划的问题，结果令我大吃一惊，他们身在信息爆炸时代，却连一些就业常识都不知道，也大多不知道自己将来想要做什么，提问最多的是关于"就业、考研、创业、出国"选择的问题，我试图作答，却难掩内心深处的忧伤，因为从他们的发问，我读到更多的是他们的不自信和焦虑。

世间从来就没有放诸四海而皆准的生涯规划理论，因为每个人的境遇不一样。乔布斯有句名言"追随你的心"，曾经我也很信奉这句话，时间久了，我发现"内心"这东西其实不是很靠谱，因为人的内心世界本就是复杂的，但是那些被前人证实的经验，智慧确实是有规律可循，值得借鉴和学习的。

当今社会学历泛滥，文凭乏质。在我看来，盲目考研才是大学生最不明智、最不经济的抉择，选择考研其实是第二次高考，你赔的不是经济，而是青春！学历虽然是敲门砖，但却不是万能钥匙。单从就业层面上讲，选择考研，将来的就业选择面反而会越来越窄，越来越困惑，念到博士那是最糟糕的。想想看，一个大学生好不容易考一个法学硕士，毕业却发现与法学相关的工作太难找，而其他非本专业的岗位却更容易，一心想从事本专业，却少有这样的机会，非专业的吧又觉得愧对自己辛辛苦苦备战考研的付出。待其毕业，发现其竞争力大不如刚毕业两年的本科生、专科生，为何？因为人家毕业这两年的社会经验太宝贵了，不一定成功，但却事试了自己喜欢的工作。当然我并不是一味反对考研，如果有学术理想、职业生涯规划、政治诉求理应选择考研，这种人往往是凤毛麟角。遗憾的是很多大学生选择考研是因为就业难，逃避现实，这样结果无疑只会更糟糕。

相对考研，就业才是大多数大学生的选择，就业虽然困难，但是对于年轻的大学生来说就业即便再困难，却多了几次事试的机会，你很难说毕业了会不会遇到一个适合你的岗位，赏识你的上司。最重要的是，刚毕业的大学生拥有的是不用兑现的选择权，失败了可以再来，而那些身居要职的社会职场人士，多少是有既得利益的，那些高风险、前景好的行业就为初入职场的年轻人敞开了大门。

有人嘲笑，中国人没有宗教信仰。钱穆先生说"中国读书人无不乐意做官的，做官就是他们的宗教"。我最担心的是一些大学生还未毕业，便开始攻克《公共基础知识》《行政职业能力测验》，一门心思考事业单位，考公务员，进国企。这就是应试教育带给我们的后遗症，用分数解决一切问题。求稳的心理会让你丧失很多挑战，提升自我的机会，你会发现，等到你终于把"铁饭碗"端在手中的时候，里面装的是"鸡肋"，食之无味，弃之可惜。因此很多年轻人也只好被迫无奈地"养老"。

在我看来，中国人的宗教信仰就是"临时抱佛脚"，想找个对象，去烧香拜佛；想升官发财，去烧香拜佛；想进一家好的单位，去烧香拜佛。很多大学生都是临近毕业，想要找份好工作，才去仓促"拜佛"，我们经常会见到很多大学生临近考试突击考研，也有很多人在快要考研前夕放弃考试。许知远在《那些忧伤的年轻人》里讲，我们总是对短期的目标期待过高，而对长期的目标期待过低，就是这个道理。

不去就业，不去考研，在大众创业、万众创新的浪潮下，创业成了少数大学生的选择，比尔盖茨、扎克伯格都是大学辍学创业成功的典范，如果你有好的项目，或者高科技技术，倒不妨一试，但最好不要辍学创业，因为我们这个社会缺乏对失败者的宽容，很可能会让你"一蹶不振"。

创业其实是对自己生命的朝圣，朝圣是个宗教词，只是这里的朝圣不是对外界功名的膜拜，而是对自己内心的触摸，创业只是一种生活方式，历经万般艰难，仍然坚持自己。而那些不甘平庸，因为找工作受挫的人选择创业也大多不如愿，出发之前不妨问问自己为什么创业。创业，你真的准备好了吗？

刘同说谁的青春不迷茫。的确如果你正迷茫，说明你正青春，但是迷茫不等于焦虑，更不等于恐惧，而是对未来的憧憬和向往。我有一个认知—见识比知识更重要，不过你可不要以为知识就不重要，恰恰相反，见识是建立在知识基础之上的，一个有见识的人，往往能够立足当下，放眼未来，做出一个明智的抉择。

从《三傻大闹宝莱坞》看大学生求职

一出生就有人告诉我们，生活是场赛跑，不跑快点就会交遭蹂躏，哪怕是出生，我们都得和 3 亿个精子赛跑。

Was born, and they told us that life is a race field, do not run faster will be ravaged, even if it is born, we had to, and 300 million sperm race.

"杜鹃从来不自己筑巢，它在别人的巢里下蛋，要孵蛋的时候它会怎样？它会把其他的蛋从巢里挤出去，竞争结束了，它的生命从谋杀开始，这就是大自然—要么竞争，要么死……"

这是印度经典电影《三傻大闹宝莱坞》里的经典台词，相信大家都看过这部电影，一个很通俗的名字，却创造了票房奇迹和获奖无数的记录，一部让你笑得前仰后翻的喜剧，结局却让人哭得稀里哗啦。这是部喜剧电影，讲的却是一个沉重的话题：教育体制，大学生就业。的确就像电影里所说，我们的生活就是赛跑，一出生就面临竞争，要么是胜利的普普者，要么是被杜鹃挤走的"鸟"。大学生就业问题不仅仅在中国严峻，在印度同样不容乐观。竞争虽然无法避免，但生命终究是和自己的竞争。只有战胜自己的人才是真正的胜利者，想要战胜自己首先得学会接受自己，才有可能被他人接受。

"三傻"形象被展现得淋漓尽致，相信大家都记得 Raju，一个家庭极其贫困的大学生，整日被残酷激烈的竞争笼罩，心中充满恐惧，手上戴满了圣戒，学习一塌糊涂，最后却打动面试官被破格录取，他的求职成功值得让人深思：没有所谓的面试技巧，没有所谓的荣誉证书和奖学金，有的是学习一塌糊涂的成绩和曾经自杀的经历，且看他如何与面试官对话吧：

面试官：你的成绩一直很糟糕，理由？
Raju：恐惧！
我从小就是好学生，父母希望我结束他们的贫困，这让我害怕，这里让我看到了疯狂的竞争，不是第一就一文不值，我的恐惧剧增，恐惧影响成绩，我戴了很多圣戒，祈求上帝的恩惠，不，是祈求恩惠，16根断骨给了我2个月的时间思考和反省，后来终于领悟，今天我没有向神祈求这份工作，仅仅为这生命向他致谢，如果你们拒绝了我，我不后悔，我还是会做生命中有价值的事情。

面试官：如此直率的举动对我们公司不太好，
我们需要老练的人来对待客户，你太直率了！
但……倘若你能保证你将抑制这种态度，
我们也许会考虑你。

Raju：断了两条腿我才真正站了起来，
获得这样的生活态度不容易。
不能改变，先生。
你保留岗位，我保持态度。
对不起，无意冒犯，先生。

面试官：等等。

25 年来我面试了无数的候选者，

为了得到工作每个人都变成了好好先生，

你那里的孩子，我们能讨论下工资吗？

Raju：谢谢，先生！

当面试官告诉 Raju 他被录用的时候，他的泪水一下子夺眶而出，这是对面试官的致谢，更是对生命的致谢。为了找份工作，很多大学生都努力变成"好好先生"疯狂考证，甚至简历注水，包装自己。在中国当下严峻的就业形势下，不敢说 Raju 的方法是最佳求职方式，但却值得广大学生思考和反思，Raju 的面试经历带给我三点启发，同时也希望正在求职的你能够领悟。

接纳不完美的自己

这点恐怕太重要了，无论是生活还是就业，一个人只有接纳不完美的自己，才能够活得真实自在。

乐观的生活态度

虽然 Raju 学习成绩一塌糊涂，但是却找到自己生命的价值，即使未被录用，依然保持信念：做生命中有用、有价值的事情。讲得心平气和，其实是对生命崇高的敬意。

坚定自己的原则

你保留岗位，我保留态度！面试官面前讲这样的话需要底气。我们很多求职者，只要能够找到工作，会轻易改变自己的原则，这样往往得不偿失。坚定自己原则，需要勇气，更需要毅力。

正所谓，不忘初心，方得始终，求职只有"春华"才能够"秋实"。用电影里 Rancho 常说的一句话来结尾——Alliswell。

从电影《当幸福来敲门》看大学生实习

又到一年就业季，据应届生求职网消息 2016 年全国高校毕业生在 770 万以上，再加上出国留学回来的约 30 万以及没有找到工作的往届毕业生，预计将有 1000 万大学生同时竞争，就业形势一如既往地严峻，最难的不是找工作，而是你是否能够静下心来，把一份不起眼的工作踏实做好，刚进入职场的大学生往往频繁跳槽，结果越跳越不如意。日剧里有个词语"违和感"日语译着"いわかん"，说的是年轻人刚到一个新的工作环境不适应而产生的一系列症状，也叫"就业综合征"。

常跟朋友开玩笑当幸福来敲门时，我也许不在家。就业形势如此严峻的形势下，很多大学生在实习试用的时候就被淘属出局，因此实习对刚入职场的青年大学生尤为重要，是职业生涯的开端。一份工作关系着一个人的幸福指数。那么问题来了，当幸福来敲门，你准备好了吗？

想起大学英语课，老师用电影《当幸福来敲门》片段来做听力素材，出于好奇，回去把电影找来一看，心灵为之触动，电影用喜剧的方式来反映生活的悲剧，电影中主人翁 Chris 在生活极其打迫的情况下仍然保持乐观积极的生活态度，实属不易。

影片讲述的是濒临破产，老婆离家的落魄推销员 Chris，独立抚养儿子，历经生活种种心酸和考验：失业了，交不起房租被房东催赶只得流落街头，万般无奈之时只得选择去街头公共卫生间借宿。筋疲力尽的 Chris 刚好睡去，被反锁的门外，却有人在不停推门。一个落魄的父亲搂着自己的儿子，捂着他的耳朵，无声地流泪。这是复杂的眼泪，前途的不确定，生活的窘迫，无法给儿子以安全感……都说男儿有泪不轻弹，只因未到伤心处。

Don't ever let somebody tell you, you can't do something, not even me.

别让别人告诉你你成不了才，即使是我也不行。

You got a dream, you gotta protectit. People can't do something themselves, they wanna tell you, you can't do it.If you want some–thing, go get it. Period.

如果你有梦想的话，就要去捍卫它。那些一事无成的人想告诉你你也成不了大器。如果你有理想的话，就要去努力实现。就这样，你要尽全力保护你的梦想。那些嘲笑你梦想的人，因为他们必定会失败，他们想把你变成和他们一样的人。我坚信，只要我心中有梦想，我就会与众不同，你也是。

这是电影主人翁 Chris 对其儿子讲的话，却深深地烙在我心里。大学毕了业参加工作后体会尤为深刻，社会是残酷的，从来不会怜悯一个弱者，只会要你变得更强。每当快要坚持不下去的时候，就会打开这部电影看看，每次都能让人心灵平静下来，获得一丝安慰，一股力量。

据了解，这部影片源于真实素材美国黑人投资专家 ChrisGardner 的故事。娓娓道来有太多感人之处，也有太多的心酸，影片绝对不是告诉你生活本是一出悲剧，你随和生活才随和，你乐观地对待生活，生活才会对你展现出它美好的一面。生活不可能一帆风顺，总会遇到各种挫折。Chris 在生活极其困窘的情况下，好不容易才谋得一份实习生的工作，而他对待这份工作的态度才是很多刚进入职场的大学生需要学习的地方。

积极乐观的生活态度

如果说 Chris 最值得让大家学习的，我想首先便是 Chris 乐观的生活态度。一个落魄的单身父亲，带着自己的儿子，每天来回于喧闹的城市之间，父子俩仍然开心地活着，Chris 在工作繁忙之余仍不忘陪儿子嬉戏玩耍，鼓励儿子捍卫自己的梦想。

不断学习的拼搏精戒

即便生活如此的困难，只要有空 Chris 仍然不忘学习，在地铁上、公交车上 Chris 都抓紧时间学习，而不是抓紧时间玩手机。

永不抱怨的敬业精戒

你会看到 Chris 即便是如此落魄，但他总是西装革履，首先体现的是他的职业精神，是他对这份工作的敬重，我们很多刚进入职场的青年认为只有面试的时候才需要穿正装。平常上班随心所欲，有的甚至不修边幅，这其实是职场忌讳，因为你代表的是公司形象。实习工资低，工作没有保障，在单位地位低，于是很多刚进入职场的青年就开始懈怠工作。你敷衍工作，工作就会敷衍你，最终让你一事无成。而 Chris 凭借自己的专业和努力，最终在经历残酷的淘汰之后在公司留了下来。

实习结束时，Chris 最终凭借自己的努力，脱颖而出，获得了股票经纪人的工作，当听到证券公司的主管亲口问他：你愿不愿意来我们公司上班，因为明天将是你工作新的一天。他又一次流下了泪水，久违的心灵的释放。泪水是感动，泪水是喜悦，

教育理想

泪水是忧伤。正如电影结尾台词所说，人生的这一个小小的阶段，叫作"幸福"！也许我们每个人都需要经历这样的"幸福"，才会更加珍惜我们现在的生活。

青春之歌

幸福的三个秘诀

杜甫在《茅屋为秋风所破歌》有言："安得广厦千万间，大庇天下寒士俱欢颜"，大多数 80 后便是诗人笔下的"寒士"，居无定所，长年漂泊他乡。"房奴""车奴""卡奴""蚁族""宅男、宅女"都是 80 后的标签，有人说 80 后是新时代"新激进分子"，像美国垮掉一代的嬉皮。无论怎样描述，有一个不争的事实，那便是 80 后幸福指数普遍很低，压力爆棚。《广州日报》、新浪网、大洋网曾经联合推出"80 后生存状态大调查"，结论是 80 后压力明显大于 70 后、90 后。尤其是长年只身在北、上、广、深一线大城市打拼的"斗士"，有的早已经被生活折磨得面目全非，所以才以"屌丝"自嘲，用梦想安慰自己。同样作为典型的 80 后的自己，独在异乡为异客，也一直在追寻幸福的路上。

其实每一代人都有自己的幸福观，这种观念也大多建立在"得与失""成与败"之上。常人无法像圣人那般超脱，所以我所分享的也只是一些世俗的幸福观念。

一位西方优学家说，有了老婆和工作，自己就是世界上最幸福的人，为什么？因为白天有事可做，下班与爱人相拥。他说的这两件事儿其实就是人们常说的家庭与事业，也是人生的追求。

小时候幸福是一件很简单的事情，长大了人简单才会幸福。

小时候农村生活条件艰苦，偶尔父母赶集带回几个包子馒头，我就会感到幸福无比。在物质极度匮乏的年代，人们的幸福感多半建立在物质的获得之上。后来参加工作，生活水平有所提升，即便是天天有机会吃包子馒头我也不会觉得幸福，反而比以前更加痛苦。我开始思考生活的本来面目，幸福究竟是什么。

有人说幸福纯粹是个人精神层面的主观感受，我不完全认同。任何不以物质为基础的幸福都是昙花一现，如同沙滩上造的楼房，会很快崩塌。陶渊明淡然的"归园田居"；李白潇洒的"仰天大笑出门去，我辈岂是蓬蒿人"，不屑于摧眉折腰事权贵，那都是建立在衣食无忧的基础之上，否则就有可能是诗人杜甫所写的"艰难苦恨繁霜鬓，潦倒新停浊酒杯"。

在今天这样一个物欲横流的社会，人们物质生活水平大大提升，娱乐产业的空前发达折射的是人们日益贫乏的精神生活。现实不见得是富有的人就过得幸福，有人在简陋的寒舍里过着温暖的日子，有人在豪华别墅里痛不欲生。光有物质基础的生活并不能保障幸福，但没有物质基础的生活一定不幸福。

精神生活和物质条件如同天平两端的砝码和物体，只有二者对等人才会幸福，任何一方的超重都会导致不平衡，一旦不平衡就会产生不幸福感，甚至焦虑恐慌。但每个人幸福的砝码是不一样的，我们常常会臆想，要是自己有马云、王健林那么富有、成功，就一定会过得很幸福，其实不然，一个人拥有的成功和他承担的责任、压力、苦难，往往是成正比的。很多时候我们的痛苦来自攀比，还有无休止的欲望，生活的真相是柴米油盐酱醋茶，可是我们要美酒加咖啡一杯又一杯。人要善于平衡好自己的天平，物质条件提升的同时，精神生活也要跟上，最重要的是懂得知足，知足常乐乃幸福的第一个秘诀。

灵魂和身体总有一个要在路上，马斯洛需求层次理论强调人要有情感和归属的需要。人是群居高级动物，所以情感依靠也是决定幸福的关键因素。有了情感依靠人才不会孤独绝望，这个情感寄托可以是亲人、恋人或者朋友，甚至一个组织。

我是在大学的时候参加了一些公益活动，下乡支农支教，敬老助残，第一次感受到原来自己其实还可以帮助那么多人，这种力量一直支撑着我走完那段自卑的岁月。以前不懂得老人口中的助人为乐真正的含义，自己亲身实践了才懂得，助人为乐有时是一句简单的谢谢，有时是一个感谢的眼神，有时是一个灿烂的笑容。助人为乐从来不是一种道德优越感，而是一种被需要感，也常常带给人幸福感。助人为乐实为幸福的第二个秘诀。

杨绛说："人生最曼妙的风景，竟是内心的淡定与从容。我们曾如此期盼外界的认可，到最后才知道，世界是自己的，与他人毫无关系。"有人说素与简是人生的最高境界，我说素与简才是幸福的真谛，但这种素与简不是真的一无所有，也不是佛经所云四大皆空，而是历经世事沧桑后的淡定与从容，它需要人的不断修行和顿悟，达到这种境界的人往往也都能够自得其乐，此乃幸福的第三个秘诀。

有了一定的物质基础，人便要懂得知足常乐；有了情感寄托和依靠，要懂得乐善好施，助人为乐；有了精神支柱，更要懂得自我修行和顿悟，自得其乐。在我看来，知足常乐、助人为乐、自得其乐实乃人生幸福三诀，有此"三乐"相伴，我想人也就能够体会到"极乐"，真正地幸福快乐起来。如若不能定是修行不够，也包括我这个世俗的人。

青春之歌

远　方

儿时的我，
好奇、好动、好想。
胸前的红领巾，胳膊上的三道杠，
最爱去的地方是家后的山岗上。
当我眺望着远方……
蒙山、沂水、垂柳、白杨，
可我不知道远方是什么样，
只是觉得对我很遥远、很迷茫。
不是对故土的背叛，
只想探讨远方的路到底有多长。
那一年的春天有一个美丽的故事，
一帮"92派"开始了心中蕴藏已久的向往，
扔掉铁饭碗，我义无反顾，
踏上新旅途，去扬帆远航。

　　这是汇源集团董事长朱新礼在优酷《老友记》节目里朗诵的诗词《远方》。一位朴实的山东沂源大汉，不惑之年才下海创业，商海沉浮二十载终成商界扛鼎大佬，如今已经年逾花甲的他仍然不忘初心，他的文字和他的人一样朴实，朴实的背后散发的是企业家那种气魄和决心，"扔掉铁饭碗，我义无反顾，去探寻心目中蕴藏已久的远方"。在节目现场，一个特别的听众，一个"92 派"新东方集体创始人俞敏洪，听得最为真切、动容。好重的表情下，蕴藏的是对自己过往无限的追忆和现实的审思。

其实每一个人心目中都有属于自己的远方，可远方究竟是什么样子？似乎没有人能够说得清楚。

宫崎骏在《幽灵公主》写道"到不了的地方都叫做远方，回不去的世界都叫做家乡"。我这个从西南偏僻小镇走出来的黔东浪子，漂泊到了距家千里之外的闽南小城——晋江。我在这里生活、工作，我在这里仰望蓝天和大海。我曾经在地图上量过，我生活的这个地方距家足足有一千四百多公里，每年只能回一两次家乡。倘有乡人问起我来，亲人便回答说，他，在远方工作。其实他们并不知道，我所在的远方是什么样子，也从未来看我，因为远方太远。

小时候，我经常站在家后山岗上眺望，想要知道山的那边是什么。于是上大学时，我瞒着家人，报了一所北方的大学，后来又到闽南工作，算是在地图上画了一个大三角。来到新的地方，人们也会好奇，我这个从远方赶来的人，为了什么。时间久了，他们会奇怪地问我，你这么年轻，干嘛不出去闯闯，不去远方漂泊？我不禁惊讶，我这不是已经到了远方了吗？

"既然选择了远方，便只顾风雨兼程"是很多好友的个性签名，出自诗人汪国真的诗《热爱生命》，我曾经问一个好友，他写给自己这句签名的含义，他说这是就心底的一个盼头，一句简单鼓励自己的话语。他给自己的鼓励和盼头其实就是"远方"。现在交通便利，人的活动半径增大，但人心田的半径却越来越小，为了生活，人们不得不朝九晚五地忙碌，我猜想，世人之所以向往远方，大多是因为现实的苟且和残酷。

远方，对于世俗的人来说，是目标，是距离；

远方，对于有梦的人来说，是勇气，是决心；

远方，对于文艺的人来说，是诗酒，是田园。

而远方对于我来说，是漂泊，是流浪，是无奈。

就像海子的诗写的那样，"远方除了遥远一无所有。更远的地方，更加孤独；远方的幸福，是多少痛苦"。也最能够表达我的心声。

不过，你可不要觉得漂泊是一件很残酷的事情，漂泊有时候也可以很美好，因为只有置身陌生的环境，我们才离自己最近。我这个浪迹天涯的游子还常常惹得些许好友的羡慕。有时我羡慕他们的安稳，他们羡慕我的自由，生活就是这样，我们彼此羡慕，然后又在深夜各自安慰。

哲人说灵魂和身体总有一个在路上，我说读万卷书，行万里路才能够回到内心深处，而这个内心深处，便是远方！

远方不是距离，也不是旅行，而是内心的耕耘。

我在湘西凤凰小城的奇遇

朋友还记得邓丽君那首歌吗？

小城故事多，充满喜和乐，若是你到小城来，收获特别多。看似一幅画，听像一首歌，人生境界真善美，这里已包括。谈的谈说的说，小城故事真不错，请你的朋友一起来，小城来做客……

这首原本歌颂台湾鹿港小镇的歌曲，经邓丽君空前一嗓的绝唱，成了众多游客行走江南水乡的背景音乐。相信很多朋友和我一样，都是因为读了沈从文名著《边城》，而对美丽凤凰小城心驰神往，我读《边城》最初是因为被中学课本里节选翠翠姑娘凄美的爱情故事，和淳朴的湘西民风民俗所打动，后来索性找来原著细细品味，心想有机会一定要去那个地方走走，去感悟边城茶峒、小溪、白塔的美。

后来大学毕业工作了，春节回家过节探亲，访完亲友，搭上开往凤凰小城的车，听着音乐心情无比放松和此畅，去往这个自己心仪已久的小城—凤凰。

来到凤凰小城，天刚下完雨，空中云雾还未散去，一下车就被扑鼻而来的清新空气陶醉。我旅行有个习惯，一般不会提

青春之歌

前预订住宿，通常是走到哪里累了就在哪里留宿。

在沱江边上，遇到一个重庆女孩，皮肤白皙，是个独生女，独自一人坐了7个小时的火车来凤凰学城旅行。在内心颇为赞赏她独自远行的勇气，人看起来也很独立开朗，不那么娇气，也很爽快。于是决定一起游凤凰。

看完白塔，游完沱江，沿着岸边的台阶拾级而上，进入学城小院巷，来到了沈从文的故居，我非常淡定地逃票进去，而且还把她也带了进去，她对我更是佩服得五体投地。第一次有女孩说我像四十多岁的人，还管我叫大叔，令我哭笑不得。其实我那时候自我感觉还算阳光小伙，看起来没那么成熟，我知道她说的不是长相，也就欣然笑纳。她和其他女孩不一样，极不喜欢给自己拍照，我试着偷拍几张也被她成功抓住，具体原因也不知道为什么。

来凤凰夜景是一定要看的，波光映影之下，岸边游走的游客没了白日的喧嚣，都尽情享受着学城夜景的美。徜徉在沱江边上的石板道上，遇一小商铺，挑了一幅十字绣赠送给她，并题诗一首，录其所闻所感。

篆香烧尽登高望，孤鹤驾翅远沱江。
雨疏风骤起虹桥，烟波微渺水车响。
深醉凤凰小院巷，转角忽遇佳人笑。
细察垂柳春色露，哪管人生愁上愁。

——《游凤凰古城》

（注：沱江、虹桥为凤凰学城著名景点，此诗乃小浩子
2015年2月26日游美丽湘西凤凰学城有感而作，特将所见
所闻所感以飨各位好友）

我将此诗发到网上，一个广东诗人文雨广先生和了一首。

和小浩子先生《访凤凰古城》

文雨广

风光着意聚沱江，千载古城名远扬。
吊脚楼连波渺渺，虹桥夜锁月茫茫。
山清水秀"边城"美，物阜民丰五谷香。
惊世文章传世画，沈黄原是凤凰郎。

（湖南凤凰学城不仅因优美独特的地理环境和沱江、虹桥等名胜著称于世，更以沈从文、黄永玉等名人大家名扬天下。2015年2月27日）

凤凰之行由于遇到了这个重庆妹子而记忆深刻，她显得有些神经大条，没有那么多拘束，给人的感觉是一个爽快的"汉子"。她回家要去铜仁坐车，正好我是铜仁的，便责无旁贷的当一回东道主。就冲着这份好心情，我请她吃一碗铜仁堡仔饭，餐馆一共两层，她选择二楼靠窗处。我点了餐上楼来见她举着手机在拍照，一看旁边挂着一排老板自己腌制的腊肉，她说，突然有一种想做贼的冲动，叫我把从肉从楼上扔下去，然后她捡起从肉就跑，老板在后面追……

她急着回去，又没有买上回重庆的火车票，我送她去火车站，只好逃票一试，第一次没有逃成功，被赶了回来，她像一个受了委屈的小孩来到我跟前，脸角通红，我只好协助她第二次逃票，许久没有看到她出来，我知道成功了，心中默喊了一声"耶"。我转身离去，在广场看了一下火车站上两个熟悉的大字"铜仁"心里咯喳一下。手机铃声响起，是她发来的短信"这是我第一次逃票，很刺激，也很难忘，谢谢你，有缘

青春之歌

再见"！

　　我们都是行走天涯的过客，匆匆而来，又匆匆而去，陌生人你是否也曾驻足留赏那些不期而遇的美好，那份令人怦然心动的一面之缘，无关爱情……

　　相逢是首歌，离别亦是诗。

　　有缘再见，我们再也没有相见！

第二种 青春

你为什么不能够来一场说走就走的旅行？

  端午休假在家，闲来无事，上网看看电影打发时间，脑子里突然闪现一个念头，前些天一位同事给我推荐了一部电影《云水谣》，于是网上搜一搜，说实话一开始我以为它是一部粗制滥造的庸俗商业电影，抱着无所谓的心态，慢慢看完，没想到完全颠覆了我之前对这部电影的看法，心灵极为之震撼，网上一查该影片竟然一举斩获金鸡奖最佳影片、导演，金马、百花等多个奖项。作为观影者，自然是被电影的情节所打动，看毕我在我的微信朋友圈，QQ空间写道"刚刚看完电影《云水谣》心灵备受震撼，生活就是演一出等待的戏，命运让你遇见王碧云，却又让你望穿秋水，终归金娣伴终老……如此愉悦，如此悲伤！哥决定来一场说走就走的旅行，到云水谣走走，明天就出发……"立马引来好友点赞、评论，有的还给我留言。是的，我要来一场说走就走的旅行！立马订了车票，决定次日启程，去看看那个演绎了一出凄美爱情故事的地方——云水谣！

  去年一封青年教师的简短的辞职信"世界那么大，我想去看看"惹得无数人蠢蠢欲动，都想辞职去云游世界。高晓松说，生活不止眼前的苟且，还有诗和远方的田野。其实在我们每一个人心目中都藏着诗一般的远方。只是有的人把它埋葬在心底，从未去探索。经常在朋友圈看到好友发愿希望来一场说走就走

青春之歌

的旅行。偶尔和朋友聊天，末了发出感叹，要是能够来一场说走就走的旅行多好。于是我也会疑问，来一场说走就走的旅行真的那么难吗？

我生长在南方，在天津念的大学，在大学期间利用假期我几乎走遍了自己心目中想到的每一个地方：北京、上海、广州……差不多走遍大半个中国，后来想想也觉得不可思议，学生时代既没有钱，也没有太多的时间，我居然做到了！翻看留下来如扑克牌那么厚的一堆堆火车票，心里贼踏实，感觉自己大学没有荒废。工作了，我选择做了教师，经济上不像学生时代那么窘迫。渐渐地我发现想要出去走走却不会那么的随性，即便经济和时间上允许，偶尔去周边走走还会瞻前顾后，我开始思考是什么原因造成了这样的自己？我本是一个随性之人，走南闯北不受约束。曾经因为要坐班而放弃一份高薪工作。对于我来说，偶尔能够出去走走是比加薪还快乐的事情。在这个焦躁的社会人易变得浮躁。在一个环境待久了就容易变得懈怠慵懒起来，做什么事情只求简便。于是旅行也就成了"走马观花"，拍照、走人的任务。

有人说"灵魂和身体必须有一个在路上"。安静的时候，我开始思考二者的关系，是什么阻碍了人们游走的步伐，是什么束缚了自由的灵魂？关于旅行，总会有人把时间和金钱当成借口，听起来理所当然，其实只有对方心里最清楚，困住自己的往往是自己的心灵，是自己没有行走的勇气和决心。时间是海绵里的水，只要去挤总会有的，只要足够勤劳生活就不会很糟糕。

在去往云水谣的路上，遇见一位厦门集美大学刚刚毕业的女孩小肖。她家离云水谣不远，听她介绍着云水谣的一切，给人感觉特别惬意。完了我给她讲了西安外国语大学女生廖靖文横跨五省骑行回家的故事。旅行其实是一种生活态度，有时是一份心情，有时是一种信仰。旅行，其实是需要具有一些流浪精神和勇气的，这种勇气使人能在旅行中和大自然更加亲近、融合。旅行，有时是一种"浮云游子意，落日故人情，孑然孤一身，隐君入自然"的苍凉；旅行，有时是一种逍遥洒脱，浑然忘自我的境界……

想起去年学妹王雪梅寄送给我的一套大冰的书《乖，摸摸头》，我反复读了好理遍，很喜欢书中一句话："不要那么孤独，请相信，这个世界上真的有人过着你想要的生活。愿你我带着最微薄的行李和最丰盛的自己在时间流浪。"最后我将此书寄给了一个女孩。并在书的扉页写上"远方的女孩，祝你有梦为马，随处可栖，愿你生命如歌有爱常在"的赠言。

2016 年 6 月 10 日写于云水谣回厦门路上

青春之歌

孤独是人生的一场修行

孤单是没有人陪，孤独是有人陪却还感到寂寞。周国平说，孤独是源于爱，无爱的人不会孤独。我是个内心充满爱的人，所以常感到孤独，这些年一个人在异乡工作，尝尽了"独在异乡为异客"的苦，每每独上高楼，望尽天涯路，断肠天涯。

大学毕业那年，也不知道哪里来的勇气，一个人跑到了距家乡千里之外的闽南小城晋江工作，想要体验别样的生活，我曾经天真以为工作了还可以像大学那样去结交一批志同道合的朋友，到头来发现工作才是一个人的修行，你不得不一个人面对那些孤独和烦恼，压力还有寂寞。

这座小城对我来说完全是陌生的，在来之前，甚至连它的名字也没有听说过，直到我计划着来小城工作，我才去网上了解下关于这个城市的一切。在这座城市我没有亲人，也没有朋友，就连一起来晋江工作的几个校友也是在毕业前夕才有了一面之缘，他们都是两人一个单位，只有我一个人被分到一所学校教书，同事都说我是"空降"的，大学校友聚会则用我来安慰大家："你们要是嫌孤单，想想那个小浩子吧，人家一个人一所学校。"每当这时我只好苦笑，闷一杯酒。

人有些时候真是奇怪，明明孤单，却要说一个人真好！

初到晋江，听不懂闽南语，吃不惯闽南菜，不习惯这里的民风习俗，工作上的事儿一头雾水，那种感觉叫人浑身不自在，如坐针毡。一开始打电话跟要好哥们倾诉，他说你这是"就业综合征"，忍忍就好啦，我听了他的，渐渐地学会跟孤独做朋友。

刚到晋江那一年，天公不作美，几乎天天下雨，正所谓天无三日晴。我的生活半径一下子缩小到不足一公里的圈子，在学校上班，住学校公寓，在学校食堂吃饭，就这样过着三点一线的生活，连个串门聊天的对象都没有。只是偶尔去菜市场买买菜或者去趟图书馆，那种日子孤寂得简直叫人绝望抓狂，整日郁郁寡欢，好几次都怀疑自己得了抑郁症。

我住在教师公寓的二楼，好些日子我就独自一人孤单地站在阳台上凝视楼前那几棵榕树，晚上则独自一人坐在电脑面前备课独自聆听雨打榕树的寂寞，楼前的这几棵榕树成了我孤寂的缩影。"落叶他乡树，寒灯独夜人"。我就是诗人马戴《灞上秋居》中的"独夜人"。

我楼前的榕树，好些日子，我就站在阳台独自凝望，这几棵榕树成了我孤寂的缩影

有好些日子，我实在坚持不下去了，想要逃离这一切，换一个新的环境，却又发现新的开始太难。曾经想家疯狂给家人打电话，现在不敢常往家里打电话怕他们想我。我就这样一天天忍耐着，我不喜欢打游戏，只好用书来麻痹自己，渐渐地我发现，我在书中找到另一个自己，因为阅读能够让我心灵安静。

心静下来了就开始思考生活这个美丽天使本来的面目。渐渐地我开始尝试来一次说走就走的旅行，到自己喜欢的景点度上几天的假，与远方的同学保持联系，尝试自己喜欢的美食，

青春之歌

去参加演讲交流会，慢慢的，生活向我展示它温摸的一面。

当教师有个好处，就是每年都有两个月的假期，刚开始我总是盼着假期快些到来，然后迫不及待地要回家，但事实是我发现我在家待上不到半个月就想着回到自己千里之外的小窝——晋江。好几个假期我都是提早买票回到晋江的，不是这里有人等着我，而是发现自己需要独处，我发现原来人是需要孤独陪伴的。

孤独能够让我们心灵沉静，我一直相信平静才会使人幸福，整天浮躁的人是不会幸福的。而平静的前提是要学会独处，与自己心灵对话。梁漱溟老先生说，人一辈子首先要解决人和物的关系，再解决人和人的关系，最后解决人和自己内心的关系，那就是要学会和孤独相处，孤独是人生的一种修行。

善于享受孤独的人心中有大众，孤僻的人心中只有自己。

学会和孤独相处的人是什么样的？平静温和而又富有力量。现在的年轻人容易寂寞，以为旅行可以排解一切烦忧，没有真正孤独过的人是不会懂得旅行的真谛的。在没想清楚这些道理之前我有好几次的旅行都是高兴而去扫兴而归。三毛说，心若没有栖息的地方，到哪里都是流浪。所谓的浪迹天涯，最终也不过是为了回到内心深处。

孤独是人生的必修课，人需要孤独，但是习惯孤独可不好，人活在世上终究是需要灵魂伴侣的，我们需要学会独处，与孤独做朋友，正所谓耐得住寂寞，也守得住繁华。

第二种青春

一个人、一座城、等一个人

静坐窗台

独自沉思

火车疾速前进

独赏窗外风景绵延不绝

静观天边云卷云舒

将所有烦恼抛之脑后

这一刻

我不再属于起点和终点

我是行走天涯的过客

我是远方漂泊的游子

　　这是去年暑假我一个人从厦门火车站乘坐火车回贵州老家的时候，在火车上有感而发的微信朋友圈，我还配上从车窗外随机抓拍的美图，立马引来很多好友的评论和点赞。

　　"又去旅行了，好潇洒。"

　　"好诗文，好文采"……

　　其实他们哪里懂得飘零天涯的孩子内心的孤独，我没有回复，而是戴上耳机听着音乐继续欣赏车窗外的风景。

　　我是个极其向往自由的人，曾经喜欢一个人的远行，到头来害怕一个人的单行票，也许是人长大了，想要为孤独的灵魂

青春之歌

找个伴侣。印象中，自大学毕业以来我已经好久没有这样享受一个人将近 30 个小时的旅程。我生长在南方小镇，干过最酷的事情就是一个人跑到天津去上大学，大学毕业了一个人到离家千里之外的陌生小城市福建晋江工作。

在这里我没有亲人，没有朋友。那些关乎大学青春狂热的场景仿佛在这里一下子被终结。感觉自己像电影《爱丽丝梦游仙境》里的女孩，一下子穿越到了一个陌生的世界，茫然不知所措。

工作了无论你情愿与否，那些整天在你耳边环绕的话题就是买车买房，结婚生子，升职加薪的事儿，听得你耳朵都起茧子。刚大学毕业那会儿，我总是对这些话题不屑一顾，直到有一天我主动跟人谈起，我才发现自己已经老大不小了。

在天津上大学那会儿，经常看到晋江亿万嫁妆嫁女的新闻，有人则调侃"要嫁就嫁切糕男，要娶就娶晋江女"。后来毕业了机缘巧合来到晋江工作，坦白讲，脑子里曾经幻想要是娶一个晋江女多好啊，至少要少奋斗半辈子呗，但也只是幻想一下而已。后来有幸亲眼见证一些人所谓"金光闪闪，富丽堂皇"的婚礼，发现多数婚姻多半与爱情无关，很多女孩最终只是嫁给了现实。

有人说，单身不难，难的是你要应付那些想方设法让你结束单身的亲朋好友还有周围人异样的眼光。你一个人上街买点日常生活用品，他们会好奇你和谁一起；你一个人去买菜，他们会问你跟谁一起做饭；你一个人去图书馆，他们会问你跟哪个美女一起看书。总之那种感觉就像是审判你一样，更可笑的是你跟一个要好的哥们儿去吃饭，还有人会怀疑你是 Gay，这个世界似乎不给单身的人留活路。单身的羡慕结婚的幸福，结婚的羡慕单身的自由，生活就像围城，我们彼此羡慕，互相幻想。其实一个人也好，两个人也罢，生活本就是柴米油盐酱醋茶，偏偏我们要美酒加咖啡。

"哎呀你条件挺不错的，事业编制工作稳定，人也长得还凑合着，说吧，有什么要求我给你介绍介绍。"工作久了会经常遇到这样热心的人，她们想方设法给你物色对象。一开始我总是誓言拒绝，次数多了就抱着试试看的心态，到头来发现这个世界漂亮的脸蛋很多，有趣的灵魂太少。

哥们儿说婚姻就是男人的第二次投胎，你可要好好挑选，我说投胎就是命数，你出生在什么样的家庭是由不得你选择的，就像婚姻你遇见谁爱上谁跟谁结婚那就是命。曾经我打电话跟母亲讲要不就娶一个晋江女呗，她说"得了，儿子，你可不要找条件太好的，咱家养不起"。看来她老人家比我还清楚。

有人说女人单身久了，就会把自己活成自己想要嫁的男人的模样，男人单身久了则会更加坚定自己想要的，因为大多数男生会等，而女生则等不起。对于爱情和婚姻究竟应该去争取还是该顺其自然，这个问题仁者见仁智者见智，但有一点是明确的，那就是强扭的瓜不甜。

曾经有一个大龄女青年问冰心："我都三十好几了，还没有遇到我要的人，我该怎么办？"冰心说："你要等！"择一城终老，遇一人白首，是每一个人最朴素的梦想，也许只要你足够坚定，终究会等到那个白首之人，如果最后那个人是你，其实晚点也没有关系。

人世间最幸运的事就是在最美的年纪遇到了你！最好的婚姻就是见到你我才想到结婚，娶了你我从未后悔。人生苦短，最好找个有趣的人白头到老，和爱的人一起是过日子，和不爱的人一起是混日子，和有趣的人一起享受日子。

如果你注定只是我生命里程的一个过客，我也感谢这段旅程有你，而我则将乘坐人生这趟列车继续出发，择一城终老，等一人白首。

青春之歌

早秋惊落叶，飘零似客心

——写在教师节前夕

下课铃响了，我夹着课本，拿着水杯快步走向自己的教师公寓，开学伊始，学校的人群络绎不绝，人们都各自忙碌着自己的事情，似乎连见面打招呼也得抓紧时间。在食堂门口转角处，校园内一位园艺阿姨正在用剪刀修剪校园的花草，金黄色的叶子散落一地，感觉眼前的这一幕美丽极了，于是我停下脚步，不自觉地拾起地上一片落叶，驻足欣赏，我天天从这里路过，怎么没有发现它原来这么美呢？

我先是惋惜，这么美的东西为什么要剪掉它呢？阿姨告诉我，这已经是初秋，这些草木需要修剪，来年才会长得更加茂绿。初秋？我想我是不是忙碌到已经忘了季节的轮回，忘了感知季节的美？生活的忙碌让我们忘了享受身边的美，我凝视着地上的一片片落叶，风来，则随风翻滚；风静，则静静地躺着。脑海里忽然闪过唐代诗人孔绍安的一首诗"早秋惊落叶，飘零似客心。翻飞未肯下，犹言惜故林。"一颗躁动不安的心瞬间随着这片初秋的落叶安静下来。

生活到底是琐碎的，世俗的人们整日忙忙碌碌，像一群没有灵魂的苍蝇，在腐烂的残食上嗡嗡作响，互相缠斗，喧闹着，躁动不安。它们能够敏锐地察觉周围环境的异样，并敏捷地躲开外来的攻击，唯一听不到的是自己内心灵魂深处的声音。

在灵魂日益萎缩和空虚的时代，世人渐渐只剩下无休止忙碌的躯求，沉浮于人世。我们忙碌于任何事情，除了生活，什么都有。但忙碌不等于充实，充实的人生应该是动静结合，既可以高效率地做事，也有闲情逸致泡上一杯茶，安静地享受阳光，看书还有发呆。

白落梅在《何处是归程》写道"时间很短，天涯很远。一山一水，一朝一夕。奔波忙碌一生，汲汲营营一阵，最终每个人渴望的都是岁月静好现世安稳。纵算一生云水漂泊，亦可淡若清风，自在安宁"。

"宁静"多么有力量的一个词语。

诸葛亮《诫子书》说："夫君子之行，静以修身，俭以养德，非淡泊无以明志，非宁静无以致远。"我想此处的宁静不仅关乎境界修为，有更重要的意义，那就是幸福！

想起前不久在网上读到一篇文章《人最重要的能力是什么？》讲了很多，最后告诉我们其实人最重要的是保持宁静的能力。也许生命的最高境界是淡然，而不是轰轰烈烈，生命因为宁静而幸福。

我捡起两片落叶，夹在书页里，独自慢步离去，突然想起明日就是教师节，想想自己从教以来，深感教师的艰辛、平凡和琐碎，人们常把教师比作辛勤的园丁，而此时此刻，我觉得教师更像是碎落一地的落叶，虽然凋零但仍然是一道亮丽的风景。当叶子挂在枝头的时候能够给人一片绿，吸收雨露和阳光，给人以美的享受，随着春夏秋冬，日晒雨淋，慢慢地消故自己的生命，直至凋零，又安静地离开回归自然。一切都是那么的祥和与宁静！生命因为宁静而幸福！

2015 年 9 月 9 日晚于晋江

青春之歌

第二种青春

　　第一种青春是上帝给的，第二种青春要靠自己的努力。张学良一生活了一百多岁，他却说他的人生在 36 岁之后就结束了。有的人 25 岁就"死了"，只是到 75 岁才"埋葬"。生命不以长短论输赢，而以质量论精彩。

　　2016 年 10 月，我有幸被邀参加广西第十八届世界符氏文化论坛做演讲，在由厦门飞往南宁的飞机上，我拿着事先打印的散文诗《青春》，在内心一遍一遍默诵，渐渐地陷入沉思，记得大学毕业前我与几个哥们同唱烂子兄弟的《老男孩》："青春如同奔流的江河，一去不回来不及道别；生活像一把无情刻刀，改变了我们模样；各自奔前程的身影，匆匆渐行渐远，未来在哪里平凡，谁给我答案……"那是我第一次唱歌把自己唱哭，那种悲凉心境好似对逝去青春的一种祭奠，同时也夹杂着对未来无限的迷茫和焦虑，那一刻我正青春。

　　曾经读了一些赞叹青春的诗，在诗人眼中青春充满无限的美好，人们总在感叹部华易逝，青春易老，听一些成功人士阔谈自己的青春岁月，似乎青春就应该如夏花般灿烂。我时常在想，那些讴歌青春的人是不是都在鳞骗自己，因为现实的青春总是充满了焦虑、彷徨、痛苦。面对升学、就业的压力，留在哪个城市……青年时代遇到的每一个抉择都关乎未来的命运。

青春就是在下一盘决定未来命运的棋，没人可以替你做主，也没人给你参考答案，无论你棋艺如何，你都要为自己落下的每一颗棋子负责。年轻的我们承担太多，但试想有哪一个人不是这样走过来的呢？

回不去的是从前，到不了的是远方；留不住的是青春，不完美的是人生。没有哪一代人的青春是容易的，都只有回忆的时候才觉得特别美好。想明白这个道理，我开始理性对待自己遇到的一切难题，并用自己的思维方式去做出判断和抉择。我曾经有一段青春岁月，黯淡无光，如一支熄灭的蜡烛，看不到希望的光芒。后来年岁渐长，独在异乡为异客，见了太多人与事，有人年方二十却早已对生活绝望，有人年逾古稀却仍然对生活充满希望。我开始重新定义青春，并以一种崭新的态度面对生活。

"在这个世界上有八十岁的青年也有二十岁的老人。如果你年方二十，却消极堕落，对生活充满绝望，那么你已经老了。如果你年逾古稀，仍然对生命充满期待，仍然怀揣梦想，那么你仍然年轻。"这是我那天的演讲开场白，很多中老年听众事后找到我，说我讲出了他们的心声。在交朋结友中，我也很少用80后、90后去给人贴标签，我觉得人与人之间应该是价值观、思想的碰仅，所以才有一些年龄跨度很大的朋友。

太平洋战争期间，美国麦克阿瑟将军办公室一直放着美举德裔作家塞缪尔·厄尔曼的名作《青春》，他将这篇青春散文诗用镜框裱起来挂墙上，用以时刻激励自己，并一直伴随着他。后来日本人在东京美军总部发现了它，从此《青春》这篇散文诗在日本不胫而走，成为家喻户晓的名篇。几十年来，松下电器创始人松下幸之助老人一直把《青春》当作自己的座右铭，一些中老年人甚至把它作为激励自己走完后半生的精神支柱。

青春之歌

这篇只有短短四百多个字的散文诗，距今已经有 70 余年，依然魅力不减，首次在美国发表时并引起轰动，成千上万的读者把它抄下来当作座右铭收藏，文中的金句，常常被人们开会做报告、谈话时广泛引用，同时也是很多英文学习者必背的范文。

第一次见到此诗，便有些相见恨晚的感觉，我立马将其打印出来，一有空就会拿出来欣赏。我很喜欢其中的几句：

"青春不是年华，而是心境；青春不是桃面、丹唇、柔膝，而是深沉的意志，恢宏的想象，炙热的感情；青春是生命的深泉在涌流。青春气贯长虹，勇锐盖过怯弱，进取压倒苟安……年岁有加，并非垂老，理想丢弃，方堕暮年。"

人类无法阻止岁月的流逝，却可以以年轻顽强的精神意志迎来第二种青春。

第一种青春是生理上的，第二种青春是心理上的。

第一种青春是有限的，第二种青春是无限的。

第一种青春是上天的恩赐，第二种青春是活出来的精彩。

青 春

—塞缪尔·尼尔曼

青春不是年华，而是心境；青春不是桃面、丹唇、柔膝，而是深沉的意志，恢宏的想象，炙热的感情；青春是生命的深泉在涌流。

青春气贯长虹，勇锐盖过怯弱，进取压倒苟安。如此锐气，二十后生而有之，六旬男子则更多见。年岁有加，并非垂老，理想丢弃，方堕暮年。

岁月悠悠，衰微只及肌肤；热忱抛却，颓废必致灵魂。忧烦、惶恐、丧失自信，定使心灵扭曲，意气如灰。

无论年届花甲，抑或二八芳龄，心中皆有生命之欢乐，奇迹之诱惑，孩童般天真久盛不衰。人人心中皆有一台天线，只要你从天上人间接受美好、希望、欢乐、勇气和力量的信号，你就青春永驻，风华常存。

　　一旦天线下降，锐气便被冰雪覆盖，玩世不恭、自暴自弃油然而生，即使年方二十，实已垂垂老矣；然则只要树起天线，捕捉乐观信号，你就有望在八十高龄告别尘寰时仍觉年轻。

王佐良译

YOUTH
——by Samuel Ullman

Youth is not a time of life ; it is a state of mind ; it is not a matter of rosy cheeks, red lips and supple knees ; it is a matter of the will, a quality of the imagination, a vigor of the emotions ; it is the freshness of the deep springs of life.

Youth means a temperamental predominance of courage over timidity, of the appetite for adventure over the love of ease.This often exists in a man of sixty more than a boy of twenty.Nobody grows old merely by a number of years.We grow old by deserting our ideals.

Years may wrinkle the skin, but to give up enthusiasm wrinkles the soul.Worry, fear, self-distrust bows the heart and turns the spirit back to dust.

青春之歌

第二种
青春

Whether sixty or sixteen, there is in every human being's heart the lure of wonders, the unfailing child-like appetite of what's next, and the joy of the game of living.In the center of your heart and my heart there is a wireless station ; so long as it receives messages of beauty, hope, cheer, courage and power from men and from the Infi-nite, so long are you young.

When the aerials are downyou' re your spirit is covered with snows of cynicism and the ice of pessimism, then you've grown old, even at twenty, but as long as your aerials are up, to catch the waves of opti-mism, there is hope you may die young at eighty.

只有写，你才真正会写

　　陆游在《文章》中说，"文章本天成，妙手偶得之"。强调的是写文章时的浑然天成及水到渠成，又言"粹然无疵瑕，岂复须人为？"寓意写文章要清水出芙蓉，天然去雕饰。杜甫在《饮中八仙歌》写道"李白斗酒诗百篇，长安市上酒家眠，天子呼来不上船，自称臣是酒中仙"。古往今来，只有天赋极高，文学功底极厚的人才可以缺到这样的境界。我们常人无法像诗仙李白那样文思泉涌，洒脱豪迈，写文章大多数情况下是"两句三年得"，但我们仍可以通过后天的努力和坚持，缺到一定的文学造诣，就像巴金所说，只有写，你才真正会写！

　　我是在大学的时候谋生创作想法的，并开始练笔，其实心中一直有个作家梦，我一直相信"世事洞明皆学问，人情练缺既文章"的道理。好的文章不一定需要华丽的辞藻，而是深刻的思想、犀利的笔锋。对于写作，我想我大概是错把写作的热情当作写作的才华。但是当我真正地提笔耕耘，才发现写作是一个孤独而又寂寞的旅程，绝对不是诗人举杯挥笔那般豪迈潇洒。

　　但凡创作大抵要经过"采集、运思、表述、润色"四个过程，每一个过程都是那么的艰难，饱受折磨。写作有时候就像自杀，你不得不用一个个脑细胞的死亡换来一个个生灵活现的文字；写作有时候像酗酒，只有沉醉于酒精麻醉的世界里，你才可以滔滔不绝，文如泉涌。即便这样我仍然坚持写作，因为已经"上瘾了"！巴金说："我之所以写作，不是我有才华，而是我有感情。"其实对于写作我除了热情、感情，促使我去写作还有更重要的原因—故事还有思想。而不是"为赋新词强说愁"，更不是为了名利，而是对自己内心的探索，对生活的思考，同时也是对自己过去的审视，以便将来留一点精神财富给子孙。

决定要写作，我第一件事情便是广泛阅读，我是一个演讲与口才爱好者，需通过阅读沉淀自己。我曾妄言，好的口才不是"口若悬河、能言善辩、巧舌如簧"，更不是滔滔不绝，而是"出口成章"。为何？因为写作才是对思维的最佳训练，思维敏捷的人才能够妙语连珠，而妙语连珠的人往往能够"妙笔生花、妙手偶得"，缺到"三妙"的境界。

有了阅读的基础，才去思索自己要创作的东西，难免偶感文思枯竭，望尽天涯路般绝望。但熬过了那个点，方可拨云见日。

大师王国维在《人间词话》中提了人生三种境界，在我看来写作同样也有三种境界，第一种是"采菊东篱下，悠然见南山"，增长阅历和见识，此乃"采菊"即大师所指"昨夜西风凋碧树，独上高楼，望尽天涯路"，"知"的境界。写作的第二种境界是"横看成岭侧成峰，远近高低各不同"，所谓"运思"。朱光潜在写作思维中强调"苦思"，作文要"抽丝剥茧，鞭辟入里",此乃王国维所指"衣带渐宽终不悔,为伊消得人憔悴",强调"思"的境界。写作的第三境界是"文章本天成,妙手偶得之",此乃王国维所提"众里寻他千百度,蓦然回首,那人却在灯火阑珊处",所谓"得"的境界。

对于写作之路,我尚在采菊的南山脚下仰望、探索。

书是音符,谈话才是歌。

我把自己那些流年往事,行走于人世的思考,包括三尺讲台上的闲言碎语录于本书——《第二种青春》,希望我的文字像轻音乐一样带给你美的享受,如摇滚乐般带给你能量;希望我这个草丛荆棘中长出的"野百合"带给你正能量。然初次著书,才识疏浅,对于文稿驾驭,尚存在诸多不足,还请诸君雅正。

行文至此,感念恩师著名演讲家蔡顺华教授的拨冗指正,他曾提笔赠言"只有写,你才真正会写",是勉励更是鞭策。那时的我孤陋寡闻,尚不知此乃著名作家巴金名言,如今落笔于此,方知其中要意,在写作过程中同时感谢校领导的鼎力支持,才有此十余万字拙作见于大家。而我将一如既往地耕耘,坚持创作,望能通过水滴石穿般的直力,以勤补拙,以便配得上"作家"二字,希望有好故事可以说。

万卷归宗,大道至简,还是巴金那句话,写吧!只有写,你才真正会写。